Jan Off

WEISSWASSER

ROMAN

GP German Publishing AG

Deutsche Erstveröffentlichung

Umschlaggestaltung und Typographie: Tom Wöltge

Autorenphoto: Albrecht Haag

Druck und Bindung: GGP Media GmbH, Pößneck

ISBN 3-936281-07-6

www.german-publishing.de

Dank gebührt Nadine Barth, Wolfgang Hogekamp, Jess Jochimsen und Jaromir Konecny für ihre Bemühungen, dem vorliegenden Buch einen Pfad durchs Dickicht zu schlagen.

1

Ein erstes, kurzes Auftauchen aus der Schwärze, gefolgt von dem unwiderstehlichen Impuls sofort wieder hinabzusteigen in den sicheren, wattierten Käfig. Alles schmerzt, ist schwer und taub, warum also nicht noch eine Zeit lang *hinter* dem Vorhang verharren?

Ich rolle mich herum, ziehe die Knie Richtung Brustkorb, bin fast schon wieder auf der anderen Seite, als sich eine Stimme in mein Bewusstsein schraubt, die ich nicht einordnen kann. Sie ist sanft, sie ist weiblich, aber es ist nicht Annas Stimme.

Erste Bilder wabern über meine innere Leinwand, verknoten sich, schießen wie Bolzen in die Magengegend. Angst flutet die Sinne, Unglauben und die verquere Hoffnung im Gepäck, Erinnerung und Wirklichkeit könnten ausnahmsweise einmal nichts miteinander zu tun haben. Zeitgleich das Bedürfnis, die Augen in diesem Leben nie wieder aufzumachen, einfach *toter Mann* zu spielen. Aber dann öffne ich sie doch und blicke in das Gesicht des Mädchens, dessen Name mir längst wie Säure durchs Hirn rinnt: Caro. Carola. Karol Wojtyla. Ha, ha …

Sie kniet neben mir und lächelt mich an.

„Hey, werd mal wach, du Langschläfer“, sagt sie. „Ich hab Kaffee gemacht.“ Und dabei liegt so viel Zärtlichkeit in ihrer Stimme, dass ich unweigerlich in Panik gerate.

„Wie spät ist es denn?“, entfährt es mir; jedes Wort gleichermaßen mühsam wie hektisch an der räudigen Beutelratte vorbeigepresst, die sich in meiner Mundhöhle eingenistet hat.

„Na, gleich zwei.“ Ihr Lächeln hält sich, aber in ihren Augen keimt Unsicherheit.

Zwei Uhr! Jesus, das darf nicht wahr sein. Ich gerate *vollends* aus der Spur, denn zu dem giftigen Brei aus Schrecken und Erkenntnis gesellt sich eine weitere diabolische Zutat: Ich bin, nein, ich *war* mit Anna verabredet. Ich war mit Anna zum *Frühstück* verabredet.

„Scheiße, ich muss los. Ich muss sofort los!“

„Aber wieso denn?“ Sie legt mir eine Hand auf die Schulter. „Ich dachte, wir frühstücken zusammen ...“

Frühstücken, na klar! Ich wische ihren Arm beiseite, reiße mir die Decke vom Leib.

„Wenigstens noch ’nen Kaffee, okay? Wenn ich dich nicht geweckt hätte ...“

Sie hat sich erhoben, sieht mir dabei zu, wie ich nackt durchs Zimmer tanze, unbeholfen meine verstreuten Klamotten aufsammle.

„Nee, keine Zeit mehr. Meine Freundin ...“, sage ich und weiß im selben Augenblick, dass ich genau das nicht hätte sagen dürfen.

„Na, super. Bestell ihr ’nen schönen Gruß von mir.“ Sie kickt eine meiner Socken durch den Raum. Dann ist sie verschwunden, in einen anderen Teil ihrer Wohnung gerauscht.

„Hey, warte!“, rufe ich ihr hinterher, weil mir mit einem Mal einfällt, dass die beiden sich kennen. Flüchtig zwar, aber so groß ist die Stadt nicht. Ich steige schwankend in meine Jeans (meine Unterhose ist unauffindbar) und überlege, was ich jetzt sagen könnte, um mir Caros Schweigen zu sichern, aber ich bin zu betäubt, habe nichts als Annas Gesicht im Kopf; Annas Gesicht, das mich fragend und vorwurfsvoll ansieht. Klares Denken findet woanders statt. Außer den handelsüblichen Floskeln will mir nichts einfallen, und die kann ich mir gerade noch verkneifen.

Meine Jacke finde ich im Flur. Caro sitzt mit dem Rücken zu mir in der Küche, hält sich an einer Tasse fest. Kurz denke ich daran, ihr wenigstens einen Kuss zu geben – auf den Nacken vielleicht. Als ich dann aber hinter ihr stehe, reicht es nur für eine leichte Berührung, ein kaum wahrnehmbares Streifen von Zeige- und Mittelfinger über die flaumbedeckte Haut unterhalb ihres Haaransatzes.

Ohne sich umzudrehen greift sie nach meinem Handgelenk und so verharren wir eine kurze Unendlichkeit, bis ich mich vorsichtig von ihr löse.

„Tut mir Leid. Aber ich muss ...“, sage ich.

Und dann bin ich draußen, bewege mich so schnell, wie es mir möglich ist, durch ein Treppenhaus, an das ich mich nur noch schemenhaft erinnern kann, während ich meine Taschen automatisch nach Kippen absuche.

2

Erst vor der Haustür macht sich mein Kater wirklich bemerkbar; sämtliche Körperfunktionen arbeiten mit halber Kraft, einzig der Schmerz hinter den Schläfen fährt eine Sonderschicht. Ich habe Mühe, mich zu orientieren, würde mich am liebsten gleich hier auf dem Bürgersteig noch einmal schlafen legen. Aber ich muss zu Anna, muss ihr eine Erklärung liefern, ihr irgendeine gut geölte Lüge auftischen. Ich ziehe mechanisch an meiner Kippe, kann den Hustenreiz nicht überlisten und lasse gelbbraunen Schleim aufs Pflaster fliegen.

Eins ist klar: In diesem derangierten Zustand kann ich bei Anna nicht auflaufen. Also erst mal nach Hause, den fremden Geruch wegduschen, vor allem eine Unterhose anziehen.

Während ich mich durch die Häuserschluchten kämpfe, reiten die Bilder der vergangenen Nacht eine Attacke nach der nächsten gegen das, was gottesfürchtige Mitbürger wohl Seelenheil nennen würden; unterbrochen nur von der Frage, wie die ganze Scheiße bloß hat passieren können.

Nichts, aber auch gar nichts hatte gestern noch darauf hingedeutet, dass ich heute ein schlechtes Gewissen durch die Gegend tragen würde. Im Gegenteil: Der Nachmittag bei Anna, der Abschied von ihr, die Vorfreude auf den Abend – alles ganz normal, alles schon zigmal genau so passiert. Klar, der Alkohol. Natürlich habe ich zu viel in mich hineingeschüttet. Aber hey, das habe ich bei anderen Gelegenheiten auch, und da war Anna ebenfalls nicht dabei. Warum also dann? Ich habe keine Antwort auf diese Frage, kann nichts anderes tun, als das Geschehen noch einmal von Anfang bis Ende abzuspulen.

Erst ein paar Runden *Tomb Raider* bei Marco, zwei, drei Joints, ein paar Bier, danach in die *Krone* weiter trinken. Und dann, schon ziemlich spät, Carola, die plötzlich vor mir steht, mich in ein Gespräch verwickelt, mir später auf der Tanzfläche unvermittelt an den Schwanz greift. Carola, die ich von der Uni her kenne, mit der ich vor anderthalb Jahren mal an einem großen Entwurf zusammengearbeitet habe und mit der ich in der Mensa oder sonst wo in den Weiten der Bildungseinrichtung alle paar Wochen ein paar Worte wechsle. Carola, die mit ihrem blonden Haar, ihrem Pferdeschwanz, ihrer Stupsnase und ihren blauen Augen unbestreitbar hübsch ist, aber immer auch ein bisschen zu nett, zu frisch, zu sportlich wirkt.

Als der Laden dichtmacht, heftige Küsse vor der Tür, Marco, der mir zum Abschied verschwörerisch zuzwinkert, und die scheinbar logische Frage, ob ich nicht noch mit zu ihr kommen wolle. Natürlich ist da längst klar, dass diese Nacht auf etwas Verbotenes hinauslaufen wird. Aber es ist gar nicht mal Verlangen, was mich mitgehen lässt, eher eine beschissene Mischung aus Abenteuerlust und Lebensfreude, gepaart mit dem bizarren Zwang, der weiblichen Herausforderung die Stirn bieten zu müssen. Wenn ich wenigstens keinen hochbekommen hätte. Aber als sie sich auszieht, mir ihre jungen, festen Brüste präsentiert, schießt mir das Blut in den Unterleib, und so vögeln wir, vögeln eine Ewigkeit, weil ich zu betrunken bin um abzuspritzen, und als ich mit Hilfe ihrer Finger schließlich doch komme, kann sie meinen Schwanz gerade noch von ihrem Gesicht wegdirigieren.

Ein Bild, das meine Erregungskurve normalerweise steil ansteigen lassen würde. Dieses jedoch muss ich schnellstmöglich aus meinem Gedächtnis tilgen. Die Vorstellung, es könne mich heimsuchen, während ich mich in Annas Gegenwart befinde, nimmt mir den Atem. Ich liebe meine Freundin, ich liebe sie wie keine Frau zuvor. Sie ist fünf Jahre älter als ich, sie ist die erste meiner Freundinnen, die mir an Jahren überhaupt etwas voraushat, aber genauso, wie sie die Rolle der selbständigen Karrierefrau drauf hat, kann sie auch mädchenhaft und scheu sein.

Wenn ich zurückblicke, ist alles, was vor ihr kam, nur ein blasses Imitat von Beziehung. Zwei Jahre sind wir jetzt zusammen, aber der Zauber, den Anna seit unserer ersten Begegnung auf mich ausübt, wächst eher, als dass er schwindet. Und auch wenn es nach dem, was heute früh geschehen ist, vollkommen unglaubwürdig klingen mag: Ich begehre sie. Ich begehre sie maßlos. Sex mit Anna ist ungezwungen und bar jeder Angst, Sex mit Anna ist hemmungslos und verkommen, ist schleichend und zärtlich. Sex mit Anna ist der endlose Sinkflug eines Starfighters durch einen explodierenden Reaktorblock.

Keine Ahnung, wie sie reagieren würde, wenn ich vor ihr die Beichte ablegte. Ich kann mir alles Mögliche vorstellen, aber ich werde das, was sich mein sediertes Hirn da ausmalt, keiner Überprüfung unterziehen; viel zu groß die Gefahr, der Schmerz könne sie vernichten, viel zu groß meine Angst, sie zu verlieren. Ich habe sie noch nie wirklich versetzt, nie um Stunden jedenfalls, und wenn, dann nicht ohne anzurufen, aber bevor ich ihr gegenübertrete, werde ich mir etwas einfallen lassen, das hieb- und stichfest sein wird: Eine Lüge, die uns beide gleichermaßen beleidigt wie beschützt.

3

Der satte Strahl der Dusche wirkt wie eine Auszeit, ruft noch einmal den Wunsch wach, der Wirklichkeit einfach durch bloßes Verharren zu entkommen, aber er belebt auch, spült die Gülle aus der Denkmaschine.

Dass ich Anna erzählen werde, dass mich der Vollsuff hat verschlafen lassen, weiß ich längst. Ist ja auch so gewesen. Was aber, wenn sie heute Morgen bei mir angerufen hat, ja vielleicht sogar in meiner Wohnung war? Immerhin hat sie einen Schlüssel. Ich ersetze das warme Wasser durch kaltes. Und plötzlich springt mich die Lösung an wie eine Zecke, die seit zwei Jahren im Gebüsch gelauert hat.

Marco! Marco wird mir helfen, wird ja ohnehin nicht angenommen haben, Carola und ich hätten uns die Zungen nur zum Abschied in den Hals gesteckt. Ich werde ihn anrufen und ihn bitten, mir ein Alibi zu liefern. Wir haben in seiner Wohnung dermaßen hart getrunken, dass ich es einfach nicht mehr nach Hause geschafft habe. Noch besser: Wir waren zwischenzeitlich in der Krone, sind aber morgens noch einmal zu ihm, um mit einer ganzen Meute weiterer Tagediebe einen allerletzten Schluck zu nehmen.

Jetzt, nachdem ich weiß, was ich zu tun habe, habe ich es plötzlich eilig. Anna wird sich Sorgen machen, höchste Zeit, ihr ein Lebenszeichen zu übermitteln. Ich trockne mich notdürftig ab und laufe zum Telefon ohne mich anzuziehen. Marco ist dankbarerweise zu Hause. Er klingt ein wenig angegriffen, aber darauf kann ich jetzt keine Rücksicht nehmen.

„Hör mal, Mann, ich brauch deine Hilfe."

„Wieso? Ist dir das Viagra ausgegangen?"

Typisch Marco. Seine Anzüglichkeiten wird er der Umwelt noch auf dem Totenbett überantworten. Ich lasse den Schwachsinn unkommentiert, komme gleich zum Wesentlichen.

„Klar“, sagt er, nachdem ich geendet habe. „Klar, kannst dich ganz auf mich verlassen, Alter.“

Ich lasse ihn die Fakten noch einmal wiederholen und will mich schon verabschieden, als er mir mit einer Frage kommt, die ich bereits die ganze Zeit über gefürchtet habe.

„Hey, wie war sie denn eigentlich?“

„Leck mich“, sage ich und lege auf.

Dann wähle ich Annas Nummer, wobei ich ein leichtes Zittern der Finger registriere. Die Abstände zwischen den Signaltönen dehnen sich ins Unendliche. Und als sie schließlich ihren Namen nennt, ist mein Puls längst im roten Bereich.

Zur Begrüßung bringe ich nicht mehr als ein Stammeln hervor. Dann sondere ich mit belegter Stimme die einstudierte Geschichte ab. Zu meiner Erleichterung scheint Anna meinen inneren Aufruhr nicht zu bemerken, sie klingt weder erbost noch misstrauisch. Nachdem ich geendet habe, verabreden wir uns.

„In einer Stunde, okay?“

„Okay.“

Ich habe ein bisschen Zeit gewonnen, und die brauche ich auch. Bevor ich mir frische Klamotten überstreife, überprüfe ich meinen Leib auf Biss- und Kratzspuren. Erfreulicherweise ist nichts zu entdecken. Dann gönne ich mir zwei Tassen Kaffee und einen Joghurt.

Während ich den weißen Glibber in mich hineinlöffle, werde ich von neuen Sorgen heimgesucht. Die Buchstaben H, I und V bohren sich in mein Gehirn. Ich weiß, dass Caro gerade noch rechtzeitig ein Kondom ins Spiel gebracht hat. Aber irgendwann war das verschwunden ... Ist das erst passiert, als ich meinen Schwanz endgültig aus ihr herausgezogen hatte oder früher? Genau kann ich mich nicht erinnern. Oder doch? Plötzlich sehe ich die Szene vor mir: Ich streife die glitschige Hülle ab und dann wichst sie meinen Schaft auch schon mit festem Griff, bis mein Sperma schließlich in einer langen, teilweise unterbrochenen Diagonale knapp neben ihrem zerwühlten Haar aufs Laken klatscht. Wenigstens das! Ich weiß nicht, was ich tun würde, wenn die Möglichkeit bestünde (und sei sie auch noch so gering), ich könne Anna mit irgendwas Tödlichem anstecken. Ich würde es ihr wohl sagen müssen. Scheiße, Mann, ich *würde* es ihr sagen! Na klar würde ich das. Ich bin doch kein Killer ...

4

Während ich mein Rennrad im leichten Trab über den Asphalt bewege, bemerke ich zum ersten Mal, dass der Herbst heute im Gewand eines äußerst mildtätigen Patriarchen daherkommt. Der ungewöhnlich starke Lichteinfall, die der Tretmühle entronnenen Flaneure, das dem Sonntag geschuldete geringe Verkehrsaufkommen – all das wirkt derart friedlich, dass in mir der Wunsch hochkocht, mich augenblicklich rein zu waschen, mir von irgendeinem x-beliebigen Passanten die Beichte abnehmen zu lassen. Allzu stark ist das Gefühl, nicht mehr dazuzugehören, sich bis auf weiteres aus der Gemeinschaft der Rechtschaffenen verabschiedet zu haben. Immer wieder spielt mir die Regie Annas Bild hinter die Pupillen. Anna eingepackt in eine meiner Jacken, Anna nackt, Anna mit diesem Lachen, das mich regelmäßig schwach werden lässt. Und wie so oft, wenn ich an Anna denke, kommt mir dieser bescheuerte Song der Hip-Hop-Kommunarden Freundeskreis in den Sinn: *Anna, von hinten wie von vorn* ... Irgendeine Gedichtzeile, soweit ich weiß. Wahrscheinlich wird jeder zweite Schwachmat im meinem Alter, dessen Freundin Anna heißt, hin und wieder von dieser akustischen Geißel heimgesucht.

Als ich schließlich vor ihrer Haustür ankomme, hat der Soundtrack längst gewechselt. Düsterer, schicksalsschwerer Orchester-Kitsch dröhnt aus den Boxen.

Ich gönne mir eine letzte Kippe, bevor ich die Klingel betätige. Ich muss mich wappnen, muss jedweden Anflug von Reue aus meinem Antlitz verbannen, muss Lässigkeit in meinen verspannten Körper pumpen. Aber als ich ihr dann gegenüberstehe, ist Lässigkeit das Letzte, was ich verspüre. Wir umarmen und küssen uns, und ich will das kurz und cool, also irgendwie *normal* gestalten, aber ich krieg's nicht hin, bringe es nicht fertig, sie loszulassen. Und so wirkt die Szene wie ein Wiedersehen nach zwei Jahren Knast oder sonst einem überstandenen Abenteuer. Am Ende ist sie es dann, die sich losreißt.

„Hey, ich muss mal atmen", keucht sie. Und ich entschuldige mich wie bescheuert, stottere herum, als ob ich gerade eine ihrer Kristallvasen zerschlagen hätte.

„Schon gut, so schlimm war es nicht", sagt sie lachend.

Und dann sind wir in ihrem Wohnzimmer, wo ich mich, weil ich mit einem Mal merke, wie unendlich müde ich bin, aufs Sofa fallen lasse.

Eigentlich hatte ich vorgehabt, mit ihr noch irgendwohin zu gehen, das verpasste Frühstück durch einen Cafébesuch zu ersetzen, aber ich muss zur Kenntnis nehmen, dass ich das heute nicht mehr bringe. Ich bin zu fertig, zu paranoid, um mich unter Menschen zu begeben, habe plötzlich die Vision, dass ausgerechnet da, wo wir einfliegen würden, Carola auftauchen könnte. Davon abgesehen fehlt mir jeder Nerv für Konversation und an der führt in der Öffentlichkeit nun mal kein Weg vorbei. Am liebsten würde ich die Glotze einschalten und hirnlos auf die Mattscheibe starren, aber das getraue ich mich nicht zu sagen. Stattdessen bitte ich Anna, mir ein Glas Wasser zu holen.

Als sie zurückkehrt, wirkt sie plötzlich verärgert, macht ein bisschen Theater wegen des Lippenstifts, den ich ihr vorhin verschmiert habe. Fast bin ich froh, dass es nur das ist, was sie aufregt, aber ich kann ihr noch immer nicht in die Augen sehen. Irgendwie muss ich sie dazu bringen, sich neben mich zu legen.

„Hey, es tut mir Leid, dass ich uns den Morgen versaut habe, okay?", sage ich und darf endlich den Gesichtsausdruck zeigen, der sich schon die ganze Zeit über in der Startbox befunden hat.

Augenblicklich schenkt mir Anna ein Lächeln und dann schmiegt sie sich an mich, ganz so, als ob ich ihr einen telepathischen Befehl erteilt hätte. Und so liegen wir dann da, lassen schweigend die Hände über den Körper des anderen gleiten und ich komme nicht daran vorbei, darüber nachzudenken, dass das Verzeihen eine von Annas Stärken ist. Gut möglich, dass sie mir sogar die Geschichte mit Carola verziehen hätte. In Erfahrung bringen werde ich das hoffentlich nie. Den schwierigsten Part habe ich hinter mir.

5

„Nicht so fest, Hermano. Noch bin ich lebendig“, sagt Bernward und ich versuche den scharfkantigen Eiswürfel, mit dem ich in der fauligen Wunde herumfuhrwerke, mit ein bisschen weniger Druck zu handhaben.

Nachdem ich den Würfel zurück in die Schale gelegt habe, schmeiße ich den Föhn an, blase Heißluft auf die eben gekühlte Stelle. Bernward war sechs Wochen auf der Chirurgischen. Sein Oberschenkelhalsbruch ist ausgeheilt, dafür hat er im wahrsten Sinne des Wortes zwei mittelgroße Dekubiti am Arsch. Wenn die Behandlung mit Eis und Föhn nicht anschlägt – und der Gestank, den die Wunden verbreiten, deutet darauf hin –, werde ich demnächst abgestorbenes, schwarzes Fleisch mit dem Skalpell entfernen müssen. Ein Vorgang, der äußerst schmerzhaft sein kann, da von oben schlecht zu erkennen ist, wo totes Zellmaterial in lebendiges mündet. Bernward wird das mit dem ihm eigenen Galgenhumor ertragen. Er ist ein harter Hund. Mir allerdings wird es schwer fallen, ihn leiden zu sehen. Ich mag ihn. Keinen anderen meiner Schutzbefohlenen hätte ich, nachdem mein Zivildienst endlich zu Ende war, weiterbetreuen wollen. Aber als Bernward mich fragte, musste ich nicht lange überlegen (was nicht heißt, dass ich das Geld, das ich hier verdiene, nicht gebrauchen könnte). Er ist für seine zweiundachtzig Jahre recht passabel beieinander, hört und sieht zwar nur noch mäßig und hat mit einer ausgewachsenen Arthrose zu kämpfen, aber normalerweise sind es eher die Tätigkeiten eines Haushälters, die ich hier zu verrichten habe. Natürlich wird das nicht ewig so bleiben, natürlich wird auch Bernward irgendwann ein Stadium erreichen, in dem es mehr braucht als ein bisschen Unterhaltung und das Einreiben mit Franzbranntwein. Aber darauf sind wir beide vorbereitet. Genau genommen hat diese Phase ja bereits begonnen. Und sollte ich ihm irgendwann den Arsch abwischen müssen, so wird mir dabei einzig und allein die Tatsache zu schaffen machen, dass Bernward diese Prozedur nach eigenem Bekunden als Gipfel der Würdelosigkeit empfindet. Vielleicht stirbt er vorher – *ganz plötzlich und unerwartet*, wie es so schön heißt. In seinem Sinne wünsche ich mir das.

Nachdem ich den Föhn erneut gegen Eis getauscht habe, kommt er zum wiederholten Mal an diesem Tag auf seine Pflanzen zu sprechen.

„Hast sie wirklich gut in Schuss gehalten", sagt er.

Eine Aussage, die mich durchaus mit Stolz erfüllt, denn normalerweise versorgt er die Kolonien exotischer Gewächse – seinen *Dschungel*, wie er sie nennt – selbst, lässt niemanden heran an die annähernd fünfzig Exemplare, die zum Teil recht selten sind. Während seiner Abwesenheit war naturgemäß ich es, der sich um ihr Wohlergehen zu kümmern hatte. Eine Aufgabe, die mir am Anfang nahezu undurchführbar erschien. Aber offenbar hatte ich mir bei Bernward im Lauf der Zeit mehr abgeguckt, als er oder ich gedacht hätten. Und so waren es am Ende einzig zwei Kakteen, die durch den Personalwechsel zugrunde gegangen waren. Ich hatte ihnen einfach zu viel Wasser gegönnt.

Der Ursprung seiner botanischen Leidenschaft ist in seiner Biographie zu verorten. Er hat mehr als dreißig Jahre in Süd- und Mittelamerika verbracht; unter anderem in Amazonien, wohin er bereits 1945 gegangen war. Das legt natürlich die Vermutung nahe, dass er sich in den dunklen Jahren davor irgendetwas hat zuschulden kommen lassen. Aber falls dem so sein sollte, so spricht er nicht darüber und ich für meinen Teil verspüre keinerlei Drang, ihn danach zu fragen. Ich will ihn so im Gedächtnis behalten, wie ich ihn kennen gelernt habe.

Als ich irgendwann von ihm wissen wollte, warum er sich die tägliche Rennerei mit der Gießkanne in seinem Alter noch antue, fiel seine Antwort länger aus als erwartet.

„Am stärksten vermisse ich die Geräuschkulisse, dieses ungeheure Zirpen und Kreischen, kaum dass die Sonne sich verabschiedet hat. Als ich nach Deutschland zurückkam, konnte ich wochenlang nicht schlafen. Die Pflanzen haben mir geholfen. Sie verhindern den Blick auf die Leere da draußen."

Er hat tausend Geschichten aus seiner Zeit in der Fremde auf Lager. Und auch, wenn ich mir sicher bin, dass nicht alle der Wahrheit entsprechen, werde ich nicht müde, sie zu hören. Irgendwann werde ich für ein paar Monate selbst zum Amazonas aufbrechen – spätestens, wenn ich mein Diplom in der Tasche habe. Bernward weiß davon und hofft darauf, dass ich zurückkomme, bevor er meschugge geworden oder gleich gänzlich in die Grube gefahren ist (wie er sich auszudrücken pflegt), damit ich ihm von meinen Eindrücken berichten kann.

Als ich ihm das erste Mal von meinen Plänen erzählt habe, hat er mir die Alligatorenhaut geschenkt, die jetzt bei Anna an der Wand hängt. Merkwürdig, zwei Tage ist es gerade mal her, dass ich voller Schuld und Angst in ihrer Wohnung aufgeschlagen bin, und schon geht das Leben wieder seinen gewohnten Gang, liegen die Ereignisse bei Carola nur noch als blasser Abdruck vor.

Bernward scheint meine Gedanken zu erraten.

„Und wie geht es mit dem schönen Fräulein?", fragt er unvermittelt.

„Oh, gut. Alles bestens", sage ich und greife zum Föhn.

6

„Zieh dir das rein, Mann. Das Teil kann nicht nur sprechen, es besitzt sogar 'nen Bewegungsmelder."

Um diese Auskunft zu untermauern, marschiert Marco einmal an dem circa einen halben Meter hohen Plastikpapst vorbei, und tatsächlich sondert die Figur, die auf einer von Marcos Boxen thront, umgehend eine Botschaft ab.

„Hinfort mit dir, du Ausgeburt der Hölle!", schnarrt es aus den Gewändern des künstlichen Kirchenfürsten.

Marco hat eine Schwäche für religiöse Kuriositäten, ja eigentlich für Bizarres jeglicher Art. Eine Sammelleidenschaft, von der die Einrichtung seines Zimmers unübersehbar Zeugnis ablegt. Allerorten hängen und stehen ausgestopfte Exponate aus dem Tierreich, Winkelemente aus ehemaligen Satellitenstaaten der UdSSR und Unmengen buddhistischer, moslemischer und christlicher Devotionalien aus Kunststoff – die meisten davon mit hoher Wahrscheinlichkeit von den flinken Fingern chinesischer Lohnsklaven gefertigt.

„Na, ob das eventuelle Einbrecher in die Flucht schlagen wird, wage ich zu bezweifeln", erlaube ich mir zu bemerken.

„Einbrecher vielleicht nicht. Aber wenn Tim sich das nächste Mal hier reinschleicht, um sich heimlich an meinen Grasvorräten zu bedienen, wird er hoffentlich 'ne Herzattacke erleiden."

Tim ist Marcos Mitbewohner und ebenso ängstlich wie suchtgesteuert. Marco hat ihn schon seit längerem in Verdacht, dass er ihn in Phasen der Dürre um das ein oder andere Gramm erleichtert. Jetzt kichert er vergnügt, während er den *Heiligen Vater* per Knopfdruck fürs Erste von seinen Wächterdiensten entbindet und sich mir gegenübersetzt. Auf dem flachen Glastisch zwischen uns befindet sich das gewohnte Stillleben aus übervollen Aschenbechern, Blättchenresten und Bröselschale.

Immer noch belustigt angesichts der Vorstellung, dem vermeintlichen Dieb könne durch die Neuerwerbung tatsächlich der Schreck in die Glieder fahren, beginnt Marco eine Mischung aufzustreuen. Dann wechselt er – den Kopf gesenkt – unvermittelt das Thema.

„Und, hat sie's geschluckt?"

Ich habe mit dieser Frage gerechnet, ja, sie ist mir im Gehirn herumgegondelt, seitdem Marco mich vorhin angerufen hat, und doch ist das Unwohlsein, das sie – nun laut gestellt – in mir hervorruft, überraschend groß. Demgemäß kommt mein bejahendes Murmeln ebenso leise wie unwirsch daher.

Marco scheint das nicht zu bemerken.

„Tja, und da erzähl'n die Bräute immer, sie würden uns das Fremdgeh'n schon an der Nasenspitze anseh'n ..." Er zieht ein überlanges Blättchen aus der Packung. „Und?"

„Was und?"

„Wie war's mit Carola?"

„Das geht dich nun wirklich nichts an, Alter."

Gerade hat er das Blättchen zusammenrollen wollen, jetzt hält er inne, sieht auf. In seinem Blick liegt die rechtschaffene Neugier des Mitwissers.

Ich komme an einer Antwort nicht vorbei.

„Es war *okay.*"

„Wie *okay*?"

„Na, okay eben. Komm, beeil dich mit der Tüte."

7

Eine Vernissage bei Saskia. Ich kann mir weiß Gott ein gefälligeres Samstagabendprogramm vorstellen. All die Schaumschläger und Schnorrer, das Expertengehabe, die Häppchen, das Gekreische zur Begrüßung, all das Affige, das vermeintlich Mondäne – ich könnte jetzt schon kotzen. Ich habe nichts gegen Kunst, ganz gewiss nicht. Aber Ausstellungseröffnungen stimulieren bei mir regelmäßig den Teil des Gehirns, der bei Brandstiftern und Plünderern besonders ausgeprägt ist. Keine Ahnung, was Anna an dem Unsinn findet. Eigentlich fährt sie erst darauf ab, seitdem sie Saskia kennt. Eva hatte die irgendwann angeschleppt. Wer auch sonst! Eva mit ihrem Hang zu allem, was auch nur einen Hauch von Jetset verbreitet. Wird sicher auch da sein, die Nervensäge, kann sich den *hotten Event* doch nicht entgehen lassen. Jesus, ich muss zusehen, dass ich Anna beizeiten da weglotse. Vielleicht lässt sich die Nacht ja noch irgendwo anders zu einem geschmeidigen Ende bringen. Normalerweise würde ich Anna allein gehen lassen, mich später mit ihr treffen. Ich habe mir den Scheiß wahrlich oft genug angetan. Aber nach dem, was geschehen ist, habe ich mich außerstande gesehen, ihr einen Korb zu geben. Sie hatte so glücklich und lebenslustig gewirkt, während sie mir die Einladung vorlas, so gottverdammt unschuldig. Das, was mich gleich erwartet, darf also durchaus als Akt der Buße betrachtet werden.

Als ich dann allerdings zu ihr ins Auto steige, erhält die geplante Kasteiung eine ganz unerwartete Note. Anna trägt das Kleid mit diesem überirdischen Rückenausschnitt, das ich ihr schon im letzten Sommer geschenkt habe, das sie bisher aber nie anziehen wollte. Dazu nigelnagelneue Pumps mit Killerabsätzen.

Ich sage ihr, wie schwach sie mich damit macht, woraufhin sie mir ein verheißungsvolles Lächeln schenkt. Buße hin oder her:

Vielleicht wird das ja doch ein bunter Abend, vielleicht stehe ich in einer Stunde in der galerie-eigenen Teeküche und schiebe meiner schönen Freundin den erlesenen Stoff über den Hintern.

Erst einmal gilt es allerdings die befürchtete Prozedur zu überstehen: Begrüßungsküsschen hier, betont lässiges Händeschütteln dort; und da ist ja auch schon Saskia: strenger Lesbenhaarschnitt, weit geschnittene Armeehosen, Muskelshirt in Tarnfarben. Mit ihren zwei Dutzend Tätowierungen und ihren drei Dutzend Piercings wirkt sie wie einer dieser mallorquinischen Esel, die für die Fotoapparate der Touristen posieren müssen.

Ich stehe neben Anna wie Falschgeld, ramme mir ein unverbindliches Lächeln ins Gesicht und wundere mich einmal mehr, wie viele dieser Pfeifen sie kennt. Wirklich erschüttern kann mich das nicht, ich konzentriere mich auf die Teeküche und halte nach Freigetränken Ausschau. Viel Sicht lässt das Gedränge um uns herum nicht zu, aber weil heute scheinbar einer dieser seltenen Tage ist, an denen alles nach Wunsch läuft, segelt mir plötzlich ein Tablett entgegen. Darauf die ersehnte Stimulanz, dahinter ... eine Gestalt, die ich in diesem Menschenzoo nicht erwartet hätte, eine Gestalt, die ich in diesem Käfig voller Narren *absolut* nicht erwartet hätte: Carola! Jesus, was treibt die denn hier? Wahrscheinlich soll sie die These untermauern, dass Tage, an denen alles nach Wunsch läuft, *wirklich* selten sind. In meiner Magengegend erwacht eine rotierende Qualle zum Leben, mein Verstand sondiert Fluchtmöglichkeiten, aber da steht sie schon vor uns, bietet uns die guten Gaben dar. Sie wirkt genauso verblüfft wie ich selbst, gönnt mir nur einen kurzen Blick und wendet sich dann Anna zu. Die nimmt die prekäre Situation zum Glück nicht wahr, sagt freundlich hallo und schnappt sich ein Glas. Wie soll sie auch ahnen, dass die Frau, die sie da vor sich hat, vor noch nicht mal einer Woche meinen Schwanz im Mund hatte? Carola lässt den Gruß gänzlich unbeantwortet. Und das muss Anna dann doch seltsam vorkommen, immerhin kennen sich die beiden, wenn auch flüchtig. Als Caro und ich an diesem Entwurf gearbeitet haben, sind sie sich ein paar Mal begegnet.

Um den peinlichen Moment nicht zu groß werden zu lassen, mache ich Konversation, werfe ohne nachzudenken Worthülsen in den Ring.

„Hey, lange nicht geseh'n. Wie läuft's? Jobbst du hier?", sprudelt es aus mir heraus, wobei die letzte Frage nachgerade idiotisch wirken muss, denn dass sie hier ihr Bafög aufbessert, ist offensichtlich.

Das von Bitterkeit getränkte Lächeln, das Caro uns daraufhin präsentiert, bezieht sich dann auch auf den mittleren Teil meines Wortschwalls.

„Wie's läuft? Ziemlich beschissen zurzeit." Und nach einer Pause: „Seltsam, oder?" Eine Bemerkung, die auf Außenstehende mindestens kryptisch wirken muss.

Hektisch denke ich darüber nach, wie ich auf diese Anspielung reagieren soll, aber Caro erlöst mich, wendet sich abrupt ab und kämpft sich durch die Menge.

Erst als sie außer Reichweite ist, fällt mir auf, dass ich vergessen habe, mich von ihrem Tablett zu bedienen.

Um meine Verlegenheit zu überspielen, stecke ich mir eine Kippe an. Anna mustert mich derweil unverhohlen. Sie hat den Hang, sich in Tagträumen zu verlieren, kann die Umgebung jederzeit ausblenden, aber blöd ist sie nicht. Nein, blöd ist sie ganz und gar nicht.

Während ich mich aufs Inhalieren konzentriere, als ob dafür ein Zinnbecher mit Urkunde winken würde, beginnt sie ein Gespräch, das der Qualle in meinem Magen einen Wachstumsschub verleiht.

„Komisch, die war doch früher nicht so ..."

„Hmh-mmh."

„Was sie wohl damit gemeint hat?"

„Womit?"

„Na mit diesem *seltsam, oder.*“

„Keine Ahnung“, sage ich. Es klingt unwilliger als beabsichtigt. Rasch nehme ich sie bei der Hand, gebe Zuckerguss in meine Stimme: „Komm, lass uns die Bilder anschauen.“ Sanft aber bestimmt ziehe ich sie Richtung Kunst.

Die Hoffnung, dem lästigen Thema damit entkommen zu sein, erfüllt sich nicht. Kaum dass wir die erste einer Reihe großformatiger Polaroidaufnahmen erreicht haben, legt Anna nach: „Ich verstehe das nicht. Sie hat kein Wort mit mir gesprochen.“

„Tja, weiß auch nicht, was das sollte ...“, murmle ich recht kraftlos, als eine wohl bekannte Stimme an mein Ohr dringt.

Eine Stimme, die mich – zumindest fürs Erste – von meiner Pein erlöst.

„Schätzelchen, schön dass du da bist. Und der junge Galan ausnahmsweise auch mal dabei.“

Nie zuvor habe ich mich dermaßen gefreut Eva zu treffen. Habe ich sie vor noch nicht mal einer Stunde innerlich mit Schmähungen bedacht, so könnte ich ihr jetzt die lackierten Zehen einzeln ablecken.

„Kommt doch mit hoch. Pjotr und H.P. sind oben, und der Champagner fließt reichlich.“

Anna sieht mich fragend an.

„Ja, klar“, sage ich. „Ich komme gleich nach. Geh nur mal schnell pissen.“ Nicht dass meine Blase das wirklich verlangen würde, aber eine kurze Auszeit scheint mehr als vonnöten.

H.P., der ausstellende Spacken, das kommende Hätschelkind der Kuratoren von Mailand bis New York – Eva kennt den natürlich. Und weil Eva ihn kennt, kennt Anna ihn auch. Vor einem Jahr hätte sie beinahe an einem seiner Workshops teilgenommen. Habe ich ihr zum Glück ausreden können, den Humbug. Pjotr, der mit bürgerlichem Namen Peter heißt, macht ebenfalls in Kunst, wenn auch gefälliger. Wundert mich nicht, dass die beiden da oben auf der Galerie den Großkotz raushängen lassen, sind ja vom Leben bisher bestens bedient worden. Normalerweise wäre ich ausgeflippt bei der Vorstellung, Anna mit diesen Pappnasen auch nur eine Sekunde allein zu wissen. Jetzt bin ich mehr als froh, dass sie für Ablenkung sorgen.

Auf dem Weg zu den Toiletten organisiere ich mir ein Bier, das ich dann im Schutzraum der verriegelten Kabine in meine Kehle überführe. Eigentlich eine Fügung des Schicksals, den weiteren Abend im Kreise der erlauchten Boheme verbringen zu dürfen. Caro wird da gewiss nicht auftauchen, wird ihren Dienst in den Reihen des gemeinen Volkes zu verrichten haben. Jetzt muss es mir nur noch gelingen, Anna da oben festzunageln, am besten bis wir gehen.

Diesem Gedanken folgend mache ich mich auf, die Frau, die ich liebe, mit Schampus abzufüllen.

Ich bin schon fast an der Treppe, als ich erkennen muss, dass die Fügungen des Schicksals mannigfaltig sind.

„Du glaubst doch nicht, dass ich mir das bieten lasse!"

Ich drehe mich um. Carola sieht so aus wie sie klingt: wutentbrannt wie ein geprellter Kleinaktionär.

„Was meinst du damit?", entgegne ich so ruhig wie möglich.

„Wenn du glaubst, du kannst mich mal eben kurz durchficken und mich dann links liegen lassen, hast du dich gewaltig geschnitten."

„Hey, hey, beruhige dich, ja. Ich mein, das war doch von vornherein klar, dass das nur für eine Nacht ..."

„Ja, dir vielleicht ..."

„Komm, du wusstest, dass ich 'ne Freundin habe."

„Vielleicht sollt ich mit der mal sprechen, mit deiner Freundin. Weiß die eigentlich, mit was für 'nem miesen Typen sie zusammen ist?"

„Das lässt du besser ..." Ich vollende die Drohung nicht.

Auf Caro übt das keinerlei Wirkung aus. Unbeeindruckt setzt sie ihre Tirade fort.

„So, feige bist du auch noch. Hast wohl Schiss, dass dir deine Schnitte den Laufpass gibt."

Ich werde nun meinerseits wütend, will meine Liebe verteidigen, will sagen, dass Anna nicht meine *Schnitte* ist, sondern die Frau, die mir mehr als mein Leben bedeutet, aber bevor ich dazu komme, wird Carola von einem durstigen Mitbürger abgelenkt, der ihr energisch auf die Schulter tippt. Verärgert dreht sie sich um. Ich wende mich ebenfalls ab, will die Gunst des Augenblicks zur Flucht nutzen … und blicke direkt auf Anna, die gerade die Treppe herunterkommt.

War ich gerade noch verärgert, springt mir jetzt ein Packen Panik ins Genick. Ich versuche den Horror mit einem Ausdruck freudigen Erstaunens zu überspielen, bin aber nicht sicher, inwieweit mir das gelingt. Ob Anna die Auseinandersetzung beobachtet hat? Zumindest das Ende wird ihr nicht verborgen geblieben sein.

Sie erreicht mich und erst jetzt bemerke ich, dass sie einen Begleiter an der Seite hat. Kurze Vorstellung: H.P., der Star des Abends. Während ich artig die dargebotene Hand schüttle, scanne ich Annas Augen, kann aber nichts Ungewöhnliches entdecken. Ihr Blick wirkt liebevoll und freundlich. Ich bleibe dennoch misstrauisch.

Der Künstler hat sich anerboten, ihr sein Werk zu erläuten, und so werden wir nun nacheinander zu jeder einzelnen der unscharfen und überbelichteten Fotografien gelotst, die samt und sonders denselben Blickfang aufweisen: eine mit Minirock und Perücke ausstaffierte Lolita am Rand eines Swimmingpools, dahinter – abgegrenzt durch einen Maschendrahtzaun – ein dunkler Amischlitten, geparkt in einer Wüstenlandschaft. Einzig die Tätigkeiten der jungen Schönheit variieren, mal lackiert sie sich die Nägel, mal füllt sie eine Wasserpistole, mal starrt sie einfach in die Sonne.

Keine Frage, dass H.P., der mit bürgerlichem Namen ja nur Hans-Peter oder Horst-Patrick heißen kann, zu jedem Bild etwas zu sagen hat. Von Reminiszenzen an den amerikanischen Traum ist die Rede, von vergangenen Wild-West-Mythen und all den kassentauglichen Elementen, die den entsprechenden Hollywoodproduktionen beigefügt werden. Dass ausschließlich abgelaufenes Polaroid-Material verwendet wurde, dessen veraltete chemische Substanzen völlig unvorhersehbar reagieren, wird uns mitgeteilt, dass sich die Schlieren und die zum Teil massiven Farbveränderungen wie eine zweite Haut über die Aufnahmen gelegt hätten und vieles mehr. Horst-Patrick redet und redet. Normalerweise würde mir derartig selbstgefälliges Schwadronieren mindestens eine Gesichtslähmung bescheren, heute bin ich dankbar dafür. Alles soll mir recht sein, was Anna davon abhält, mich danach zu fragen, warum ich mit einer Kommilitonin, mit der mich privat nicht viel verbindet, einen Streit ausfechte. Von mir aus könnte sich der Vortrag bis ins Unendliche ausdehnen, zumal sich Carola dankbarerweise abseits hält. Soweit es mir möglich ist, verfolge ich jede ihrer Bewegungen und komme irgendwann zu der beruhigenden Erkenntnis, dass sie ihre Drohung nicht wirklich ernst gemeint hat.

Leider sind Anna und ich nicht die einzigen, die H.P. mit seinen außerordentlichen Qualitäten beeindrucken möchte. Irgendwann sieht er sich dann doch genötigt, seine Predigt zu beenden, um sie für andere Wehrlose gleich darauf erneut zu beginnen.

Nachdem er davongeeilt ist, herrscht einen Moment lang Schweigen, dann sagt Anna etwas, das sie besser schon am Anfang des Abends hätte sagen sollen: „Ich will jetzt nach Hause."

Eigentlich müsste ich sie nun fragen wieso, müsste Verwirrung heucheln, denn es ist gerade mal eine Stunde her, dass wir hier eingeflogen sind. Aber der Tonfall ihrer Äußerung lässt derartige Mätzchen nicht zu. Es geht hier nicht um ein plötzliches Unwohlsein oder einen Anflug von Langeweile. Anna hat den Stress mit Caro mitbekommen. Und naturgemäß hat sie angefangen, sich Gedanken zu machen. Ihr Gesicht sieht mit einem Mal verhärtet aus. Und so bleibt mir nichts weiter als ein knappes Okay.

Während wir uns grußlos den Weg zum Ausgang bahnen, arbeitet meine Denkmaschine auf Hochtouren. Natürlich habe ich mir bereits ein paar Erklärungen zurechtgelegt (Zeit genug hatte ich ja), aber keine will so richtig greifen. Dass ich Carola Geld schulde und vergessen habe, es zurückzuzahlen; dass sie mir unvermittelt vorgeworfen hätte, ich würde es an der Uni zu ruhig angehen lassen, würde auf Kosten anderer ein schönes Leben führen – nichts, was mir selber glaubhaft erscheinen will.

Draußen empfängt uns überraschend kühle Luft, und Anna beginnt in ihrem dünnen Kleid zu frösteln. Ich will ihr mein Jackett umlegen und bleibe stehen, um es auszuziehen. Aber sie läuft unbeirrt weiter, ignoriert mich einfach. Während ich ihr hinterher trabe, muss ich unvermittelt an einen alten Leitspruch von Marco denken: Die besten Lügen sind die, die sich so nahe als möglich an der Wahrheit orientieren. Und dann habe ich es plötzlich: Ich werde Anna erzählen, dass sich Carola in mich verliebt hat, dass sie mich damit schon seit Wochen nervt, und dass wir deshalb gestritten hätten.

Demgemäß fühle ich mich relativ entspannt, als wir ins Auto steigen. Selbst als Anna wie irre aufs Gaspedal tritt und einen Start hinlegt, der uns beinahe auf die Gegenfahrbahn schleudert, gerate ich nicht wirklich aus der Fassung.

Pflichtschuldig versuche ich sie zu beruhigen: „Hey, fahr‘n bisschen langsamer, okay. Was ist denn los mit dir?“

„Das fragst du *mich* ...?“

Auf diese Attacke bin ich vorbereitet. Und ich will schon ausholen, will ihr das ausgedachte Szenario gerade unterbreiten, als sie ihrer Bemerkung noch etwas hinzufügt, etwas, das meinen Verteidigungswall mit einem Schlag zusammenstürzen lässt.

„Warum gehst du mit anderen Frauen ins Bett?“ Sie sagt das so leise, dass ich es gerade noch verstehen kann.

Himmel, wie kommt sie darauf? Wie hat sie das herausgefunden? Okay, sie hat den Streit registriert, sie hat Carolas seltsames Verhalten zu Beginn des Abends mitbekommen, aber wie kann sie daraus einen derartig radikalen Schluss ziehen? Caro muss ihr was gesteckt haben. Aber wann? Nach dem Zusammentreffen an der Treppe war Anna die ganze Zeit bei mir. Egal. Jetzt hilft nur noch eins: konsequentes Leugnen.

„Hey, wie kommst du denn auf so‘n Scheiß? Ich gehe mit keiner anderen ins Bett.“

Anna sagt nichts dazu, sieht einfach geradeaus, fährt jetzt langsamer.

„Glaubst du mir nicht?“ Ich höre mich gereizt an, obwohl ich nicht gereizt klingen möchte.

Sie reagiert immer noch nicht und so sehe ich mich gezwungen, jetzt doch meine kleine Fabel ins Spiel zu bringen. Auch auf die Gefahr hin, mich gänzlich ins Aus zu katapultieren, falls sie wirklich Bescheid weiß.

„Okay, es geht um Carola, oder? Hör zu, die Ische nervt mich schon seit Monaten. Ich weiß auch nicht warum, aber sie glaubt, dass sie in mich verknallt ist, und als sie vorhin ankam, um mich wieder mal voll zu schwallen, hat‘s mir einfach gereicht. Ich vögle keine andere ... Verdammt, ich liebe dich.“ Ich sehe Anna an, starre gespannt auf ihr stolzes Profil.

Scheinbar hat sie sich entschieden bis auf weiteres stumm zu bleiben, aber nach einer Weile sagt sie dann doch etwas, ganz sachlich schleicht es sich aus ihrem Mund.

„Findest du deine Lügen nicht selber kindisch?"

Das ist nicht das, was ich hören wollte, aber das Match ist noch nicht entschieden.

„Ich lüg dich nicht an."

„Nein, du belügst dich selbst, mich langweilst du nur."

„Was willst'n damit sagen?"

„Dass ich auf dein pubertäres Gefasel keine Lust habe."

„Spinnst du jetzt? Wieso wirst'n so ätzend?"

„Weil ich es armselig und feige finde, dass du, wenn du schon Scheiße bauen musst, noch nicht mal die Verantwortung dafür übernimmst. Aber du übernimmst ja auch sonst nie Verantwortung ..."

„Ach, ja?"

„Guck dir doch dein Leben mal an: Du kriegst dein Studium nicht auf die Reihe, du lebst vom Geld deiner Eltern ... Du willst einfach nicht erwachsen werden."

„Ja, und von deinem Geld leb ich natürlich auch!"

„Das habe ich nicht gesagt. Aber dass du dich hängen lässt, ist auch schon anderen aufgefallen."

„Ja? Wem denn?"

„Eva zum Beispiel."

„Eva, ha, ha! Die hat's gerade nötig ... Benimmt sich doch selber wie 'ne Sechzehnjährige, deine promigeile Freundin."

„Im Gegensatz zu dir hat Eva ihr Leben im Griff."

„Ja, was das Aufspüren von Trends angeht, liegt sie auf jeden Fall weit vorne. Aber hat sie jemals auch nur einen Finger für andere krumm gemacht, hat sie sich mal *sozial* engagiert? Als ich am Amazonas war ..."

„Hör auf damit. Ich kann die Geschichte nicht mehr hören. Außerdem ist das Jahre her."

„Und was ist mit Bernward?"

„Bernward? Bernward ist ein Job. Nichts weiter als ein schlecht bezahltes Alibi."

„Ja, ein Job! Aber ein Job mit Seele. Aber das interessiert euch natürlich nicht. Ihr verkauft euch lieber an abgewichste Konzernstrategen. Hauptsache, ihr könnt euch regelmäßig neue Klamotten leisten. Und ansonsten: Immer schön auf Sicherheit setzen. Aber weißt du was? Hat vielleicht nicht jeder Bock auf so'n langweiliges Spießerdasein. Du kriegst ja schon die Krise, wenn ich nur mal am Joint ziehe."

„Ach, deshalb gehst du jetzt mit kleinen Mädchen ins Bett! Weil du mit denen zusammen Drogen nehmen kannst ..."

„Hey, Caro ist kein kleines Mädchen! Aber im Gegensatz zu dir muss sie nicht ständig die Vernünftige spielen."

Gottverdammt, ich hätte das nicht sagen dürfen. Ich hätte das nie und nimmer sagen dürfen. Aber Anna hat mich bis aufs Blut gereizt. Ich bin bisher noch jedes Mal ausgeflippt, wenn sie die Tatsache ins Spiel gebracht hat, dass sie bereits auf eigenen Füßen steht, während ich nach wie vor im Studium festhänge. Ich muss das irgendwie gerade bügeln, muss diesen unverzeihlichen Schnitzer sofort ausbessern. Aber ich bin immer noch wütend, und bevor mir etwas halbwegs Gescheites eingefallen ist, kommt meine Wohnung in Sicht.

Anna hält mitten auf der Straße.

„Steig aus."

„Warte mal ..."

„Steig aus!" Ihre Stimme lässt weiteren Widerspruch hinfällig werden.

Ich sehe sie einen Moment lang an, gleichermaßen berührt und abgestoßen von der versteinerten Seitenansicht ihres Gesichts. Dann bin ich draußen, schlage so sacht als möglich die Tür zu.

Anna gibt die Kupplung frei, schaltet zu spät in den Zweiten, sieht sich nicht um.

8

Natürlich habe ich nicht einschlafen können. Natürlich haben sich der Abend und die Geschehnisse, die ihm vorangegangen sind, wieder und wieder in mein Bewusstsein gebohrt, bevor ich endlich für zwei, drei Stunden in die erlösende Leere treten durfte. Wenigstens waren der Zorn und die von ihm genährte Selbstgerechtigkeit groß genug, dem Drang zu widerstehen Anna anzurufen. Immerhin ist sie es gewesen, die das Spielfeld vorzeitig und abrupt verlassen hat. Demgemäß ist es an ihr, sich bei mir zu melden. Aber Anna hat sich nicht gemeldet. Seitdem ich aus dem Bett gekrochen bin, beobachtet mich das blutunterlaufene Auge des Anrufbeantworters, ohne auch nur einmal zu zwinkern.

Die Sonne schickt ihre Greifarme bis auf den Küchentisch, lässt tanzende Staubpartikel sichtbar werden. Aber die Helligkeit hat nichts Wohliges an sich. Ich starre auf die Schlieren und Flecken des Fensters, das ich ganz sicher auch in diesem Jahr nicht putzen werde, rühre in meinem Kaffee und versuche, der Wut erneut auf die Füße zu helfen. Aber all das, was vor ein paar Stunden noch stichhaltig und überzeugend klang, wirkt mit einem Mal hohl und leer, eher den zwei Flaschen Wein geschuldet, die ich mir nach dem Nachhausekommen genehmigt hatte, als echtem Erleben. Und plötzlich macht sich Angst breit, plötzlich ergreift der Gedanke von mir Besitz, dass Anna es ernst meinen, dass sie mich verlassen könnte, ja mich vielleicht schon verlassen hat. Diese Vorstellung ruft ein Gefühl unendlicher Verlorenheit hervor – als wären da keine Mauern, keine Türme, keine Leuchtreklame mehr, nur noch Weite, Morast und Dunkelheit.

Ich wähle ihre Nummer, aber sie geht nicht ans Telefon. *Natürlich* geht sie nicht ans Telefon. Ich hinterlasse ihr eine Botschaft, sage ihr mit sanfter, reumütiger Stimme, dass mir mein gestriges Verhalten

Leid tut, dass wir noch mal reden müssen, dass ich sie liebe und dass sie mich zurückrufen soll.

Danach bleibt nichts zu tun, als das erlösende Klingeln herbeizusehnen. Was aber sage ich ihr, wenn sie sich tatsächlich meldet? Soll ich mit einem Geständnis aufwarten, mit einem *echten* Geständnis, oder soll ich noch einmal versuchen, mich herauszuwinden? Noch sind die entscheidenden Worte nicht gefallen, noch habe ich nichts zugegeben. Kurz keimt in mir die Hoffnung, dass sich der ganze Spuk kraft meiner gespaltenen Zunge in Luft auflösen könnte. Dann aber schiebt sich Annas Gesicht hinter meine Pupillen – dieser entschlossene Zug um ihren Mund, das Undurchdringliche ihrer Augen – und ich weiß, dass ich diesmal, wenn überhaupt, nur mit der Wahrheit durchkommen werde; abgeschwächt natürlich und am besten häppchenweise.

Bevor mich der Mut verlässt, greife ich erneut zum Telefon, wähle erst ihre Festnetz-, dann ihre Handynummer, bekomme aber wieder nur den AB beziehungsweise die Mailbox vor die Flinte. Diesmal bleibe ich stumm. Eine Zigarettenlänge später der nächste Versuch, dann wieder eine Kippe. Und so geht der Vormittag dahin, bis das Päckchen schließlich leer ist.

Mittlerweile sehne ich Annas Stimme herbei wie eine Dosis Sauerstoff kurz vorm Ersticken. Also entscheide ich mich, zu ihr zu fahren. Ist ohnehin am besten, während der großen Beichte ein bisschen Mimik ins Spiel zu bringen. Jesus, ich darf gar nicht dran denken …

Bevor ich gehe, mache ich ewig lange an meiner Frisur herum und probiere ein T-Shirt nach dem anderen an. Ich bin nervös wie ein Drogenkurier. Ein Gefühl, das mit jedem Meter, den ich mich ihrer Wohnung nähere, an Heftigkeit gewinnt.

Aber die Aufregung ist unnötig. Anna öffnet nicht. Obwohl ich es sechs oder sieben Mal versuche, weiß ich das bereits nach dem ersten Klingeln. Kurz bin ich versucht, den Zweitschlüssel zu benutzen, aber so viel Stolz habe ich dann doch noch … Wäre ohnehin müßig: Anna wird bei Eva sein. Wahrscheinlich hat sie da auch übernachtet.

Wenn sie mich mit diesem Manöver an einer Kontaktaufnahme hindern wollte, dann ist ihr das gelungen. Bei Eva laufe ich garantiert nicht auf.

Stattdessen beschließe ich zu Marco zu fahren. Ich brauche jemanden, der mich ablenkt, der mich davon abhält, alle zwei Minuten die Wiederwahltaste meines Mobiltelefons zu benutzen. Wenn Anna bei ihrer besten Freundin Schutz sucht, ist es nur recht und billig, wenn ich ebenfalls meinen besten Freund um Hilfe angehe.

Marco wohnt nicht weit weg, und während ich mein Rad in sein Viertel steuere, bin ich fast ein bisschen erleichtert, dass ich an der Kritik- und Selbstkritikübung fürs Erste vorbeigeschrammt bin.

Wieder muss ich die Klingel mit Nachdruck benutzen, aber diesmal werde ich eingelassen.

Marco empfängt mich in der geöffneten Tür mit freiem Oberkörper, zerknittertem Gesicht und wirrem Haar, und für einen Moment überkommt mich die Sorge, er könne ein Mädchen dahaben. Aber dann tritt er beiseite und bittet mich mit einer theatralischen Geste herein.

„Ein bisschen spät für eine Hausdurchsuchung, Herr Wachtmeister."

„Tut mir Leid, wenn ich dich geweckt habe. Mir geht's nicht gut", sage ich schwach, während ich ihm in sein Zimmer folge.

Der Plastikpapst hat heute scheinbar dienstfrei. Er gibt keinen Laut von sich, als ich an ihm vorbeigehe.

Marco macht es sich aufrecht sitzend im Bett gemütlich. Ich nehme auf der Ledercouch ihm gegenüber Platz. Während er sich ein Schillum stopft, öffne ich die Schachtel Marlboro, die ich mir unterwegs gekauft habe.

„Willst du auch?“, fragt er, bevor sich wie in Zeitlupe eine Rauchfahne aus seinem Mund schlängelt.

Normalerweise kiffe ich tagsüber nichts, aber wenn nicht heute, wann dann …?

Marco reicht mir den *THC-Inhalator.*

„Na, dann erzähl mal.“

Und ich erzähle: von der bescheuerten Begegnung mit Carola, von dem Streit im Auto und von meiner Befürchtung, dass es aus sein könnte mit Anna und mir.

Marco hört stillschweigend zu, kümmert sich darum, dass die Mischung nicht zu glühen aufhört.

Als ich geendet habe, hat er ein mildes Lächeln im Gesicht, halb amüsiert, halb mitleidig.

„Mach dir mal keine Sorgen. Die kriegt sich schon wieder ein.“

„Meinst du?“

„Sicher. Ich hab's zwar nie ganz verstanden, aber ich glaube, sie steht wirklich auf dich. Du lässt ihr jetzt erst mal 'n bisschen Zeit. Und dann erklärst du ihr die ganze Scheiße. Hey, du hast deine Freundin nach 'ner durchzechten Nacht mit irgend'ner Schnalle aus der Disko betrogen. Das kommt vor oder nicht? Das haben schon Millionen vor euch durchgestanden.“

„Ja, aber Anna ist anders. Für die ist das kein Unfall oder so was. In Annas Welt muss alles perfekt sein. Ganz oder gar nicht, verstehst du.“ Während ich das sage, kommt mir ein beunruhigender Gedanke. „Mann, hoffentlich tut sie sich nichts an.“

„Jetzt mach die Sache nicht größer als sie ist. Anna ist 'ne wetterfeste Frau, die tritt dir eher 'ne Acht in dein Rennrad, als dass sie sich die Pulsadern aufschneidet. Komm, wir geh'n jetzt erst mal frühstücken.“

Frühstücken heißt für Marco Steak im Maredo. Ich verspüre keinerlei Appetit. Aber als er sich nach dem Essen ein Pils bestellt, schließe ich mich an.

Auf dem Weg zurück in seine Wohnung kaufen wir weiteres Bier an der Tankstelle.

Zwei, drei Stunden später liegen all die unguten Gefühle, die mich den ganzen Tag über begleitet haben, nur noch als blasse, fehlerhafte Blaupause vor. Und als Marco irgendwann Johnny Cash in die Anlage schiebt, wird mein Gehirn von neuen Empfindungen geflutet. Hey, dies ist ein großer Moment, oder nicht? Ein Moment, der die stetige Geschwindigkeit des Daseins fühlbar verringert. Ein Moment, der Stolz und Trauer rechtfertigt. Ein Moment, der Abweichungen vom Gewohnten erlaubt, und der darum ausgekostet werden muss. Bin nicht auch ich *ein rechtschaffener Mann, der durch unglückliche Umstände sein Mädchen verloren hat*?

„Lass uns nachher noch in die Krone", sagt Marco, bevor er den Lautstärkeregler ein Stück weiter aufdreht.

„Gute Idee", antworte ich und meine das auch so.

9

Regen und Gegenwind; Tropfen, groß wie Dumdum-Geschosse. Ich habe nur ein T-Shirt an. Und während ich, klatschnass und über den Lenker gebeugt, meinen weichen Beinen 200 bpm aufnötige wie ein Profi kurz vorm Zielstrich, verfluche ich meinen Job aus Leibeskräften. Ich bin eine halbe Stunde zu spät und mindestens mittelmäßig verkatert.

Bernward wird das nicht erschüttern. Es ist nicht das erste Mal, dass ich unpünktlich bin, nicht das erste Mal, dass mir alkoholgesättigter Atem aus der Schnute schwappen wird. Wenn mich Marco nicht geweckt hätte, würde ich mich immer noch auf seiner Gästematratze krümmen, wäre davor gefeit, mich mit der unerfreulichen Wirklichkeit auseinander setzen zu müssen.

Gestern, mit diesem seltenen Gefühl im Leib, der nächste Morgen wäre Lichtjahre entfernt, ist die Farbe Grau irgendwann nicht mehr an den Türstehern vorbeigekommen. Heute ist sie der einzige Gast im karg möblierten Wartezimmer meiner Seele.

Schon erstaunlich, wie stark ein paar Gramm Alkohol die eigene Einschätzung der Lage zu verändern vermögen. Natürlich waren da Trauer und Selbstmitleid auf unserem Ritt von einer Theke zur nächsten. Aber darunter hatte ein schwerer Teppich aus Zuversicht gelegen. All das bedeutungsschwere Saufen und Rauchen, das männliche Gehabe und die kumpelhaften Gesten – nichts weiter als Koketterie, umzäunt von dem sicheren Gefühl, dass am Ende schon alles gut werden würde. Ich wollte nicht schlafen gehen, wollte die wohlige Schwebe konservieren. Und so hatte ich im fahlen Licht der Morgensonne einen Joint nach dem anderen geraucht, während Marco längst der Speichel aus dem geöffneten Mund gesickert war.

Das Letzte, was ich erinnere, ist eine SMS an Anna. Was genau ich geschrieben habe, liegt im Nebel, aber es würde mich sehr wundern, wenn es nicht etwas ausnehmend Pathetisches gewesen ist. Geantwortet hat sie nicht.

Bernward zeigt sich gewohnt nachsichtig, erwähnt meine Verspätung mit keinem Wort.

„Ein bisschen dünn angezogen für das Sauwetter“, sagt er, während er mir ein Handtuch bringt.

„Hab nicht zu Hause geschlafen.“ Ich rubble mir das Haar trocken.

„Aha, dem schönen Fräulein aufgewartet. So ist es richtig, mein Junge.“

„Das schöne Fräulein ist nicht mehr. Hat sich verabschiedet.“

Bernward sieht mich prüfend an, checkt, ob ich einen Witz gemacht habe.

„Ja, sie ist weg. Ich hab Scheiße gebaut.“ Herrgott, eigentlich bin ich hier, um dem alten Mann bei seinen täglichen Verrichtungen zu helfen, nicht, um ihm etwas vorzuweinen.

Bernward sieht das großzügiger.

„Komm, setz dich erst mal“, sagt er und lotst mich mit einer Fürsorge an den Esstisch, als ob er der Pfleger und ich der Patient wäre.

Nachdem ich Platz genommen habe, nötigt er mich, mein T-Shirt gegen eine seiner Strickjacken zu tauschen. Dann schlurft er in die Küche um Kaffee aufzusetzen.

Die dampfende Tasse vor der Nase, am Leib die kratzige Wolle mit den zu kurzen Ärmeln, fällt es nicht schwer, in die Vergangenheit zu reisen: das Sofa meiner Großeltern, einen heißen Kakao in der Hand, im Ohr die Stimme meiner Großmutter, die leise flüsternd Kreuzworträtsel löst. Da war nichts als Gänsehaut und absolute Geborgenheit. Auch jetzt würde ich lieber zuhören als reden, aber Bernward erwartet eine Erklärung und die bekommt er auch.

Während ich ihm die Ereignisse der letzten Woche schildere, wobei ich es nicht versäume, das Unrühmliche meiner Rolle in grellen Farben zu zeichnen, kommt mir die bittere Erkenntnis, dass mir hier bereits der dritte Mensch gegenübersitzt, der von meiner Verfehlung Kenntnis hat. „Der Kavalier genießt und schweigt", ist ein Satz, der auf mich offenkundig nicht zutrifft.

„Tja, das ist wirklich eine dumme Geschichte, Hermano", sagt Bernward, als ich zum Schluss gekommen bin. Dann schweigt er eine Weile, schenkt sich Kaffee nach und verrührt bedächtig seine unverzichtbaren drei Löffel Zucker. „Wenn du meinen Rat willst, dann bleibt dir nur eins: Du musst deine Schuld rückhaltlos bekennen. Rede mit dem schönen Fräulein. Leg ihr dein Herz frei von jedem Anspruch zu Füßen. Danach bleibt dir nichts weiter, als auf Gnade zu hoffen. Hab ich dir jemals von diesem Mädchen aus Buenos Aires erzählt, mit dem ich damals gegangen bin?"

Ja, das hat er, mehr als ein halbes Dutzend Mal wahrscheinlich. Aber ich behalte das für mich und lasse ihn reden. Nichts tröstet mehr als das Unglück der anderen.

„Ich habe für meine Überheblichkeit und meinen Leichtsinn mehr als zwanzig Jahre bezahlt. Ja, vielleicht zahle ich heute noch dafür", sagt er nach dem traurigen Höhepunkt: dem rötlichen Badewasser, dem unwiederbringlichen Verlust.

Eine Zeit lang starrt er ins Leere, der Blick erloschen, das Gesicht fahl und scharfkantig wie das hingeworfene Abbild des Gekreuzigten. Dann fängt er sich wieder: „Genug mit den alten Geschichten. Es wird Zeit für die Kneippkur."

Während ich die Schale mit den Eiswürfeln aus dem Kühlschrank hole, weiß ich plötzlich, was ich zu tun habe: Ich werde Anna einen Brief schreiben. Bernward hat Recht. Es ist dringend angebracht, ein Gnadengesuch einzureichen.

Später, zu Hause, die erste lauwarme Mahlzeit seit zwei oder drei Tagen vor der Nase – einen Köfteteller vom Imbiss –, verschiebe ich meinen Plan auf morgen. Mein Hirn ist einfach zu verklebt von den überstandenen Ausschweifungen. Außer TV und Masturbieren geht heute nichts mehr. Ich muss ein bisschen Kraft schöpfen, bevor ich die entscheidende Attacke reite.

10

Anna,

zwei Tage und drei Nächte sind vergangen, seitdem wir uns das letzte Mal gesehen haben. Zwei Tage und drei Nächte, angefüllt mit Unglauben, Wahnsinn und Schmerz. Draußen bäumt sich der Sommer ein letztes Mal auf (das ist selbst durch diesen klebrigen Kokon spürbar, der mich nicht freigeben will.), und ich kann es nicht fassen, daß wir in diesem Moment nicht auf einer Wiese liegen oder vor irgendeinem Café sitzen, die Sonne im Gesicht, in den Augen nichts als Lebenslust …

Ich verstehe, daß Du mich nicht sehen, daß Du nicht mit mir sprechen willst. Ich möchte das respektieren, auch wenn es mich schier irre macht. Aber ich kann nicht schweigen, ich kann nicht stumm zusehen, wie die größte Liebesgeschichte meines Lebens einfach wegstirbt, einfach in einem schwarzen Loch verschwindet.

Ich möchte mich für alles, was ich im Auto zu Dir gesagt habe, entschuldigen. Klar war ich wütend, aber vor allem hatte ich wohl Schiß, Schiß, daß es mit uns zu Ende gehen könnte. Denn ja, da ist was gelaufen mit Carola, in der Nacht bevor ich Dich versetzt habe. An das, was passiert ist, erinnere ich mich kaum. Ich war betrunken, ich war sehr betrunken, wollte wohl einfach noch nicht nach Hause, noch nicht schlafen gehen …

Sicher werden wir uns geküßt haben – in meinem Gedächtnis ist davon kein Bild zu finden. Müßig zu erwähnen, daß es mir nichts bedeutet. Eine schwachmatische, vom Vollsuff gesteuerte Aktion, die nichts, aber auch gar nichts mit dem zu tun hat, was ich für Dich empfinde. Trotzdem hätte ich Dich nicht belügen dürfen. Aber für die Wahrheit hat mir einfach der Mut gefehlt. Ich wollte Dir nicht wehtun, und ich wollte Dich nicht verlieren. Im Auto war ich kurz davor, Dir alles zu sagen, aber am Ende haben Angst und Scham die Oberhand behalten. Oh ja, ich schäme mich. Ich schäme mich dafür, daß ich für einen Augenblick vergessen habe, wie viel mir unsere Liebe bedeutet. Daß mir das jemals passieren könnte, hätte ich nie für möglich gehalten. Seitdem ich Dir begegnet bin, bist Du alles für mich, hat es nie einen Zweifel gegeben, nicht einen Moment des Verrats oder der Illoyalität. Ich habe nie eine andere begehrt, ja, selbst in dieser beschissenen Nacht nicht.

Aber jetzt ist wohl jede Chance dahin, daß Du mir das glauben wirst. Jetzt bleibt mir nur, Dich um Verzeihung zu bitten.

Anna, bitte verzeih mir. Ich weiß, daß Du wahnsinnig enttäuscht und verletzt bist, aber vielleicht gelingt es Dir ja, den grauen Vorhang für eine Sekunde beiseite zu schieben. Denk an die 730 Tage plus X, an denen wir glücklich waren, denk an diese Nacht in Budapest, an die Pläne, die wir damals geschmiedet haben, denk daran, was wir noch alles erleben könnten. Laß nicht zu, daß dieser eine Augenblick der Schwäche all das kaputtmacht, was gut und groß war.

Es muss eine Möglichkeit geben, wieder zueinanderzufinden. Ganz bestimmt gibt es die. Ich werde auf jeden Fall alles tun, was möglich ist, damit Du mir irgendwann wieder vertraust.

Ich brauche Dich, Einzigartige. Ich brauche Dich, um mich lebendig zu fühlen. Ohne Dich ist nichts von Bedeutung. Gib mir bitte ein Zeichen.

In Liebe,

Magnus

Ich habe diesen Brief wieder und wieder verändert, habe derart viele Formulierungen durchgestrichen und ersetzt, dass ich ihn zweimal abschreiben musste. Allein die Anrede hat mich minutenlang beschäftigt. Anna und ich haben keinen besonderen Kosenamen für den anderen. Ich hasse es, wenn sich Leute Schatz oder Darling nennen oder schlimmer noch: sich mit Tiernamen in ihrer diminutiven Form anreden. Mal ganz abgesehen von der kindlichen, asexuellen Note dieses Verhaltens wird es spätestens peinlich, sobald der erste handfeste Streit ausbricht. „Schatz, könntest du endlich damit aufhören, dich wie eine Gestörte zu benehmen?" „Weißt du was, Bärchen? Fick dich doch einfach selbst!"

Natürlich habe auch ich Anna schon mit den handelsüblichen Floskeln bedacht, habe sie Liebste oder Schönste genannt, meist in Briefen oder E-Mails. Und auch heute wollte ich mich erst aus diesem Repertoire bedienen. Dann aber habe ich mich für ihren Vornamen entschieden. Anna – das besitzt eine schlichte Ernsthaftigkeit, und dies hier ist ernst. Diesmal darf ich keinen Fehler machen. Mir sind in letzter Zeit schon zu viele unterlaufen.

Und so lese ich meine Zeilen ein weiteres Mal, wobei ich versuche, mich in Annas Situation zu versetzen. Als ich zum Ende gekommen bin, habe ich das sichere Gefühl, akkurate Arbeit abgeliefert zu haben. Es ist alles drin: ein Geständnis, das mich (und damit auch Anna) nicht völlig entwürdigt, eine ehrliche, ernst gemeinte Entschuldigung und ein Appell an die heilige Existenz unserer Zweisamkeit. Dass ich diese Nacht in Budapest ins Spiel gebracht habe, ist vielleicht ein wenig perfide, aber im Krieg und in der Liebe …

Wir hatten damals die Schlüssel zu unserem Appartement verloren, das wir privat auf der Straße angemietet hatten. Und während wir eng umschlungen die Stunden bis zum Morgengrauen bei strömendem Regen in einem Bushaltestellenhäuschen verbrachten, ließen wir unsere Gedanken in die Zukunft schweifen, redeten darüber, was alles vonnöten wäre, um eine jahrelang andauernde Reise zu unternehmen oder gleich für immer in der Fremde zu leben. Anna brachte Australien ins Spiel, sprach davon, etwas Gemeinsames aufzuziehen, Architektur und Design irgendwie miteinander zu verbinden. Klar, sie kann perfekt Englisch und sie ist geradezu vernarrt in Strände mit surfer-freundlichem Wellengang.

Ich fabulierte, glaube ich, zum ersten Mal vom Regenwald, gab mächtig an, mit einigen der Geschichten, die ich bei Bernward gehört hatte, ritt auf dem Entwicklungshelferding herum. Richtig einig werden konnten wir uns nicht, aber das war egal, denn für uns beide stand fest: In Deutschland würden wir auf keinen Fall versacken!

Erwähnung gefunden haben diese Fluchtphantasien danach nur noch selten. Dass ich heute die Erinnerung an ihre Geburt in die Arena geschmissen habe, wird Anna nicht kalt lassen. Sie ist ohnehin nicht der Typ, der sein Herz dauerhaft verhärten kann. Auf diesen Brief wird sie spätestens einen Tag nach seiner Ankunft reagieren. Jede Wette!

Zufrieden klebe ich den Umschlag zu. Es ist noch nicht mal vierzehn Uhr, wenn ich ihn gleich einschmeiße, hält Anna ihn schon morgen in den Händen.

Zum Briefkasten laufe ich zu Fuß. Er steht nur zwei Straßen weiter.

Bevor ich das Couvert in den Schlitz schiebe, presse ich es kurz an die Lippen. Eine Zwangshandlung, die ich mir bei einer meiner Exfreundinnen eingefangen habe. Nicht dass ich an Rituale dieser Art wirklich glauben würde. Aber wenn du mit dieser Scheiße einmal angefangen hast, kannst du nicht mehr damit aufhören. Zu groß ist die Gefahr, im Falle eines Misserfolges bis in alle Ewigkeit von einem aus reumütiger Erkenntnis und tränenreicher Selbstanklage geschmiedetem Stachelhalsband gemartert zu werden („Ach, hätt' ich doch, ach hätt' ich doch ..."). Nein, lieber auf Nummer sicher gehen!

Derart gesegnet segelt der Umschlag zu seinen darbenden Brüdern und Schwestern. Ab sofort heißt es warten ...

Auf dem Rückweg, keine hundert Meter von meiner Haustür entfernt, fällt mir eine Frau auf, die ganz offenkundig Ärger am Hacken hat. Sie mag um die vierzig sein und wirkt in keiner Hinsicht ungewöhnlich, abgesehen von dem Tempo, das sie drauf hat. Sie marschiert, ja hastet auf ihren hohen Schuhen den Bürgersteig entlang, kann dem Mittelklassewagen mit heruntergelassenem Beifahrerfenster, der mit gleich bleibender Geschwindigkeit neben ihr herfährt, aber natürlich nicht entkommen.

„Hau ab! Hau endlich ab!“, schreit sie gerade, unüberhörbar Panik in der Stimme. Wahrscheinlich hat sie es mit einem Stalker oder einem ausgetickten Exmann zu tun.

Ich beeile mich aufzuschließen.

„Lassen Sie die Frau in Ruhe!“, entfährt es mir, noch bevor ich Peiniger und Opfer erreicht habe.

Niemand reagiert. Die Frau sieht sich kurz um, blickt dann wieder geradeaus; der Wagen rollt unbeirrt weiter. Immerhin kann ich jetzt erkennen, dass am Steuer tatsächlich ein Mann sitzt. Schemenhaft ragt ein rasierter Schädel hinter der Kopfstütze hervor.

„Hey, hast du mich nicht verstanden?“

Ich bin nicht unbedingt das, was man ein Vorbild an Zivilcourage nennen könnte. Aber in diesem Moment überkommt mich eine unbändige Lust, dem Arschloch da vorne ein Loch in den Kopf zu treten. Vielleicht hat das was mit Anna zu tun, vielleicht was mit Schuldübertragung (ein Bußgang, eine Wiedergutmachung, eine Art Zorro-Nummer) – ich weiß es nicht.

Ich sprinte zur Fahrerseite, wild entschlossen die Tür aufzureißen. Nicht lang fackeln, gleich zusteigen! Aber gerade als ich die Finger an den Griff bekomme, öffnet sich die Tür von selbst und zwar mit einem derartigen Schwung, dass es mir den Arm wegreißt und mich zu Boden wirft. Während ich versuche mich abzurollen, höre ich den Wagen stoppen. Dann sehe ich den Fahrer aussteigen. Er ist ein paar Jahre jünger als ich und gut beieinander. Sein armloses

Shirt gibt den Blick auf ausgeprägte Muskelstränge frei. Noch bevor ich mich aufrichten kann, habe ich bereits seinen Schuh in den Rippen. Diesem ersten Tritt folgen ein Dutzend weitere – eine Misshandlung, deren Rhythmus fast maschinengleich daherkommt.

Der Fahrer bleibt währenddessen stumm, ja atmet nicht mal schwer, erledigt das hier ruhig und gewohnheitsmäßig. Ich versuche so gut es geht, meinen Kopf mit den Armen zu schützen.

Als es irgendwann vorbei ist und ich die Augen wieder öffne, sehe ich die Frau über mir. Sie ist tatsächlich um die vierzig; das können auch die zwei Zentner Schminke nicht verbergen, mit denen sie sich zubetoniert hat.

„Selber Schuld, wenn du dich einmischst, du blöder Wichser", sagt sie und lässt einen Klumpen Speichel auf mein Gesicht klatschen. In ihrem Blick liegt nichts als Verachtung.

11

Der Zusammenstoß mit dem entmenschlichten Pärchen ändert alles. Ich möchte Anna *sofort* sehen. Die meisten Treffer sind zwar auf den Körper gegangen, aber mein Gesicht ist nicht verschont geblieben; unter anderem habe ich eine amtliche Schürfwunde an der Schläfe. Ich will, dass sie das sieht. Ich will, dass sie mir die Geschichte zu diesen Wunden aus der Nase zieht, während sie mit schreckerfüllten Augen die Jodflasche aufschraubt. Aber bringt das wirklich Punkte, wenn wir uns begegnen, bevor mein Brief bei ihr eintrifft? Würde das mühsam gefertigte Schriftstück damit nicht hinfällig, seine Wirkung außer Kraft gesetzt werden? Unentschlossen steige ich aus der Dusche, mustere noch einmal die Verletzungen. Es sieht schlimmer aus, als es ist: ein blauer Fleck neben dem anderen – aber noch nicht mal eine Rippe gebrochen.

Ich ringe mich dazu durch, meine Ungeduld im Zaum zu halten. Ich werde abwarten, zumindest bis morgen. Naturgemäß steigt die optische Wirkung von Hämatomen über Nacht.

Nachdem ich wieder in meinen Klamotten stecke, verlasse ich noch einmal das Haus, besorge mir im Supermarkt eine Fertigpizza und zwei Flaschen Wein. Mir ist nach Feiern zumute. Es wird zwar noch ein paar Stunden dauern, bis sich die Straßenbeleuchtung einschaltet, aber das ist mir heute egal. Ich habe mir das Recht auf einen Rausch außer der Reihe redlich erworben.

Während der Belag der im Ofen befindlichen Pizza zu pulsieren beginnt, wandern meine Gedanken noch einmal zu der Frau, die mir meinen heldenhaften Rettungsversuch so bitter vergolten hat. Nachdem sie ihren oralen Ausfluss in meinem Gesicht appliziert hatte, war sie zu ihrem Vorstadtschläger ins Auto gestiegen und mit ihm weggefahren. Ich würde zu gern wissen, was diese skurrilen Menschenkinder miteinander verbindet. Wahrscheinlich eine gemeinsame erotische Obsession. Erst im öffentlichen Raum Krawall anzetteln, dann eine hastige Nummer auf der Rückbank. Mir kann das egal sein, die beiden haben mein Aktienkapital deutlich ansteigen lassen, zumindest was die Rückeroberung meiner Freundin angeht (den Begriff Exfreundin möchte ich mir fürs Erste schenken).

Ich schlinge die Pizza hinunter, dann mache ich es mir vor dem Laptop gemütlich und sichte meine E-Mails. Von Anna ist nichts im Postfach – das hätte mich auch überrascht. Dafür hat sich die Uni gemeldet. Es geht um die Publikation einer Seminararbeit. Ein Trend, der langsam ausufert. Jeder dahergelaufene Dozent möchte mittlerweile die zwanzig Gramm Ideen, die er seinen Studenten zur Umsetzung vorwirft, am Ende des Semesters in einem möglichst aufwendig gestalteten Buch veröffentlicht sehen. Diesmal geht es um ein Referat, das ich bereits vor Wochen gehalten habe; Thema: ‚Die Funktion der mittelalterlichen Burg in Filmproduktionen und Vergnügungsparks'. Jetzt fordert eine der wissenschaftlichen Hilfskräfte vehement die schriftliche Fassung an. Ein Ansinnen, dem ich auf keinen Fall nachkommen werde. Ich habe im Moment wahrlich andere Sorgen und meinen Schein bekomme ich auch so.

Ich schließe die Seite und beginne ohne Plan durchs Netz zu pilgern. Schließlich lande ich bei einem dieser öffentlichen Tagebücher. Eine Braut namens Ulrike gewährt dem interessierten Connaisseur Einblicke in ihr von Handy-Smog und anderen bösartigen Strahlen zerstörtes Leben. Neurodermitis, Heuschnupfen, Asthma, diverse Allergien und Depressionen – das ist die Ausbeute, die die Existenz eines in ihrem fränkischen Dorf befindlichen Sendemasts Ulrike bisher eingebracht hat. Fotos sind auch dabei. Mal leuchtet die Neurodermitis mehr, mal weniger – je nachdem welche Strecke Ulrike am Tag zuvor zum Joggen gewählt hat. Unglaublich, was die Leute alles preiszugeben bereit sind. Noch unglaublicher, wer alles die Muße besitzt, den Scheiß zu kommentieren. Das Gästebuch ist prall gefüllt, quillt geradezu über vor mitleidigen Solidaritätsbekundungen und wohlmeinenden, zum Teil hanebüchenen Ratschlägen. Herausragend der Tipp eines Wünschelrutengängers namens corona66. Er empfiehlt die Wirkung jedweder Strahlung durch einen selbst gefertigten Helm aus Bauschaum und Klarsichtfolie zu neutralisieren.

So geht die erste Flasche Wein dahin, die zweite findet ihr Ende vor der Glotze. Ohne lang zu zögern begebe ich mich zum Kiosk um Nachschub zu holen. Dieser Tag darf auf keinen Fall vorzeitig zu Ende gehen, dafür war er zu außergewöhnlich.

Außerdem muss ich dringend etwas gegen die Schmerzen unternehmen, die an den verschiedensten Stellen meines Körpers selbst verwaltete Zonen zu errichten drohen. Vielleicht sollte ich eine Homepage ins Netz stellen, die *meine* Leiden thematisiert …

Als ich zurückkomme, verklingt gerade die Abschlussmelodie der Zweiundzwanzig-Uhr-Nachrichten. Ich lasse ein paar Sender durchlaufen und finde eine Dokumentation über einsame Seelen, deren dürftiges Liebesleben sie regelmäßig in so genannte Chatrooms treibt. Während die zum Teil gar nicht mal so unansehnlichen Probanden die eher zweifelhaften Ergebnisse ihrer Bemühungen mit einer Häme schildern, die die ungeheure Trostlosigkeit des Ganzen erst spürbar werden lässt, schiebt sich plötzlich Annas Gesicht in mein Bewusstsein. Ein Bild, das nichts als Zuversicht hervorruft. Kampfeslustig ziehe ich den Korken aus der Flasche.

Dass ich bis in den Mittag hinein schlafe, ist dem alkoholischen Exzess nur zum Teil geschuldet. Ich will die Chance erhöhen, dass Anna meinen Brief bereits gelesen hat, bevor ich das Bett verlasse. Und so ignoriere ich die ersten Weckrufe aus den verschiedenen

Gauen meines Leibes, zwinge mich immer wieder einzudämmern, wobei die Folgen des verkosteten Weins zugegebenermaßen hilfreich sind.

Gegen vierzehn Uhr lassen sich Durst und Harndrang nicht länger unterdrücken. Also quäle ich mich erst ins Bad und dann in die Küche, nur um nebenbei zu registrieren, dass Anrufbeantworter wie Mailbox gleichermaßen autistisch daherkommen. Obwohl ich mich auf diese Möglichkeit vorbereitet habe, trifft mich die Enttäuschung mit der Wucht einer Springflut.

Ich versuche mich mit dem Gedanken aufzumuntern, dass Anna sicher in Schriftform antworten wird. Nichtsdestotrotz heißt die deprimierende Maxime des Tages warten. Ich räume ein bisschen auf, wasche ein paar Teller ab, lasse eine Maschine Wäsche durchlaufen – Aktivitäten, denen kein Plan zugrunde liegt, immer wieder von Zigarettenpausen und Kontrollgängen zum AB unterbrochen. Bei all dem gilt: Nur nicht die Geduld verlieren, nur nicht nervös werden. Ich muss da durch, muss wenigstens bis morgen aushalten …

Als es Abend wird und ich endlich die Glotze anwerfen kann, bin ich fast erleichtert. Ich gehe noch vor Mitternacht ins Bett.

Am nächsten Morgen bin ich entsprechend fit. Tatendurst nennt man das wohl, was mich da bereits unter der Dusche in Unruhe versetzt. Heute wird etwas passieren. Heute wird eine Entscheidung fallen. Ich möchte die Dinge forcieren, möchte irgendwas unternehmen, das die Waagschale zu meinen Gunsten beeinflusst, möchte endlich wissen, woran ich bin. Aber zum jetzigen Zeitpunkt wäre das taktisch unklug. Erst einmal gilt es die Ankunft des Postboten abzuwarten.

Weil ich sonst nichts mit mir anzufangen weiß, beschließe ich eine Runde laufen zu gehen. Ich habe das Training ein bisschen schleifen lassen, mindestens zwei Wochen lang. Hohe Zeit, wieder durchzustarten. Vorsichtig trabe ich ein paar Sekunden auf der Stelle. Die Schmerzen sind durchaus noch spürbar, hauptsächlich im Bereich des Oberkörpers, aber das soll mich heute nicht aufhalten.

Schon als ich auf mein Fahrrad steige, packt mich eine unbändige Vorfreude. Keine einzige Wolke über mir, der Himmel blau wie ein Paar Husky-Augen. Es ist noch frisch, aber es wird nicht lange dauern, bis die Sonne sich Respekt verschafft hat. Zum Kanal sind es keine zwei Kilometer. Ich könnte die Strecke laufen, aber nach mehreren Überweisungen zum Physiotherapeuten scheuen meine Kniegelenke asphaltierte Wege mittlerweile.

Am Wasser angekommen, lasse ich mich dafür nicht lange bitten. Weder habe ich Lust auf Dehnübungen, noch darauf, es langsam angehen zu lassen. Ich will einen hohen Puls und ich will, dass mir der Schweiß möglichst bald die Schläfen hinabrinnt. Ich will die Kraft spüren, die ich in mir fühle.

Die Lastkähne, die hier vertäut sind; das stillgelegte Silo mit seinen saurierartigen, ehemals fahrbaren Ladekränen; die beiden verrosteten Gaskessel; der Schrottplatz mit seinem schiefen Wellblechzaun und den gigantischen Dünen aus gepresstem Stahl – das alles verleiht der Gegend etwas Großstädtisches. *Einmal noch nach Bombay, einmal nach Shanghai. Einmal noch nach Rio, einmal nach Hawaii …* Eine Mischung aus St. Pauli-Schmonzette und 80er-Jahre-Tatort. Heute müsste sich *Schimanski* reinhängen, wenn er mich einholen wollte. Meine Füße trommeln über den Boden wie Hagelkörner. Zu meiner Überraschung beeinträchtigen mich die Folgen der Misshandlung so gut wie gar nicht. Im Brustkorb macht sich ein leichter Schmerz bemerkbar, aber dieser Schmerz tut gut, hat nichts Beängstigendes. Der Atem geht schnell, aber im Gleichtakt: An-na, An-na. Ich möchte rennen, bis ich umfalle, immer weiter, immer weiter, die Lungen aufpumpen, den Schmerz auf die Spitze treiben, schreien, laut schreien, den Herzmuskel stilllegen, Blut und

Schweiß mit Hochdruck durch die Poren pressen. An der Anlegestelle für den Ausflugsdampfer muss ich mich förmlich zwingen, wie gewohnt umzudrehen. Als nach einer knappen Stunde mein Rad in Sicht kommt, bin ich allerdings froh über das disziplinierte Manöver. Ich bin fix und alle, habe noch nicht mal mehr Kraft für einen Schlussspurt. Dafür tanzen die Endorphine in meinem Körper ein flottes Menuett.

Auf dem Rückweg hole ich mir beim Bäcker eine Tüte Croissants, die ich mir nach der zweiten Dusche dieses Tages mit echtem Heißhunger einverleibe. Danach gibt es für die frisch geweiteten Lungenbläschen einen Happen Nikotin. Als ich die Kippe ausdrücke, ist es zwanzig nach elf. Normalerweise kommt der Briefträger zwischen elf und zwölf. Heute reizt er es aus. Ich darf bis kurz vor halb eins durch die Wohnung tigern, bevor ich im Hausflur endlich das markante Geklapper höre.

Sofort bin ich unten, sehe schon vom Treppenabsatz aus, dass Post in meinem Kasten steckt. Insgesamt sind es drei Briefe, die ich dem Behälter entnehme: zwei Rechnungen und eine Werbesendung.

Und damit entschwinden die letzten Reste meiner Geduld wie eine Traube Ballons im Abendhimmel. Genug ist genug! Ich muss etwas unternehmen. Ohne noch einmal in meine Wohnung zurückzukehren verlasse ich das Haus, gebe meinem Rad die Sporen, als ob am Ende der Strecke ein gelbes Trikot winken würde. Klar, es mag ein paar ganz banale Erklärungen für diese unmenschliche Ausweitung der Kontaktsperre geben. Vielleicht war mein Brief einen Tag länger unterwegs als geplant, vielleicht will sich Anna mit ihrer Antwort Zeit lassen. Aber derlei Durchhalteparolen haben die Kraft verloren mich zu beruhigen.

Seit beinahe fünf Tagen habe ich von meiner Freundin kein Lebenszeichen mehr erhalten. Hohe Zeit herauszufinden, woran ich bin, hohe Zeit herauszufinden, was Sache ist. Ich bin auf eine wohltuende Art geladen. Aber im Kielwasser meiner Wut schwappen auch ein paar Gramm Sorge herum.

Diesmal gibt es kein Zögern. Ich klingle Sturm und als sich, wie erwartet, nichts tut, bin ich in Sekundenschnelle vor Annas Wohnungstür. Ich klinge nochmals, verharre einen Moment. Dann stecke ich den Zweitschlüssel ins Schloss.

Die Wohnung ist leer, das ist sofort zu spüren. Ich drehe trotzdem eine Runde. Als ich das Badezimmer betrete und mein Blick auf die unberührte, weiß glänzende Wanne trifft, presse ich erleichtert Luft aus der Lunge. Nicht, dass ich ernsthaft … Froh bin ich dennoch.

Nach der ersten Hektik beginne ich, mich gründlicher umzusehen. Nichts deutet darauf hin, dass Anna die Wohnung für einen längeren Zeitraum verlassen hat. Ihre Zahnbürste liegt auf dem Waschbecken, ihre Mäntel und Jacken hängen vollzählig im Flur, die Leuchtanzeige des Anrufbeantworters glimmt stetig vor sich hin. Der Kühlschrank allerdings macht einen ziemlich verwaisten Eindruck, während ihr Briefkasten – das ist mir bereits auf dem Weg nach oben aufgefallen – den Eindruck erweckt, schon seit ein paar Tagen nicht mehr geleert worden zu sein (so viel zu der Frage, warum ich bisher keine Antwort von ihr erhalten habe).

Um darüber nachzudenken, was genau das alles zu bedeuten hat, lehne ich mich an die Arbeitsplatte in der Küche und stecke mir eine Zigarette an. Normalerweise gestattet mir Anna das Rauchen nur auf dem Balkon. Heute missachte ich diese Regel mit einem gewissen Vergnügen. Sie soll ruhig merken, dass ich hier war.

Während die weiß-grauen Schwaden langsam zur Deckenlampe steigen, beginne ich meine Beobachtungen zu sortieren. Mein erster Eindruck scheint in jedem Fall korrekt: Anna ist nicht wirklich weg, sonst würden wenigstens ein paar ihrer persönlichen Sachen fehlen. Aber sie hält sich hier auch nicht auf, was der leere Kühlschrank und der volle Briefkasten beweisen. Also kann sie nur, wie ich es schon von Anfang an vermutet habe, bei Eva sein. Merkwürdig ist der Zustand des Anrufbeantworters, dem ja zumindest meine Nachrichten ein munteres Blinken hätten aufzwingen müssen. Vielleicht war Anna heute Morgen oder gestern Abend kurz hier um irgendetwas zu holen und hat den AB dabei schnell abgehört.

Wenn Anna aber nur in ihrer Wohnung war, um gleich darauf wieder zu verschwinden, dann erscheint es vollkommen müßig, hier auf sie zu warten. Wer weiß, wie lange es dauert, bis sie das nächste Mal kommt.

Und so bleibt mir nur die Höchststrafe: Ich muss zu Eva, muss meine Gefühle in Gegenwart dieser Schickse zu Markte tragen. Dafür aber muss ich erst einmal herausfinden, wo sie wohnt. Ich war zwar ein paar Mal bei ihr, aber das war vor anderthalb Jahren. Seitdem ist sie mindestens zweimal umgezogen. Dummerweise haben mich ihre neuen Adressen nie interessiert. Kurz bin ich versucht, in Annas Unterlagen nach den Daten, wenigstens nach einer Telefonnummer zu suchen. Aber Anna verzeichnet ihre Kontakte in einem kleinen schwarzen Notizbuch und das liegt nirgendwo. Sie wird es bei sich tragen.

Wer oder was könnte mir sonst helfen? Ralf fällt mir ein. Ja, Ralf, den ich insgeheim Annas zweitbeste Freundin nenne, Ralf könnte etwas wissen. Sklavisch ergebener Verehrer, der er ist, gibt er wahrscheinlich auch für Eva den Beichtvater. Zumindest wird er ihre Nummer haben. Ralf … ausgerechnet Ralf! Wahrscheinlich ist er als enger Vertrauter längst in die Geschehnisse eingeweiht, reibt sich voller Vorfreude die aufgedunsenen Eier, während er Trost spendend um Anna herumscharwenzelt. Heiland, vielleicht ist Anna ja auch bei ihm untergekrochen. Ein Grund mehr, da gleich mal nach dem Rechten zu sehen. Seine Adresse kenne ich. Ich war mit Anna zwei- oder dreimal auf einer seiner trostlosen Geburtstagsfeiern. Jesus, was für ein Bußgang. Erst zu dieser Konfirmandenblase, dann zu dem verzogenen Barbieverschnitt.

12

Unfassbar: Ralf ist nicht nur zu Hause, er gewährt mir sogar Einlass. Bei meinem momentanen Glück hätte es mich nicht überrascht, an seiner Haustür ein Schild mit der Aufschrift *Seuchensperrbezirk* vorzufinden.

Nach seinem Nachnamen habe ich mein Gedächtnis nur kurz durchforschen müssen – Honka ist einfach zu eingängig –, dann hatte ich auch schon seine Sachbearbeiterstimme im Ohr.

„Ja, bitte?"

„Hier ist Magnus. Hast du 'nen Moment Zeit für mich?"

Zwei, drei Sekunden lang drang nichts als Rauschen aus der Gegensprechanlage.

Dann wieder dieser distanzierte Tonfall: „Ja, äh, natürlich. Komm doch rein."

Er erwartet mich am Treppenabsatz: hängende Schultern, angespannter Gesichtsausdruck. Aber der hat bei ihm nichts zu bedeuten. Ralf ist der Typ, der schon nervös wird, wenn die Wettervorhersage mal nicht eintrifft. Mit seinem karierten Pullunder, den grauen Stoffhosen und dem aus der Form geratenen Kurzhaarschnitt sieht er aus wie ein großer Junge, ein Streber, der gerade beim Lernen für die morgige Physikklausur gestört worden ist. Er grinst mich unsicher an.

„Hallo … lange nicht gesehen." Kurz hebt er den Arm, lässt ihn aber sogleich wieder sinken. Offenbar kann er sich nicht entscheiden, ob er mir die Hand geben soll.

War ich unten vor der Tür noch voller Scham ob der bedrückenden Notwendigkeit, einen Außenstehenden in einer Herzensangelegenheit um einen (wenn auch kleinen) Gefallen angehen zu müssen, so fällt bei Ralfs Anblick jegliches Unwohlsein von mir ab.

Grölend und polternd kehrt die Selbstsicherheit zurück – ganz so, als hätte sie nur mal eben eine kurze Auszeit in irgendeinem Bierzelt genommen. Gestalten von Ralfs Kaliber rufen etwas Forderndes im Ton geradezu zwangsläufig hervor. Selbst wenn du ihnen höflich begegnen *möchtest*, eine forsche Überheblichkeit schleicht sich immer ein.

Ich ergreife seine Rechte und schüttle sie jovial.

„Ja, ist schon ein bisschen her. Cool, dass du Zeit für mich hast."

Sein Händedruck ist überraschend fest, seine Finger beinahe trocken.

Die Wohnung überrascht dagegen weniger. Seit meinem letzten Besuch hat sich hier nichts verändert: bergeweise Fachzeitschriften, Unmengen an LPs und CDs, eine Tonne Computertechnik. Im größeren der beiden Zimmer Ralfs ganzer Stolz: seine Sammlung von 70er-Jahre-Kopfhörern. Aufgereiht wie Hirschgeweihe prangen sie an einer der Längswände. Meine Güte, wie konnte ich bloß auf den Gedanken kommen, Anna könne in einem Bastelkeller wie diesem Zuflucht suchen.

„Ja, hm … nimm doch Platz." Ralf fegt einen Stapel *DE:BUG* vom Sofa.

Ich setze mich und zünde mir eine Kippe an.

„Warte, ich hole dir etwas zum Reinaschen." Er springt Richtung Küche, offenbar froh, noch einmal aus meiner Reichweite zu kommen.

Als er mit einer Untertasse zurückkehrt, habe ich längst beschlossen, auf Mätzchen jeder Art zu verzichten. Ich werde ihn nach Evas Adresse fragen und gut. Es besteht keine Veranlassung, ihm die Hintergründe meines Anliegens mitzuteilen. Wenn er Näheres wissen will, soll er Anna aushorchen; so sie ihn nicht ohnehin schon eingeweiht hat.

„Hör mal, hast du vielleicht Evas Adresse? Oder ihre Telefonnummer?“

„Eva? *Die* Eva? Nee, leider nicht.“ Er sieht ehrlich betrübt aus, während er das sagt. Nichts in seinem Gesicht deutet darauf hin, dass ihm meine Frage seltsam vorkommt.

„Okay …“ Ich suche im Geist bereits nach einer Floskel, mit der ich einen schnellen Abschied einleiten kann, aber Ralf hat noch nicht aufgesteckt. Gründlicher Domestike, der er ist, will er auch diesen Kundenwunsch gewissenhaft bearbeiten.

„Warte mal … warte …“, sagt er, wobei er angestrengt ins Nichts starrt. „Ich meine, ich hab keine *genaue* Adresse, aber ich glaube, sie wohnt in der Sorokinstraße und zwar direkt neben dieser Beratungsstelle für Mädchen. Hausaufgabenhilfe und so was ...“

Hausaufgabenhilfe! Na, das passt ja zu Eva ...

„Bist du ganz sicher?“

„Ja, ja. Ich hab sie da mal … hab sie da mal abgeholt.“

Na, klar. Und zwar im Schlepptau meiner Freundin, du Arschloch. Na, mir soll's egal sein. Hauptsache, ich habe, was ich wollte.

„Weißt du noch, wann das war?“

„So vor, äh … na … zwei, drei Monaten, glaub ich.“ Zum ersten Mal zeigt er Anzeichen *echten* Unwohlseins, kratzt sich aufgeregt in der Leistengegend. Wahrscheinlich befürchtet er, dass nun ein Kreuzverhör beginnt, das seine Beziehung zu Anna auslotet. Ich entlasse ihn aus seiner Panik: „Na, dann besteht ja selbst bei einer Nomadin wie Eva die Chance, dass sie da noch wohnt.“

Er lächelt erlöst.

„Ja, sicher. Ganz bestimmt … Kann ich dir …, kann ich dir vielleicht was zu trinken anbieten? 'n Wasser oder so?“ Bloß nicht hinsetzen, scheint seine Taktik zu lauten.

„Nein, danke. Muss gleich weiter. Hab heute noch'n ziemlich volles Programm.“

„Oh.“ Er sieht gleichermaßen verblüfft wie erfreut aus. „Ja dann …“

„Ja dann.“ Ich drücke meine Zigarette aus und erhebe mich.

Er begleitet mich zu Tür.

„Danke noch mal für deine Hilfe. Bis demnächst.“

„Ja, bis demnächst.“

Auch ohne mich umzudrehen weiß ich, dass mir ein intensiver Blick hinterherkriecht.

In der Sorokinstraße läuft es durchwachsen. Zwar finde ich neben der von Ralf genannten Beratungsstelle tatsächlich Evas Wohnung – das heißt, ich finde ein Klingelschild mit ihrem Namen darauf –, Eva selbst finde ich nicht.

Aber was ärgere ich mich? Ich hätte es wissen müssen: Menschen wie Eva sind so gut wie nie zu Hause, gilt es doch nahezu stündlich hochnotwichtige Termine abzuarbeiten – Verabredungen zum Essen, Verabredungen zum Shoppen, Verabredungen zum Lippenaufspritzen.

Nachdem ich mir den Daumen schartig geklingelt habe, kehre ich erst mal im nächsten Kiosk ein, besorge mir die Bild und zwei Dosen Cola.

Und so sitze ich dann schräg gegenüber von Evas Haus auf der Bank einer Bushaltestelle, ein Auge auf die Eingangstür, eins auf die Druckerschwärze gerichtet. Hercule Poirot für Arme, Kalle Blomquist auf seinem letzten Ritt Richtung Altenteil.

Wenn Anna wirklich bei Eva logiert, sind die beiden dann gerade zusammen unterwegs? Oder stromert Anna allein herum? Ist sie womöglich noch da oben, nicht willens oder in der Lage, dem Klingeln Beachtung zu schenken? Ich nehme die Fenster ins Visier, hinter denen ich Evas Appartement vermute: weiße Vorhänge, allesamt zugezogen.

Ich zwinge mich, wenigstens die erste Dose zu leeren, dann bin ich zurück auf der anderen Seite, habe erneut meinen Daumen auf der Klingel. Nichts!

Wieder auf meinem Beobachterposten überlege ich, ob ich am Türrahmen eine Nachricht hinterlassen und dann abhauen soll. Stift, Zettel und Tesafilm ließen sich bestimmt beim Kiosk auftreiben. Aber wofür sollte das gut sein? Ich muss Anna überraschen. Alles andere wäre eine taktische Fehlleistung. Also das Hirn hübsch weiter gefüttert mit den erlesenen Gräueltaten und den aufgepumpten Skandalhäppchen.

Nachdem Cola und Zeitung aufgebraucht sind, stecke ich mir eine letzte Zigarette an. Dann eine allerletzte. Schließlich eine weitere. Danach bin ich weich gekocht. Dieses Warten ohne Erfolgsgarantie ist einfach zu zermürbend. Missgestimmt schwinge ich mich auf mein Rad. Ich werde später wiederkommen. Erst mal nach Hause.

Der Rest des Nachmittags ist zäh wie Bronchialschleim.

Gegen achtzehn Uhr mache ich mich erneut auf den Weg. Wieder hat mein Klingeln keine Reaktion zur Folge. Aber diesmal bin ich vorbereitet. Ohne zu klagen verdrücke ich mich in das chinesische Restaurant an der Ecke, wo es mir dank Vor- und Nachspeise gelingt, eine knappe Stunde totzuschlagen. Einen Nutzen hat das nicht. Mein voller Bauch kann die taubstumme Gegensprechanlage auch nicht erweichen. Und so fahre ich noch einmal nach Hause, nur um kurz vor zehn wieder vor dieser verwunschenen Tür aufzutauchen.

Ein Blick nach oben hat bereits eine Ahnung in mir aufsteigen lassen: kein Licht, keine Veränderungen an den Vorhängen. Und tatsächlich: Auch diesmal will mich das gelobte Land nicht empfangen.

Meine Frustration erreicht unmenschliche Ausmaße, spült jegliche Vernunft über Bord. Es reicht! Ich werde hier so lange ausharren, bis ich Anna oder Eva zu Gesicht bekomme; und wenn es bis zum Morgengrauen dauern sollte …

Nachdem der erste Ärger abgeklungen ist, kehrt die Klarsicht zum Glück in mein gebeuteltes Hirn zurück. Ich darf mir keine Blöße geben. Und was wäre das anderes als eine Blöße, von der Frau, die ich liebe, mitten in der Nacht in einem Hauseingang entdeckt zu werden? Außerdem möchte ich gar nicht wissen, wie lange die beiden unterwegs sind … Nein, es hilft alles nichts: Ich muss ein weiteres Mal an die heimische Feuerstelle zurück. Morgen ist auch noch ein Tag.

Beim Aufstehen überkommt mich das deutliche Gefühl, dass mir das Jagdglück heute hold sein wird. Ich lasse es ruhig angehen, dusche und frühstücke ausgiebig. Nachtschwärmerin, die sie ist, wird Eva sicher nicht vor zehn aus dem Bett finden.

Als ich in ihre Straße einbiege, ist es kurz nach elf. Ich überlege noch, ob ich eine Tüte Brötchen holen soll – nur für den Fall der Fälle –, als ich sie plötzlich entdecke. Sie muss das Haus gerade verlassen haben, läuft keine hundert Meter voraus den Bürgersteig entlang. Im ersten Moment ist da nichts als Freude – endlich habe ich sie! – dann reißt mir eine klauenbewehrte Faust ein Loch in die Bauchdecke. Das da vorne ist nur Annas *Freundin*. Das da vorne ist nicht das Mädchen, das ich *eigentlich* suche. Schmerzhaft wird mir klar, wie sehr mir Anna fehlt, wie sehr meine Sehnsucht in den letzten Tagen an Masse gewonnen hat. Aber Wehklagen hilft nichts. Der Weg zu Anna führt über Eva – so bleibt zumindest zu hoffen –, also frisch auf zur Charmeoffensive.

Ich trete in die Pedale, überhole sie und bremse ab.

„Hey! Guten Morgen." Ich lege meine gesamte Freundlichkeit in diesen Gruß.

Eva bleibt stehen, wendet den Kopf, mustert mich. Über der Schulter ein hippes Täschchen; im Haar eine Sonnenbrille; die wohlgeformten Brüste in einem engen Top verstaut; im Gesicht die übliche Mischung aus Spott und Selbstgewissheit. Sie gibt sich keine Mühe, die Häme zu verbergen, die mein Anblick offenbar bei ihr auslöst.

„Magnus, sieh mal an!"

Ich entschließe mich, den ätzenden Ton geflissentlich zu überhören, verrät er mir doch, dass Eva zu Anna in den letzten Tagen Kontakt gehabt haben muss.

„Sag mal, ist Anna bei dir? Also in deiner Wohnung, mein ich …?" Verdammt, ich hatte das ganz gelassen vortragen wollen. Stattdessen klinge ich wie ein Dreizehnjähriger. Ein Effekt, den Evas Gegenwart bereits früher ausgelöst hat. Sie sieht einfach zu gut aus, strahlt so dermaßen viel Sex aus, dass du schon ein Eunuch sein müsstest, um keine weichen Knie zu bekommen. Keine Ahnung, wie oft ich mir schon vorgestellt habe, ihr meinen harten Schwanz in dieses überlegene Lächeln zu rammen …

Auch jetzt liegt es bereits wieder auf ihrem perfekt geschminkten Gesicht, umspielt ihre verwöhnte, kleine Filmstarschnute mit der Magie eines Schlangenbeschwörers. Natürlich: Diesen Moment *muss* sie auskosten. Daran kommt sie nicht vorbei. Der Nichtsnutz, vor dem sie ihre beste Freundin immer gewarnt hat, rutscht, nachdem er sich wie erwartet mit Schande besudelt hat, geschlagen vor ihr auf dem Boden herum.

„Nenn mir einen triftigen Grund, warum ich das ausgerechnet dir verraten sollte."

„Weil ich Anna liebe. Weil ich mächtig Scheiße gebaut habe. Weil ich sie dafür unbedingt um Verzeihung bitten möchte … Und weil ich ihr das alles furchtbar gern selber sagen würde."

Ich rechne fest damit, für dieses Bekenntnis erst recht mit Hohn bedacht zu werden. Aber zu meiner großen Überraschung zeigt sich Eva mildtätig.

„Okay, Schätzchen, du weißt, dass ich dich nicht gerade für den Hauptgewinn halte, aber ich will's dir ausnahmsweise verraten." Sie kneift die Augen zusammen, streicht sich eine Strähne aus der Stirn. „Anna ist nicht mehr da. Sie hat mich vor 'ner Viertelstunde angerufen. Und zwar von einer Raststätte aus … Tja, die wundervolle Frau, der du kleiner Tölpel das Herz gebrochen hast, ist dabei das Land zu verlassen. Und zwar Richtung Portugal, falls du es genau wissen willst."

„Das ist nicht dein Ernst."

„Das ist mein *voller* Ernst."

„Verdammt!"

13

Hinter meiner Stirn schlägt ein Rochen träge mit den Flossen; meine Augen haben Schwierigkeiten mit dem Abschätzen von Entfernung und Geschwindigkeit; meine Blase hat sich schon vor hundert Kilometern gemeldet. Ich müsste dringend anhalten. Aber ich kann nicht. Sobald ein Parkplatz in Sicht kommt, vertröste ich meine körperlichen Befindlichkeiten auf den nächsten. Diese eine Etappe will ich noch schaffen, bevor ich der Schwäche Tribut zolle. Am liebsten würde ich auf jegliche Pause verzichten, aber das wird nicht gehen. Die Strecke ist so lang, dass ich mindestens zweimal werde schlafen müssen – selbst wenn ich gut durchkomme und dem Motor ordentlich die Knute gebe.

Zweimal schlafen, zweimal zur Ruhe kommen, den Puls regulieren, die Gedanken ordnen, der Entspannung mit einem tiefen Diener die Tür aufhalten – ich habe keine Ahnung, wie das gehen soll. Die letzten beiden Nächte waren schon schlimm: stundenlanges Herumwerfen; Kolonnen unerwünschter Fragen, unerbetene Erkenntnisse im Gepäck; endlose Bilderreihen – ausgespuckt von einem überwachen Bewusstsein; in den Nervenbahnen eine Stampede ausgefreakter Kradmelder; ungezählte Zigaretten; ungezählte Griffe zur Wasserflasche; ungezählte Gänge aufs Klo. Gar nicht auszumalen, wie sich die nächste Auszeit gestalten wird, noch dazu in der stickigen Enge der Fahrgastzelle.

Ich öffne ein neues Päckchen Zigaretten, stecke mir eine an und lasse das Fenster ein kleines Stück herunter. Wieder ein Parkplatz. Noch fünfhundert Meter. Ich schere auf die linke Spur, überhole endlich diesen mintgrünen Opel, der mich schon seit einer halben Minute mit einem übergroßen *Lonsdale*-Schriftzug beleidigt.

Rastlosigkeit und Panik sitzen mir seit Evas verheerender Offenbarung im Genick. Natürlich bin ich sofort danach zu Anna gefahren. Aber meine Hoffnung, dass Eva mich angelogen haben könnte, wollte sich nicht erfüllen. Vielmehr deutete alles darauf hin, dass Anna sich wirklich aus dem Staub gemacht hat. Papiere, Kosmetika, Klamotten – Dinge, die sich keine vierundzwanzig Stunden zuvor noch an ihrem Platz befunden hatten, waren plötzlich verschwunden. Und obwohl ich das halbe Viertel durchkämmte, ließ sich auch ihr Auto nicht finden. Die bitterste Erkenntnis: Sie war abgehauen, während ich Stunde um Stunde vor Evas Haus gewartet hatte. Wäre ich in Annas Wohnung geblieben, ich hätte sie abgepasst ... Wenn ich ihr wenigstens einen Zettel dagelassen hätte, verdammt.

Und nun ist sie Richtung Portugal unterwegs.

Ich meine: Ausrasten und sich ein paar Tage bei einer Freundin einquartieren ist das eine, die Entscheidung, sich völlig allein in die Fremde aufzumachen und dabei dreitausend Kilometer mit dem Auto abzureißen, etwas anderes.

Heiland, was geht in ihr vor? Was erhofft sie sich von dieser Flucht? Ist dies der Beginn eines Lebens, in dem ich keinen Platz mehr habe? Hat die Nacht mit Carola alles zerstört? Das sind die Fragen, die mich seit zwei Tagen unablässig martern.

Natürlich wollte ich ihr gleich hinterher, wollte sie einholen, sie zur Umkehr bewegen. Ganz lässig neben ihr auf einem Rastplatz zum Stehen kommen, die Scheibe herunterlassen und ihr zulächeln. Aber ich musste erst das verschissene Auto besorgen, musste erst Marco zutexten und dann darauf warten, dass er seinen heiß geliebten Fiaker erübrigen konnte. Immerhin erhielt ich so die Gelegenheit, mich bei Bernward abzumelden. Er reagierte wie erwartet entspannt.

„Na, da müssen eben die Taugenichtse vom ASB mal wieder ran. Bring du nur dein Mädchen nach Hause“, kommentierte er meine Ankündigung, den Dienst auf unbestimmte Zeit zu quittieren.

Mein Mädchen nach Hause bringen – das ist es, was ich möchte, ja. Erst aber muss ich mein Mädchen mal finden. Hätte Eva nicht Portugal erwähnt, ich wäre nicht losgefahren, so aber besteht durchaus eine Chance, eine Riesenchance sogar. Denn Anna war als Kind regelmäßig in Portugal, im Urlaub, mit ihren Eltern natürlich, und zwar immer am *selben* Ort. Erst hätte es sich beinahe gerächt, dass ich so ein lausiger Zuhörer bin. Denn obwohl mir Anna oft genug davon erzählt hatte, konnte ich mich an den Namen des kleinen Dorfes nicht mehr erinnern. Zum Glück hält das Internet ziemlich genaue Karten bereit. Und während ich die Küstenlinie intensiv studierte, blieb mein Blick an einem der zahllosen Namen hängen, gab es in meinem Gedächtnis doch so etwas wie Erkennen.

Seitdem bete ich darum, dass mich mein Hirn nicht genarrt hat und dass Anna tatsächlich zu diesem Leitstern ihrer Kindheit unterwegs ist. Falls ja, wird der Rest eine Kleinigkeit sein. Ein Dorf ist ein Dorf, außerdem verfüge ich über den Namen der Wirtin. Maria. Maria, was sonst! Gegrüßt seist du, Maria, voll der Gnaden, der Herr ist mit dir. Du bist gebenedeit unter den Frauen, und gebenedeit ist die Frucht deines Leibes. Heilige Maria, Mutter Gottes, bitte für uns Sünder, jetzt und in der Stunde unseres Todes. Amen.

Die Vorstellung von Annas Gesicht, wenn ich ihr dort, an der Kante des Kontinents, gänzlich unverhofft gegenübertrete, lässt mich lächeln. Ich missachte auch den nächsten Parkplatz und wühle in dem Durcheinander des Cockpits nach einer neuen Kassette. Ich brauche etwas, das diesem Moment etwas Weihevolles verleiht. Der Roots Reggae, der aus den Boxen schnarrt, kommt allzu lässig daher.

Der *Granada* ist genauso vermüllt, wie man es bei einem Besitzer von Marcos Struktur erwarten darf. Den Boden bedecken leere Bierflaschen, zerknüllte Kippenschachteln und die ranzigen Verpackungen von Fastfood-Gerichten. In der Konsole geht es ähnlich bunt zu. Hier sind es hauptsächlich Blättchenpackungen, Kleingeld, Kugelschreiber und Schraubenzieher, die der Übersicht die Stirn bieten. Nur gut, dass es keine Grenzkontrollen mehr gibt.

Die Chance, dass sich in diesem Durcheinander nicht wenigstens ein kleiner Brösel Hasch befindet, ist äußerst gering.

Die Tapes sind über den gesamten Innenraum verteilt, und es dauert ein wenig, bis ich etwas Angemessenes gefunden habe: Cheap Trick: *At Budokan*. Ich spule vor, bis das entfesselte Kreischen aus ungezählten japanischen Kehlen den Beginn von *I want you to want me* ankündigt. Ja, das ist es! Zum ersten Mal, seitdem mir Marco den Autoschlüssel in die Hand gedrückt hat, kann ich die Tatsache genießen, dass ich mich von A nach B bewege, dass Landschaft an mir vorbeirauscht, dass mir neunzig Pferdestärken zu Willen sein müssen.

Das Gelände ist mittlerweile uneben geworden. Und während Robin Zander seinen mandeläugigen Groupies weiter einheizt, liefere ich mir ein Rennen mit einem Trio Reisebusse. Hügelauf ziehe ich vorbei, hügelab überholen sie mich wieder. Ich stecke mir eine weitere Kippe an, spule ein Stück zurück und drehe die Lautstärke auf.

„Oh, didn't I, didn't I, didn't I see you cryin'." Scheiß was auf die Nebelkrähen, die auf meiner Kopfstütze sitzen. Dieser Raubzug wird ein erfolgreiches Ende nehmen, das schwöre ich. Aber erst mal brauche ich einen Kaffee. Einen Kaffee und ein Pissbecken.

14

Die letzten hundert Kilometer ziehen sich hin wie eine Streptokokkeninfektion. Der Schlafmangel und das endlose Starren auf den Asphalt sind nicht ohne Folgen geblieben. Alle naselang meine ich etwas über die Fahrbahn huschen zu sehen, in den Augenwinkeln führen irrlichternde Schatten eine tückische Scharade auf. Mein Magen imitiert eine Jauchegrube, dennoch rauche ich eine Zigarette nach der anderen. Unglaublich, dass Anna diesen Höllenritt auf sich genommen hat. Aber hat sie das überhaupt? Ist sie wirklich hier in Portugal? Dieser quälende Gedanke mobilisiert neue Kräfte, lässt mich das Gaspedal noch einmal durchtreten.

Als dann endlich, einer Fata Morgana gleich, das Dorfschild an mir vorbeirauscht, fällt auch das letzte bisschen Müdigkeit von mir ab. Gleich werden all meine Fragen beantwortet werden, gleich werde ich wissen, ob mich der Zielstrich als strahlender Triumphator oder fehlgeleiteter Tor empfängt.

Der Ort wirkt wie aus dem Reiseprospekt kopiert: weiße Flächen, von einem kräftigen Blau umrahmt; abblätternder Putz; rote, schindelgedeckte Dächer; Kopfsteinpflaster.

Ich halte vor einer kleinen Bar. An einem Ecktisch drei Männer um die sechzig mit auffallend kräftigen Unterarmen, hinter der leeren Theke ein junger Bursche mit modisch gegeltem Hahnenkamm und schmalen, bis auf die Wangen gezogenen Koteletten. Mein Eintreten ruft keinerlei Reaktion hervor, scheinbar ist man hier Fremde gewohnt. Ich nehme auf einem der Barhocker Platz und bestelle ein Bier. Ich habe plötzlich keine Eile mehr.

Nachdem meine Kehle ausreichend angefeuchtet ist, frage ich mein Gegenüber nach der gesuchten Pension.

Er lacht.

„Maria? Die vermietet schon seit ein paar Jahren nicht mehr."

Ich sage ihm, dass ich den Weg dennoch wissen muss und nach einem Moment skeptischen Schweigens erklärt er ihn mir. Es ist so nah, dass ich zu Fuß gehen kann. Ich lasse ein weiteres Bier kommen.

Seltsam, nach der ganzen Hetzerei, dieser endlosen Fahrt, diesem panischen Drängen und Sehnen möchte ich mich mit einem Mal nicht mehr weiterbewegen. Ich möchte hier sitzen bleiben und ohne Druck dem Getränkesortiment zu Leibe rücken. Vielleicht habe ich auch einfach bloß Angst. Aber draußen dämmert es bereits und die aufkommende Dunkelheit zwingt mich ins Freie. Ich will nicht zu spät vor Marias Pforte treten.

Während ich dem angegebenen Weg folge, erhöht der Herzmuskel seinen Rhythmus. Ich bin nervös wie ein Sterbehelfer vor seinem ersten Klientenbesuch.

In dem Haus, das mir als das gesuchte erscheint und vor dem ich schließlich stehen bleibe, brennt noch Licht. Ich unterbinde den Impuls durch die Fenster zu spähen, klopfe gleich an die Tür.

Es dauert eine Weile, dann habe ich sie vor mir: Maria, die Mutter aller Wirtinnen. Diese alte, unendlich dicke Frau mit dem gutmütigen Gesicht kann nur Maria sein. Sie sieht aus wie die Besitzerin einer südländischen Herberge auszusehen hat, zumindest im Kino.

„Maria?", frage ich sie dennoch, und zeige mit dem Finger auf ihren imposanten Bauch.

„Ja?"

„Anna? Ist, äh … ist Anna hier?", stammle ich, dankbar für jedes Wort Portugiesisch, das ich mir in der Volkshochschule, meiner geplanten Südamerikatour zuliebe, auf die Hirnrinde gezogen habe. Jetzt zahlt sich diese Maßnahme aus.

„Nein." In ihre Augen hat sich ein Funken Misstrauen geschlichen.

„Ja, aber … wohnt sie hier? Oder sonst irgendwo im Ort? Ich bin ein Freund. Ich bin *ihr* Freund. Ich bin Magnus."

Ich weiß nicht, ob sie mich verstanden hat. Aber als ich meinen Namen nenne, lächelt sie.

„Ah, Magnus. Magnus, ja gut. Ich sage ihr, dass du hier warst. Geh solange in Rosas Hotel."

„Rosas Hotel. Na, klar. Gut. Okay. Auf Wiederseh'n."

Ich stürme die Gasse hinab. Sie ist hier. Sie ist hier! Ich habe alles richtig gemacht. Nicht einer der vielen Kilometer, die ich abgerissen habe, war umsonst. Dass ich gar nicht weiß, wo sich Rosas Hotel befindet, fällt mir erst auf, als ich wieder an der Bar anlange.

Ich gehe hinein, um mich kundig zu machen.

„Hab ich doch gleich gesagt, dass Maria keine Zimmer mehr vermietet." Der gegelte Gockel setzt eine triumphierende Miene auf.

Ich lasse das unkommentiert. Als Gewinner ist es leicht, Zurückhaltung walten zu lassen.

Im Hotel, einem schmalen, dreistöckigen Bau, empfängt mich ein junges Mädchen, das sich, was den Leibesumfang betrifft, wohltuend von seiner ehemaligen Zunftgenossin unterscheidet. Vielleicht Rosas Tochter. Auf ihre Frage, wie lange ich zu bleiben gedenke, weiß ich im ersten Moment keine Antwort. Ich war bis vor kurzem davon ausgegangen, dass ich diese Nacht an Annas Seite verbringen würde.

„Erst mal bis morgen", sage ich schließlich.

Das Mädchen bedenkt mich mit einem viel sagenden Lächeln. Wahrscheinlich hat es schon häufiger Gäste erlebt, die sich, von der Schönheit der Gegend überwältigt, zu einer Verlängerung ihres Aufenthalts genötigt sahen.

Nachdem die Formalitäten erledigt sind, werde ich eine enge Stiege hinauf in den obersten Stock geleitet. Soweit ich das erkennen kann, befinden sich auf keiner Etage mehr als zwei Zimmer. Das meinige ist eher schlicht gehalten, dafür wartet es mit einem breiten Bett auf.

Auszupacken habe ich kaum etwas. Außer meiner Zahnbürste und einer Hand voll Klamotten habe ich nichts mitgenommen. Wofür auch? Spätestens übermorgen gedenke ich meine Königin zurück in mein Reich zu führen.

Ich mache es mir in einem Sessel vor dem geöffneten Fenster gemütlich, starre auf einen satten, unwirklich nahen Mond und rauche. In der ersten Stunde ist das noch angenehm, rechne ich doch sekündlich mit einem zarten Klopfen an der Tür, das mir Annas Erscheinen ankündigt. Dann aber robben erste Zweifel heran. Vielleicht will sie gar nicht kommen. Oder sie ist noch gar nicht bei Maria gewesen, amüsiert sich gerade irgendwo. Nur falls ja: wie lange? Und vor allem: mit *wem*?

Zu allem Überfluss kehrt die Müdigkeit zurück. Wenn ich wenigstens etwas zu lesen eingesteckt hätte. Oder Streichhölzer, um sie mir unter die schweren Lider zu klemmen …

Als eine weitere Stunde ins Land gegangen ist, wird die Skepsis zur Gewissheit. Es geht auf Mitternacht zu. Ich werde Anna heute nicht mehr zu Gesicht bekommen. Was für ein Irrsinn: Da liegt ihr Zimmer nur ein paar hundert Meter entfernt und sie ist unerreichbarer denn je. Noch einmal an die Tür ihrer Wirtin zu klopfen bringe ich nicht. Jetzt einfach ins Bett zu gehen genauso wenig. So müde ich auch bin, ich werde mich noch einmal in die kleine Bar schleppen. Ich muss hier raus, sonst drehe ich durch.

Mein Plan, Anna am Empfang eine Nachricht zu hinterlassen (nur für den Fall der Fälle), scheitert an dem banalen Umstand, dass sich dort niemand mehr aufhält. Der Eingangsbereich liegt vollständig im Dunkeln. Offenkundig ist bereits der Feierabend eingeläutet worden. Auch gut. Das erspart mir weitere Enttäuschungen. Morgen wird sich alles klären. Jetzt heißt es erst mal das Denken vernebeln. Hoffentlich hat der Ausschank noch offen.

Er hat. Trotz der späten Stunde ist sogar deutlich mehr los als bei meinen vorangegangenen Besuchen. Die drei Alten sind verschwunden, dafür lärmt ein gutes Dutzend Teenager an der Theke herum. Der Barkeeper nickt mir zu und stellt mir auf mein Zeichen ein Bier auf den Tresen. Schön, wenn man wortlos verstanden wird. Mit der Flasche in der Hand ziehe ich mich an einen der Tische zurück.

Ich lasse es ruhig angehen, trinke für meine Verhältnisse bedächtig. Ich will morgen halbwegs fit sein. Dessen ungeachtet werde ich hier so lange sitzen bleiben, bis der Laden dichtmacht.

Ich habe gerade die vierte oder fünfte Flasche in Angriff genommen, als ich eine Beobachtung mache, die mich abrupt aufspringen lässt. Draußen hastet eine Frau übers Pflaster. Sie trägt seltsame Klamotten, aber sie sieht aus wie Anna. Verdammt, sollte sie etwa doch noch … Ich stürme zur Tür, sehe die schemenhafte Gestalt im Dunkel der nächsten Straßenbiegung verschwinden. Kurz überlege ich, ob ich ihr hinterhersprinten soll, dann kehre ich zu meinem Platz zurück. Wahrscheinlich halluziniere ich bereits. Anna trägt keine Wollmützen, und sie läuft auch nicht in Pyjamahosen durch die Gegend.

Dem Barkeeper ist mein Manöver nicht verborgen geblieben. Er mustert mich mit einem Blick, der wohl signalisieren soll, dass ich mir nun endgültig den Status eines Schwachsinnigen erobert habe. Um ihn zu beschäftigen, gebe ich eine neue Bestellung auf und lasse mir einen Schein für den Zigarettenautomaten wechseln. Dann gehe ich ausgiebig pissen.

Als ich in den Schankraum zurückkehre, sitzt die Frau mit der Mütze plötzlich an der Theke. Und obwohl sie mir den Rücken zukehrt, weiß ich diesmal, dass es Anna ist. Verkleidet zwar, aber eben doch Anna. Heiland, was jetzt?

Ich halte einen Moment inne, versuche mich zu sammeln, überlege, was ich sagen soll. In jedem Fall muss ich es gelassen angehen, die Begrüßung unaufgeregt gestalten. Ich will die Freude in ihrem Gesicht explodieren sehen, die Überraschung, die Zuneigung ob meiner Verfolgungsjagd ...

Ich setze mich auf den Hocker neben ihr. Dankbarerweise hat sich die Dorfjugend vor ein paar Minuten verabschiedet.

„Ich hab dich eben schon vorbeiwirbeln seh'n. Dachte aber, du bist es nicht", flüstere ich in ihren Nacken. Wohlweislich vermeide ich es, ihren Aufzug zu kommentieren, genauso wie ich es mir versage sie zu berühren.

Sie wendet sich um. Und für den Bruchteil einer Sekunde ist da wirklich Freude in den grau-grünen Augen. Dann wird ihr Blick ausdruckslos. Ihre Hände umklammern ein Glas Wein. Ihr Schweigen zwingt mich weiterzureden.

„Ich konnte nicht schlafen, musste noch'n Bier trinken. Und du? Was machst du hier?" Viel lieber würde ich sie fragen, wo sie in den letzten vier Stunden gewesen ist. Aber ich dränge meine Eifersucht beiseite.

„Ging mir ähnlich", sagt sie endlich.

„Ist irgendwie komisch, das Ganze." Ich weiß nicht weiter. Dieses kühle Szenario entspricht in keiner Weise dem, was ich erwartet hatte. Anna kommt mir unendlich fremd vor. Und das liegt nur zum Teil an dieser ungewohnten Kostümierung.

Sie hebt ihr Glas an die Lippen. Als sie es zurück auf den Tresen setzt, schwappen ein paar Tropfen über den Rand. Immerhin, so ganz frei von Gefühlsregungen ist sie auch nicht.

„Ja, ist wirklich komisch", sagt sie, nachdem sie ihre Finger am Pullover abgewischt hat, nur um einen Augenblick später, gerade als ich denke, dass wir endlich eine gemeinsame Frequenz gefunden haben, unvermittelt aufzuspringen.

„Ich geh dann mal. Ist schon spät", sprudelt es aus ihr heraus. „Sehen wir uns morgen? Im Café am Hafen? Vielleicht zum … so gegen Mittag?"

Völlig überrascht versuche ich sie zurückzuhalten.

„Du kannst doch jetzt nicht einfach abhau'n! Ich bin dreitausend Kilometer hinter dir hergefahren!"

Verdammt, die letzte Bemerkung hätte ich mir sparen sollen, aber Anna ist ohnehin schon Richtung Ausgang unterwegs.

„Anna! Anna, ich liebe dich!", rufe ich ihr hinterher. Ja, ich brülle es beinahe.

Sie hält noch einmal inne, dreht sich kurz um.

„Ich bin so wütend und verletzt. Ich könnte dich umbringen, weil du mir das angetan hast. Und ich liebe dich auch", sagt sie.

Dann ist sie draußen.

Vollkommen konsterniert starre ich auf die verglaste Tür. Schließlich wende ich mich dem Barmann zu. Ich brauche dringend eine Stärkung.

„Einen Osborne bitte."

„Tut mir Leid, aber wir schließen", sagt er.

Wahrscheinlich hat er nur keine Lust mehr, sich weiterhin mit einem Irren zu beschäftigen, der schon den ganzen Abend durch sein bizarres Gehabe aufgefallen ist.

Während ich in mein Hotel zurücktrotte, fühle ich mich, als käme ich geradewegs aus einem Teilchenbeschleuniger. Das so schwer herbeigesehnte Wiedersehen ist viel zu schnell über die Bühne gegangen, um es als real zu begreifen. Ein Satz allerdings wird von dem Unterwasserkarussell in meinem Kopf immer wieder an die Oberfläche geschleudert. „Ich liebe dich auch", hat sie gesagt.

Gleißendes Sonnenlicht und ein beinahe kühler Wind, der den Vorhang wie ein Segel bläht: Ich bin schlagartig wach, fühle mich seltsam ausgeruht. Ich muss eingeschlafen sein, kaum dass ich ins Bett gegangen war. Das letzte, was mein Gedächtnis gespeichert hat, ist das Ausschalten der Nachttischlampe.

Die stete Brise trägt den Geruch des Meeres in mein Zimmer und so warte ich ein paar Minuten länger als gewohnt, bevor ich mir – auf die Fensterbank gestützt – die erste Zigarette des Tages einverleibe. Hinter dem verschachtelten Trümmerfeld der Dächer ist tatsächlich ein Streifen Ozean zu erkennen.

Die Dusche spendet nur wenig, dafür ausschließlich kaltes Wasser. Dennoch nutze ich sie ausgiebig. Nachdem ich mich angezogen und meine Haare trocken gerubbelt habe, kämpfe ich vor dem Badezimmerspiegel über Gebühr mit meiner Frisur. Müsste Anna mal wieder bitten die Schere anzusetzen. Als ich mich schließlich losreiße, bin ich noch immer nicht zufrieden. Gleichzeitig komme ich mir albern vor. Egal. Erst mal ins Freie. Ich verspüre einen beinahe barbarischen Hunger.

Für zwölf sind wir im Hafencafé verabredet. Jetzt ist es kurz nach zehn. Kein Grund, mich nicht schon auf den Weg zu machen. Frühstücken kann ich auch da.

Am Empfang dasselbe Mädchen wie gestern. Es grüßt mich fröhlich, sagt irgendwas über das Wetter. Kein schlechter Beginn für einen Tag wie diesen.

In den Gassen herrscht bereits reges Treiben: alte Frauen mit sturmgebeugtem Rücken, die krummen Beine in schwarze Strumpfhosen gezwängt; Gruppen von Männern, die alle zu rauchen scheinen; lärmende Kinder. Auch ein paar Touristen sind zu sehen. Jugendliche zumeist, auf eine anstrengende Art gesund. Die Buben mit sportgestähltem Oberkörper, viele von ihnen tätowiert.

Die Mädchen schlank und braun gebrannt, mit freundlichen, selbstbewussten Gesichtern.

Der Hafen ist schnell gefunden. Er ist überschaubarer als erwartet, beheimatet ein knappes Dutzend kleinerer Fischerboote. Segel- oder Motoryachten gibt es keine. Links und rechts der Anlage liegt ein breiter, im Moment kaum genutzter Strand, der sich bis zum jeweiligen Ende der Bucht ausdehnt. Im Wasser sind ein paar Surfer auszumachen.

Das Café verstrahlt den pittoresken, leicht heruntergekommenen Charme, den Menschen, die ihre klinische Umgebung ausschließlich für ein paar Wochen im Jahr verlassen, gern mit Entzücken goutieren. Es ist erstaunlich frisch. Der Wind besitzt hier ein Vielfaches an Kraft. Trotzdem entscheide ich mich für einen Platz auf der Terrasse. Ich will mir die Aussicht nicht versagen.

Normalerweise fallen meine morgendlichen Mahlzeiten eher karg aus, heute weiche ich voller Gier von dieser Regel ab. Ich lasse mir ein englisches Frühstück servieren, dem es von gebratenem Speck bis hin zu bitterer Orangenmarmelade an nichts mangelt. Dazu Kaffee mit einem leichten Zimtgeschmack. Während ich mir hastig den Magen fülle, streifen meine Gedanken wiederholt zu dem bevorstehenden Ereignis. Die dadurch aufkeimende Unruhe versuche ich mit dem immer gleichen Satz zu betäuben: *Ich liebe dich auch.*

Nachdem ich gegessen und meinen Nikotinspiegel verarztet habe, gilt es noch eine knappe Stunde zu überbrücken. Ich habe mich gerade für einen Spaziergang am Strand entschieden, als mich ein Mädchen anquatscht. Sie ist nach mir gekommen, sitzt am Nebentisch und rührt in einem Becher Tee, den sie zehn Minuten zuvor auf eine nervtötend umständliche Art bestellt hatte. Wo ich herkomme und was ich hier mache, will sie wissen. Das Übliche. Eigentlich habe ich keine Lust auf Konversation, aber fern der Heimat ist Höflichkeit nun mal das oberste Gebot. Hinzu kommt der Umstand, dass es sich, wie ich erst jetzt bemerke, bei der Fragestellerin um eine durchaus anregende Erscheinung handelt: lange, dunkle Locken; symmetrische Gesichtszüge; ein offensiver, fast aufsässiger Blick; Hippie-Klamotten. Sicher nicht älter als fünfundzwanzig.

Was soll's also? Ich habe Zeit und brauche Ablenkung. Da ist ein kleiner Austausch von Belanglosigkeiten ausnahmsweise vertretbar.

Name und Herkunft sind schnell genannt. Die Antwort auf ihre zweite Frage fordert etwas mehr. Ganz unmöglich, dass ich einer Fremden den wahren Grund meiner Reise unterbreite.

„Ich wollte einfach mal wieder woanders sein", sage ich schließlich und halte ihr die geöffnete Zigarettenschachtel hin.

Sie erhebt sich, setzt sich mir gegenüber, fragt nicht nach. Die vermeintlich interessierte Eröffnung dient, wie so oft im Leben, purem Eigeninteresse. Sie möchte selbst etwas erzählen. Kaum dass ich ihr Feuer gegeben habe, quillt es auch schon aus ihr heraus. Ihr Name sei Gabriella, sie sei vierundzwanzig, Studentin aus Lissabon und hierher gekommen, um ihren letzten Boyfriend zu vergessen. Ein schlimmer Finger, wenn ich ihren Ausführungen Glauben schenken darf. Ist ihr ans Portemonnaie gegangen, um die langen Partynächte mit Drogen anzureichern.

Ich lasse sie reden. Verstreue nur hin und wieder ein paar gemurmelte Beileidsbekundungen. Es tut gut, zur Abwechslung mal von den Verwerfungen anderer zu hören. Als sie allerdings damit beginnt, mir die Seitensprünge ihres ehemaligen Bettgefährten aufzulisten, kommt Neid in mir auf. Wer es sich leisten kann, ein derart ansehnliches Geschöpf zu hintergehen, muss sich Neid gefallen lassen. Dann fällt mir ein, dass ich vor kurzem ja ebenfalls eine nicht minder begehrenswerte Frau betrogen habe. Und als hätte ich diesen Gedanken auf eine telepathische Kurzreise geschickt, sind wir plötzlich wieder bei mir. Ob ich eine Freundin hätte, lautet die unvermittelt gestellte Frage. Kurz bin ich versucht, ein knappes Nein über den Tisch zu schicken, entscheide mich dann aber für eine eher kryptische Antwort: „Gute Frage."

Natürlich möchte sie Genaueres hören und ehe ich mich versehe, bin ich – entgegen meiner Absicht – dann doch dabei, ihr mit dem Wenigen, was mir in ihrer Sprache zur Verfügung steht, das eigene Elend anzuvertrauen. Und auch das tut gut, ungeachtet der Tatsache, dass ich die befreiende Wirkung absoluter Aufrichtigkeit nur bedingt erfahre, weiche ich doch, was den Beginn meiner Geschichte betrifft, ein wenig von den Geschehnissen ab.

„Tja", sage ich, als ich geendet habe, „und jetzt sind wir in diesem Café verabredet. Und in ein oder zwei Stunden, könnte ich dir vielleicht sagen, ob ich noch eine Freundin habe oder nicht."

„Na, wenigstens hast du dein Schicksal noch selbst in der Hand", sagt sie und lächelt. Aber es ist kein fröhliches Lächeln; für einen Moment huscht etwas Bitteres über ihr frisches Gesicht. Dann entspannt es sich wieder, und sie sagt: „Hey, egal was wird: Heute Abend feiern ein paar Freunde von mir eine Party. Gleich da hinten am Strand." Sie zeigt ans Ende der Bucht. „Vielleicht hast du ja Lust." Und nach einer kurzen Pause: „Oder *ihr* …"

Verständlicherweise sehe ich mich gerade nicht in der Lage über die nächsten Stunden hinauszuplanen, dennoch freut mich die Einladung. Ich will gerade etwas Unverbindliches formulieren – nur für den Fall der Fälle –, als sich plötzlich Annas Stimme in mein Konzentrationsvermögen fräst: „Hallo, da bin ich. Ich hoffe, nicht zu spät."

Jesus, mir war gar nicht bewusst, dass die Unterhaltung so viel Zeit verschlungen hat.

Ich springe auf und sage irgendwas zur Begrüßung, während mein paralysiertes Hirn nach Möglichkeiten sucht, meine neue Bekanntschaft ebenso schnell wie unauffällig abzustoßen.

Zum Glück liefert Anna die Lösung selbst: „Ich habe keinen Hunger. Wollen wir ein bisschen gehen?"

„Ja, na klar", stottere ich.

Und dann habe ich nichts mehr zu tun, als mich in knappen Worten von Gabriella zu verabschieden, die die Situation dankbarerweise richtig einschätzt und mit keiner Geste und keinem Wort verrät, was ich da in der letzten Dreiviertelstunde alles preisgegeben habe.

Anna macht eine spitze Bemerkung über meine Portugiesischkenntnisse, aber ich reagiere nicht darauf, will sie nur so schnell wie möglich vom Café weglotsen.

Schweigend laufen wir am Hafen vorbei. Ich weiß, dass ich dringend etwas sagen müsste, etwas Bedeutsames, etwas, das verdeutlichen könnte, was in den letzten Tagen in mir vorgegangen ist. Aber mein Kopf ist vollkommen leer. Und so bleibt es Anna überlassen, das Gespräch zu eröffnen.

„Was hast du denn da?" Sie zeigt auf meine verschorfte Schläfe.

„Ach, nichts weiter." Mit einem Mal erscheinen mir meine Wunden profan. Es geht hier um Wichtigeres als um die Trophäen männlicher Kirmesrituale.

„Anna, es tut mir so Leid …"

„Bitte nicht."

„Aber ich will, dass du das weißt. Ich bin mehrere tausend Kilometer gefahren, um dir das zu sagen …"

„Woher hast du eigentlich das Auto?"

Verdammt, was soll das denn jetzt? „Das ist Marcos Karre."

„Dass der dir einfach so sein Auto gibt. Ich meine, du hast ja überhaupt keine Fahrpraxis und dann diese riesige Entfernung."

„Es gibt eben Leute, die … Mensch, darum geht es doch jetzt gar nicht!" Ich packe sie bei den Schultern, zwinge sie, mir in die Augen zu sehen. Ein weiteres Ausweichmanöver könnte ich nicht ertragen. Es ist an der Zeit Klartext zu reden.

„Anna, ich liebe dich. Das Ganze war bescheuert. Ich will dich nicht verlieren."

„Dann mach, dass es nicht passiert ist." Ihre Stimme ist ganz leise, flattert am Ende wie ein Insekt, das sich zu nah an die Glühbirne gewagt hat.

Wie gern würde ich ihr jetzt irgendetwas Tröstendes sagen. Aber was sollte das sein? Ich habe mein Geständnis bereits unterzeichnet. Woher soll ich die Dreistigkeit nehmen, es hier und jetzt zu widerrufen? Ich zwinge mich zu einer festen Stimme, als ich sage: „Ach Scheiße, das geht doch nicht."

„Dann stimmt es also? Du hast mit ihr geschlafen!"

Im ersten Moment meine ich, mich verhört zu haben. Dann wird mir die gesamte Tragweite ihrer Äußerung bewusst. Sie hat tatsächlich noch gehofft, hat trotz allem die Möglichkeit offen gelassen, es sei nichts wirklich Entscheidendes passiert. Ich hätte es wissen müssen. Wenn überhaupt jemand die Fähigkeit besitzt, das alltägliche Böse in einem geschichteten Berg aus Blütenblättern und Duftsäckchen zu kompostieren, dann ist es Anna. Ja, ich hätte es wissen und ich hätte lügen müssen. Um Annas willen, um meinetwillen, und auch deshalb, weil bis eben ganz einfach die *Chance* dazu bestand.

Wütend kicke ich ein paar Kiesel Richtung Meer.

Aber was ist mit dem Brief? Was ist mit den Sätzen, die mein Verbrechen schwarz auf weiß verkünden?

„Hast du meinen Brief gelesen?"

„Nein."

Natürlich. Wie sonst hätte sie ihren anrührenden Glauben bis eben aufrechterhalten können? Das Ausmaß meiner Fahrlässigkeit trifft mich mit voller Wucht. Aber ich darf jetzt nicht durchdrehen. Ich muss den eingeschlagenen Weg unbedingt einhalten.

„Kannst du mir nicht einfach verzeihen? Und dann vergessen wir das Ganze? Du hast doch gesagt, dass du mich liebst …“, höre ich mich sagen. Es klingt wie das trotzige Greinen eines Fünfjährigen.

Sie steht vor mir, die Arme um den Oberkörper geschlungen, als würde sie trotz ihres Pullovers frieren, und sieht mich an. Einen Augenblick lang scheint etwas in ihr zu kämpfen, Zärtlichkeit explodiert in ihren Pupillen wie der Sprengkopf einer Silvesterrakete. Und genauso schnell verlischt sie wieder. Ihre Mundwinkel ziehen sich zusammen, als hätte sie auf eine Zitrone gebissen.

„Wie soll das gehen: einfach vergeben und vergessen?“

„Ich weiß es nicht. Aber es ist die einzige Möglichkeit. Bitte Anna, versuch es! Lass uns hier ein paar Tage Urlaub machen und dann zusammen nach Hause fahren.“ Ich will nicht so klingen, nicht so flehentlich, nicht so devot, bekomme über meine Tonlage aber genauso wenig die Kontrolle wie über den Inhalt meiner Sätze. Und dann passiert das, was bereits überfällig war: Anna wird wütend.

„Du meinst das ernst, stimmt's? Du meinst das wirklich ernst!“, schreit sie. „So einfach ist das aber nicht! … Denn es sitzt in mir drin: Angst und Zweifel. Dass dir was fehlt mit mir. Dass du es wieder tun würdest. Wie sollen sie denn jetzt aussehen, diese Abende mit deinen Freunden? Sitz ich da zu Hause und mach mich kaputt, weil ich dir nicht mehr vertraue?“

Ich antworte heftiger, als ich es möchte: „Verdammt, es war ein Fehler, ja. Ich war betrunken und habe für einen Moment die Übersicht verloren. Aber es hat mir nichts bedeutet. Es ist absolut bedeutungslos.“

„Und ich? Was bedeute ich dir dann, wenn du unsere Beziehung für etwas so Unwichtiges riskierst?“ Ihre Stimme bohrt sich wie ein metallener Stachel in meine Ohren.

Ich habe sie noch nie so außer sich gesehen. Sie dreht sich um und stürmt davon, stemmt ihren zierlichen Körper gegen die Böen.

„Anna, bleib stehen! Das Ganze hat doch überhaupt nichts mit uns zu tun … Anna! Anna, ich liebe dich!“ Ich stolpere ihr ein paar Schritte hinterher, dann halte ich inne. Es hätte keinen Zweck jetzt weiter in sie zu dringen. Ich muss ihr Zeit geben, ihrem Zorn die Zügel anzulegen. Langsam wandere ich zum Hafen zurück.

Gabriella ist zum Glück verschwunden und so kann ich meinen Platz vor dem Café wieder einnehmen.

Ich weiß, dass es Anna anekelt, wenn ich bereits mittags Alkohol trinke, habe aber das deutliche Gefühl, dass diese Situation eine Ausnahme zulässt. Alles andere als ein Bier wäre jetzt purer Selbstbetrug.

Die Flasche ist noch nicht leer, als ich Anna auf mich zukommen sehe. Ihre Wut ist verflogen, dafür spiegeln sich Traurigkeit und Schmerz in ihrem Gesicht. Sie sieht aus, als ob sie geweint hätte. Und dieser Anblick, diese bloßgelegte, ausgefranste Wunde geht mir tiefer als jede Anklage, jeder Vorwurf, wie begründet sie auch sein mögen. Der Wunsch mein Verbrechen ungeschehen zu machen, wenigstens die Erinnerung daran zu löschen, wird nur noch von meiner Scham übertroffen. Der Drang sie in die Arme zu nehmen, ihre Wangen zu küssen ist beinahe übermächtig. Aber jede Regung wäre jetzt ein Fehler. Jetzt ist es Anna, die das Handeln bestimmt.

„Du sagst, es war nicht wichtig und nichts wert“, beginnt sie, nachdem sie sich auf genau den Platz gesetzt hat, den vor ihr Gabriella innehatte. Dann entlädt sich ihre gesamte Frustation in einem düsteren Wortschwall, der in die folgenden Sätze mündet: „Ich möchte dich auch nicht verlieren. Aber ich weiß nicht, wie ich mit der Sache klarkommen soll. Einfach so …“

„Sag mir, was ich machen kann. Ich würde alles tun, damit das hier nicht zu Ende ist."

„Ich darf es auch."

„Was? Was darfst du auch?"

„Ich habe einen Seitensprung frei. Irgendwann, egal mit wem, darf ich einmal Sex haben, ohne dass es irgendwelche Konsequenzen für uns hat. Ich werde es dir nicht erzählen, es ist allein meine Sache, aber falls du es herausbekommst, spielt es keine Rolle. Und ich muss kein schlechtes Gewissen haben, wenn ich es tue."

Das glaube ich nicht. Das glaube ich einfach nicht. Das ist nicht Anna, die da spricht, nicht die Frau, für die Sex und Liebe bisher untrennbar miteinander verbunden waren. Diesen Schwachsinnsplan muss ihr irgendwer eingeflüstert haben. Eva wahrscheinlich …

„Du spinnst!"

„Nein, das ist meine Bedingung für ein Weitermachen, der Preis, den du zahlen musst, meine Möglichkeit, mein Selbstbewusstsein aus dem Dreck zu ziehen."

Jesus Christus, das kann sie nicht ernst meinen. Wie soll das gehen, bei jedem halbwegs gut aussehenden Typen, der in ihrem Dunstkreis auftaucht, die Vorstellung, sie könne für ihn die Beine breit machen …?

„Das ist bescheuert, Anna! Das ist vollkommener Wahnsinn."

„Nein, ist es nicht. Überleg doch mal, wir wären quitt, keine Vorwürfe mehr, kein gekränktes Selbst. Wir würden uns wieder auf der gleichen Ebene begegnen … Du hast gerade gesagt, du würdest alles tun."

Ja, alles, aber nicht das. Selbst Anna kann nicht verlangen, dass ich mich mit offenem Visier dem Irrsinn ausliefere. Aber könnte sie das überhaupt, mich betrügen? Ich denke darüber nach, versuche mir vorzustellen, wie sie sich einem anderen hingibt, und dann habe ich es: Es geht hier gar nicht um etwas Körperliches, es geht Anna nicht darum, es mir gleichzutun. Sie will mir einzig und allein etwas von dem Schmerz zurückgeben. Jetzt und hier, und rein verbal. Und das ist ihr gutes Recht. Alles andere ist Blödsinn. Mag sein, dass sie in diesem Moment selbst an das glaubt, was sie gesagt hat. Es in die Tat umzusetzen ist eine andere Sache. Das bringt sie nicht, nein, nicht Anna. Und so kann ich ohne Not mein Einverständnis geben. Denn das hier ist meine Chance, meine Chance sie zurückzubekommen. Und wenn sie mir erst wieder erlaubt, ihr ein Lächeln ins Gesicht zu zaubern, dann wird dieser Unfug schnell vergessen sein.

„Okay. Ich hab keine Ahnung, wie ich das aushalten soll. Aber wenn das deine Bedingung ist, dann machen wir es so."

Seltsamerweise wirkt sie nicht überrascht. Sie sieht eher freudig aus, gerade so, als ob ich meine Zustimmung zu einem von ihr vorgeschlagenen Wochenendtrip gegeben hätte. Schmerz und Trauer sind verschwunden. Immerhin. Dennoch, oder gerade deswegen, komme ich an einer ätzenden Bemerkung nicht vorbei: „Und wann? Wann meinst du, wird das große Ereignis stattfinden?"

„Das weiß ich nicht. Heute. Morgen. In einigen Wochen …"

„Na gut. Aber lass mich wenigstens wissen, wenn es passiert ist." Verdammt, da ist ein leichtes Zittern in meiner Stimme. Mein Sarkasmus hatte nur ein kurzes Gastspiel.

„Das geht nicht. Vielleicht tue ich es nie."

15

Wir sind Richtung Lissabon unterwegs.

Nach dem Gespräch im Café waren wir schweigend zu Annas Unterkunft gelaufen. Und obwohl ich mir nichts sehnlicher wünschte, als neben ihr auf einem frisch bezogenen Bett zu liegen, mir an ihrer Haut einen Schutzraum einzurichten und meine Finger das sagen zu lassen, was meine Zunge nicht zu sagen vermochte, hatte ich mich bereits darauf eingestellt, dass ich den Nachmittag allein verbringen würde. Als sie dann, kurz vor der Tür, plötzlich mit der Idee kam, mir in der Hauptstadt eins ihrer Lieblingsrestaurants zu zeigen, war ich zuerst erleichtert; ganz einfach, weil mir dadurch ihre Nähe erhalten blieb.

Mittlerweile lässt mich der Gedanke nicht mehr los, dass eine kurze Auszeit vielleicht die bessere Maßnahme gewesen wäre. Die Stimmung im Wagen ist mindestens verkrampft, was nur zu einem *geringen* Teil daran liegt, dass das Radio seinen Geist aufgegeben hat und die Straßen verstopft sind, wodurch sich die Fahrt ins schier Endlose zieht. Anna redet ohne Unterbrechung, erzählt Schwänke aus der Zeit, als sie mit ihren Eltern hier war. Und obwohl offenkundig ist, dass sie es gut meint, dass sie damit einzig und allein die bizarre Situation überspielen will, fällt es mir schwer, mich auf den Inhalt ihrer Sätze zu konzentrieren. Stattdessen denke ich ohne Unterlass darüber nach, ob es statthaft wäre, ihr eine Hand auf den Oberschenkel zu legen. Weil ich mich nicht dazu durchringen kann, rauche ich Kette und mache alle fünf Minuten an der kaputten Anlage herum.

Wir haben Annas Wagen genommen, wie wir immer Annas Wagen nehmen, und weil sie den Weg kennt. Was bedeutet, dass wir gleich mehrmals an einem Unfall vorbeischrammen, denn Anna fährt gewohnt unkonzentriert. Sie nimmt es mit den Abständen nicht so genau, lässt sich manchmal weit zurückfallen, bevor sie dem Vorausfahrenden wieder an der Stoßstange klebt, und auch ihre Überholmanöver sind alles andere als vorbildlich. Normalerweise löst das bei mir den Reflex aus mit dem rechten Fuß ein imaginäres Bremspedal zu malträtieren. Heute wünsche ich mir beinah, dass wir uns in das Heck eines Schwertransporters bohren. Alles soll mir recht sein, was dazu angetan ist, diese unerträgliche Befangenheit zwischen uns zu beenden.

Lissabon entspricht bei weitem nicht dem Moloch, den ich mir im Geist bereits ausgemalt hatte. Größere Anballungen von Hochhäusern sind nur in den Vororten auszumachen, stattdessen warten die sieben Hügel mit Wohnvierteln auf, deren ebenso altertümliche wie marode Bausubstanz durchaus Charme versprüht. Ich mag Städte, die wuchtig und kalt daherkommen, die nicht nur in ihren vorgelagerten Metastasen etwas Gefährliches ausstrahlen – zumindest, wenn ich auf Reisen bin. Aber das hier hat ebenfalls was, vermittelt bei allem Lärm und aller Fülle vielleicht genau den Frieden, den mein aufgekochtes Hirn so dringend benötigt.

Wir parken am Tejo in der Nähe des Fährhafens. Und hier zeigt sich die Ansiedlung dann doch von ihrer großstädtischen Seite: Alle paar Meter bieten kleinere Gruppen von Nordafrikanern faustgroße Klumpen Dope feil, die sie, um die Güte des Materials zu verdeutlichen, wie Knete mit den Fingern walken.

„Haschisch? Haschisch?", tönt es von allen Seiten und ich bin schon versucht, mich auf ein Kundengespräch einzulassen, als mir gerade noch rechtzeitig klar wird, dass Anna in dieser Situation gewiss alles Mögliche von mir erwartet, aber ganz sicher nicht das Eintauchen in die lähmende Welt der Cannabisprodukte. Sie hält ohnehin nicht viel vom Kiffen. Dafür hat sie einen sicheren Blick für ausgesprochen schöne Plätze. Wir setzen über den Fluss, laufen an einer Reihe kleinerer Hütten vorbei, die baufällig und verlassen wirken, und ich befürchte schon, dass Anna sich in der Richtung vertan hat, als das gesuchte Lokal plötzlich auftaucht. Es hat seine Tische auf einer betonierten Mole aufgestellt, die von einer gigantischen Brücke überspannt wird. Die Stahlkonstruktion ähnelt auf verblüffende Weise der Golden Gate Bridge.

Im Dunkeln, wenn die Beleuchtung anginge, sei das noch spannender, erklärt mir Anna, bevor wir uns in die Speisekarte vertiefen. Ob wir das Ereignis allerdings erleben werden, wage ich zu bezweifeln. Es ist gerade mal später Nachmittag und Anna wirkt plötzlich müde. War sie auf der Fahrt noch völlig überdreht, ist sie plötzlich stumm wie eine Heilige während der Beichte. Ihr Blick verliert sich in der bräunlichen Strömung. Jetzt wäre es an mir für etwas Unterhaltung zu sorgen, aber ich bekomme die Zähne ebenfalls nicht auseinander. Wir haben einfach kein Thema, jedenfalls kein unverfängliches.

Eigentlich hatte ich geplant, sie nach dem Essen in eine von diesen Fadobars zu lotsen, aber die Idee ist beerdigt, noch bevor die Rechnung gekommen ist. Dieser Ausflug quält uns beide; es wäre nachgerade schwachsinnig, ihn auch nur um eine Minute zu verlängern. Das drohende Gespenst der Rückfahrt tut sein Übriges.

Als wir vor meinem Hotel ankommen, ist die Sonne bereits untergegangen. Jetzt wird es im Restaurant unter der Brücke sicher schwer romantisch zugehen.

Ich habe mich für diesen Moment gewappnet, habe mir fest vorgenommen, mich gefühlvoll, aber rasch zu verabschieden. Und dann komme ich doch nicht weg, klebe am Sitz wie ein Kaugummirest und sage etwas, das ich unter *keinen Umständen* hatte sagen wollen.

„Ich vermute mal, ich soll jetzt aussteigen und du wirst nicht mitkommen, richtig?“

„Ja, tut mir Leid. So einfach geht das alles nicht. Vielleicht morgen, okay?“

Natürlich. Ich kratze den letzten Rest Fröhlichkeit von meinen Stimmbändern: „Gut, bis morgen dann. Ich hol dich ab.“ Ich habe den Türgriff schon in der Hand, aber verfickt, ich kann nicht, ich kann nicht aussteigen, ohne wenigstens ein kleines Zeichen mitzunehmen. Also lehne mich noch einmal zu ihr hinüber und drücke ihr einen vorsichtigen Kuss auf die Wange.

„Hey … wir kriegen das hin, okay?“

„Klar“, sagt sie. Es klingt nicht überzeugend.

Als ich zwei Minuten später in der kleinen Bar einlaufe, bekomme ich mein Bier, ohne dass ich auch nur die Hand zu heben brauche.

16

Als ich am nächsten Morgen erwache, vermeldet die Kommandobrücke eine leichte Übelkeit und mittelschwere Kopfschmerzen. Kein Wunder: Ich hatte dem Barkeeper erneut bis zum Feierabend Gesellschaft geleistet und mir für den Heimweg noch zwei halbe Liter mitgenommen. Vor drei Uhr bin ich sicher nicht ins Bett gekommen.

Während ich mir am Waschbecken eine Überdosis Wasser in den wunden Hals laufen lasse, flimmert noch einmal die Stimmung auf, in der ich mich kurz vor dem Schlafengehen befunden habe. Ich war ausnehmend hoffnungsfroh gewesen, hatte, während das letzte Bier seinen Weg in meine Blutgefäße fand, am offenen Fenster gesessen und Schlachtpläne geschmiedet. Und es hatte ganz einfach ausgesehen; die notwendigen Schritte, Anna wieder zur Besinnung zu bringen und dem ganzen Spuk hier ein Ende zu setzen, waren vor meinem inneren Auge vorbeigezogen wie winkende FDJ-Kolonnen. Mittlerweile hat sich meine Zuversicht deutlich verringert. Mit belegter Zunge und flauem Magen fällt positives Denken nicht leicht. Ich habe keine Ahnung, wann genau wir verabredet sind, also beschließe ich, mich sofort auf den Weg zu machen. Fit werden muss ich eben beim Gehen.

Von Maria erfahre ich, dass Anna zum Surfen losgezogen ist, aber in Kürze zurückkommen wird. Ich mache es mir auf der Kühlerhaube ihres Renaults gemütlich und leiste meinen Beitrag zur Arbeitsplatzsicherung in der Tabakindustrie.

Tatsächlich erscheint sie keine zehn Minuten später. Das Brett, das sie unterm Arm trägt, die nassen Haare und der eng anliegende Neoprenanzug, der die Form ihrer üppigen Brüste nur zu gut verrät, lassen sie nicht nur ungewohnt sportlich, sondern auf eine herausfordernd sinnliche Art geradezu heroisch wirken.

Herrgott, am liebsten würde ich sie gleich hier auf dem erhitzten Blech ficken. Gleichzeitig macht sie mir Angst. *Diese* Anna kenne ich nicht. Dass der Ausdruck vollkommener Seligkeit auf ihrem Gesicht etwas mit mir zu tun haben könnte, wage ich zu bezweifeln.

Nachdem sie sich umgezogen hat, gehen wir ins Hafencafé. Mein Unwohlsein nehmen wir mit. Anna frühstückt, als ob sie in Kürze einen Boxkampf bestreiten und dringend *Gewicht machen* müsste. Ich halte mich an einer Tasse Kaffee fest. Während sie mir einen ausgiebigen Bericht ihrer frühmorgendlichen Erlebnisse liefert, verstärkt sich das Gefühl, dass sie mir entgleitet, ja vielleicht schon entglitten ist. Ich sehe mich außerstande ihre muntere Schilderung zu kommentieren. Natürlich bleibt das nicht unbemerkt.

„Ist alles in Ordnung mit dir?"

„Na ja …", beginne ich, unschlüssig wie viel von meiner trüben Stimmung ich preisgeben kann, als sich in meinem Blickfeld plötzlich eine Gestalt materialisiert, die mich für die ausgedehnte Spanne zwischen zwei Herzschlägen an meinem Verstand zweifeln lässt. Vor mir steht niemand anderer als Ralf. Ralf, Annas Dauerverehrer! Ralf, bei dem ich vor noch nicht mal einer Woche nach Evas Aufenthaltsort gefahndet habe. Heilige Scheiße, was treibt der in diesem Café? Oder handelt es sich bei seiner dümmlichen Visage nur um eine Halluzination? Einen Streich, den mir meine überreizten Nerven spielen? Wohl eher nicht. Es sei denn, die Sinnestäuschung tritt gleichsam akustisch auf.

„Hallo, guten Morgen", kräht es aus dem Bullauge unter Ralfs Nase, ganz so, als ob wir alle gestern Abend noch eine Partie Memory zusammen gespielt hätten.

Es ist mir gänzlich unmöglich, mein Entsetzen zu verbergen.

„Was willst *du* denn hier?", entfährt es mir.

„Ich habe mir Sorgen um Anna gemacht."

„Und da bist du mal eben hergekommen, um ihr die Hand zu halten, oder was? Liegt ja auch gleich um die Ecke dieses Nest." Dass Anna mir unterm Tisch einen Tritt versetzt, ist nicht dazu angetan, meine Empörung zu mildern. Ich will unbedingt nachlegen, habe das dringende Bedürfnis persönlich zu werden, aber Ralf erweist sich als genau der Schisser, für den ich ihn immer gehalten habe, murmelt etwas von „mal 'nen Kaffee bestellen" und schiebt ab.

Kaum dass er außer Hörweite ist, fährt Anna mich an: „Was ist denn mit dir los?"

„Na, was wohl? Dieser Gestörte ging mir schon zu Hause auf die Nerven. Ständig schleicht er um dich rum. Für 'ne eigene Freundin reicht's ja leider nicht. Nicht zu fassen, dass der jetzt auch hier ist. Herrgott, du wusstest das schon, oder?"

„Kannst du dich bitte mal zusammennehmen. Ralf ist ein lieber Freund. Und weil er besorgt war, wollte er nach mir sehen."

„Na, wonach der sehen will, brauchst du mir nicht zu erzählen."

„Hey, jetzt hör aber auf."

„Du scheinst das ja alles ungeheuer witzig zu finden."

„Magnus, bitte …"

Sie hat Recht. Ich meine, ist doch nur Ralf ... Ralf, der vorm Ficken mit Sicherheit seine Klamotten ordentlich über die Stuhllehne legt, wenn er denn überhaupt mal was zu ficken bekommt. Ich muss mich zusammenreißen, hier geht es um Wichtigeres. Und wenn Ralf bei unserem Neubeginn unbedingt die Anstandsdame spielen möchte, dann soll es eben so sein. Ich entschuldige mich bei Anna. Und als ihr Groupie an unseren Tisch zurückkehrt, werfe ich meinen gesamten Charme in die Konversation, rede mit Ralf, als sei das alles hier vollkommen normal. Die Belohnung lässt nicht lange auf sich warten: Anna greift unterm Tisch nach meiner Hand.

Als dann ein weiterer Hahn in die Arena flattert, kann mich das nur noch bedingt aus der Spur bringen. Auch wenn dieses Exemplar weitaus beeindruckender daherkommt: dichtes schwarzes Haar, charismatischer Blick, gewinnendes Lächeln. Joe, Marias Sohn. Na, dessen Existenz hatte Anna mir gegenüber wenigstens erwähnt. Ich muss jetzt ein bisschen tricky sein, darf auf keinen Fall noch mal aus der Rolle fallen. Joe und Anna kennen sich bereits aus Kindertagen – kein Grund zur Panik also.

Dass er sie mit einem Kuss auf die Wange begrüßt und zuerst Ralf für ihren Freund hält, nehme ich genauso stoisch hin wie den beklemmenden Umstand, dass er, als Anna irgendwann zur Toilette geht, den Tisch ebenfalls verlässt. Und als er bei ihrer *gemeinsamen* Rückkehr kurz seinen Arm um ihre Hüften legt, ist es Ralf, der sein Wasserglas umschmeißt. Spürbar um Beruhigung bemüht, lenkt Anna das Gespräch anschließend auf die Jugenderinnerungen, die sie mit Joeyboy teilt. Und ich stehe auch das durch, ja, *bringe mich nach besten Kräften ein* (wie es in diesen Selbsterfahrungsgruppen so schön heißt). Immerhin kann ich auf diese Weise ein bisschen mit meinem Portugiesisch glänzen.

Leider ist die Prüfung damit nicht zu Ende. Joe macht den Vorschlag an den Strand zu gehen und natürlich wollen weder Ralf noch ich den Spielverderber geben.

Also werden bei Maria Badetücher und ein Picknickkorb besorgt, während Joe den unvermeidlichen Volleyball hervorkramt.

Am Meer zeigt sich dann ein weiteres Attribut seiner beängstigenden Männlichkeit: Er ist extrem durchtrainiert. Und Volleyball spielt er natürlich vortrefflich. Ich bin regelrecht gezwungen, mich über Ralfs Gesellschaft zu freuen, rettet er mich mit seinen unbeholfenen Bewegungen doch davor, wie der *totale* Loser auszusehen. Einem Außenstehenden vermitteln wir mit Sicherheit den Eindruck entspannter Ausgelassenheit. Aber zumindest Ralf und ich kämpfen verbissen um jeden Punkt. Von Erfolg gekrönt ist das nicht. Ich gewinne meine erste Partie, als wir irgendwann die Paarungen wechseln und ich unserem Hochleistungsathleten zugelost werde.

Weil ich das natürlich unter keinen Umständen so stehen lassen kann, kommt mir der einfältige Gedanke, beim Schwimmen was zu reißen. Zwar gelingt es mir dann auch, am weitesten in die Wellen vorzudringen, aber die gewaltige Strömung, die hier herrscht, lässt meine Kräfte alsbald erlahmen. Joe hält eine geschlagene Viertelstunde länger durch. Ralf war so schlau, erst gar nicht mit ins Wasser zu gehen.

Ich bin dermaßen angeschlagen, dass ich Mühe habe, nicht in Tränen auszubrechen. Nach all den Niederlagen der letzten Wochen ist diese Demonstration von Überlegenheit einfach zu viel.

Keine dreißig Minuten später sind sämtliche Misserfolge plötzlich Nebensache. Der Allmächtige hat ein Einsehen mit meinen Fürbitten und schafft mir die lästige Konkurrenz mit einem Schlag vom Hals. Ralf will ins Hotel, muss sich, nachdem er Anna den halben Tag lang im Bikini bewundern durfte, wahrscheinlich erst mal einen runterholen; Joe hat eine Verabredung.

Ich könnte vor Glück einen Kasatschok aufs sandige Parkett legen. Endlich allein! Mir wäre jetzt alles recht, aber ich überlasse Anna die Entscheidung, wie es weitergehen soll. Sie schlägt vor, ein nahe gelegenes Restaurant aufzusuchen. Nichts dagegen. Obwohl der Picknickkorb gut gefüllt war, verspüre ich bereits wieder Hunger. Muss an den zahllosen körperlichen Aktivitäten liegen. Mein morgendlicher Kater ist Geschichte.

Und dann sitzen wir da, schüchtern wie zwei Backfische, die sich, von der lärmenden Meute ihrer Mitschüler verlassen, plötzlich allein gegenüberstehen und entdecken müssen, dass sich Jungs und Mädchen auf eine geradezu *ungeheure* Weise voneinander unterscheiden; vor uns Gegrilltes aus dem Meer, im Hintergrund ein unwirklicher Sonnenuntergang. Und obwohl wir beinahe noch schweigsamer sind als in diesem Restaurant in Lissabon, hat sich doch etwas Entscheidendes verändert. Mit einem Mal ist da wieder Nähe zwischen uns, schlängelt sich diese alte Vertrautheit zurück in unsere beiläufigen Berührungen. Ich bin mir fast sicher, dass sie mich heute bei sich schlafen lassen würde. Aber ich will nichts riskieren. Außerdem hatte ich mir ja vorgenommen, ausnahmsweise clever vorzugehen.

„Hör mal, ich weiß nicht, wie du das siehst", sage ich deshalb, nachdem wir die zweite Karaffe Wein geleert haben. „Aber obwohl das heute ein unglaublich schöner Tag war, oder gerade deswegen, ist es vielleicht besser, wenn ich jetzt auf mein Zimmer verschwinde."

„Ja klar, wenn du meinst."

Ich könnte schwören, dass da eine Spur Enttäuschung in ihrer Antwort mitschwimmt. Und ich bin kurz versucht, jedwede Taktik über Bord zu schmeißen, und ihr zu sagen, dass ich dafür sterben könnte, ihr einfach nur die Hand auf den Bauch zu legen. Aber ich bleibe standhaft, konzentriere mich wie ein Klippschüler auf die Scheine in meiner Hand, mit denen es die eben gebrachte Rechnung zu bezahlen gilt.

Als wir dann vor meinem Hotel stehen und uns endlich den ersten Kuss seit Wochen geben, spüre ich, wie ihr Unterleib dem meinen sacht entgegendrängt. Und das genügt, damit kann sich meine Endorphinproduktion für heute locker begnügen.

Ich lächle noch, als sie längst im Dunkeln verschwunden ist.

Als ich die Stufen zu meinem Zimmer erklimme, fällt mir ein, dass Ralf erwähnt hat, ebenfalls in Rosas Hotel abgestiegen zu sein. Bleibt nur zu hoffen, dass sie ihn nicht auf meiner Etage einquartiert haben. Ich verspüre wenig Lust, mir seine nächtlichen Klagelieder anzuhören. Leider interessiert das hier niemanden. Als ich den letzten Absatz erreiche, geraten mir auch schon seine *Timberlands* ins Blickfeld. Militärisch ausgerichtet stehen sie neben der meinem Zimmer gegenüberliegenden Tür. Ein Grund mehr, dieser Absteige sogleich wieder zu entfliehen und der kleinen Bar einen Besuch abzustatten. Nur noch schnell duschen …

Ich bin gerade dabei die drei verdreckten Shirts, die ich mithabe, einem Geruchstest zu unterziehen, als ich plötzlich Geräusche auf dem Flur vernehme. Mein Zimmernachbar wird doch nicht etwa ebenfalls ins Nachtleben vorstoßen wollen? Einen Moment lang amüsiert mich die Vorstellung, wie wir beide uns von einem Ende der Theke zum anderen verächtliche Blicke zuwerfen, während wir unsere Whiskygläser wie Faustkeile umklammern. Dann höre ich ihn die Stufen hinabpoltern und mir kommt die beängstigende Erkenntnis, dass Ralf überhaupt nicht der Typ ist, der allein einen trinken geht. Und das wiederum lässt nur einen Schluss zu: Der will gar nicht in die Bar. Der will zu Anna! Unsere Abmachung fällt mir ein, Annas Freifahrtschein in den Seitensprung, und dann schießen mir ein paar Bilder des zurückliegenden Nachmittags ins Hirn: Ralf beim Volleyball, Ralf, der zwar ungelenk gewirkt, aber, nur mit Badehose bekleidet, den Blick auf einen überraschend muskulösen Körper freigegeben hatte. Wo er den wohl her hat? Von körperlicher Ertüchtigung sicher nicht. Ich streife das T-Shirt über, das ich gerade in der Hand halte, und schlüpfe so schnell es geht in Hose und Schuhe. Dann sprinte ich ihm ohne groß zu überlegen hinterher. Ich muss ihn stoppen. Ich muss verhindern, dass Anna sich ausgerechnet diesem Kretin hingibt. Draußen halte ich einen Augenblick inne. Ralf hat gerade mal fünfzig Meter Vorsprung. Es wäre ein Leichtes ihn einzuholen. Aber was käme dann? Ihm Schläge anbieten? Wenn Anna das erführe, könnte ich mich umgehend der nächsten Singlebörse zur Verfügung stellen.

Also ruhig Blut. Vielleicht unternimmt er ja nur einen nächtlichen Spaziergang. Und wenn nicht, soll mich das auch nicht verrückt machen. Mein Gott, Ralf ist Annas bester Freund, da ist es doch nur normal, sich Besuche abzustatten, ein paar Sachen zu bereden. Außerdem würde Anna nie ... nicht mit Ralf ... *niemals*! Wahrscheinlich ist er in spätestens einer Stunde zurück im Hotel. Bis dahin heißt es, auch diese Situation als das zu begreifen, was sie ist: nur ein weiterer Teil meiner Läuterung. Ich komme mir vor wie einer dieser frühen Christen. Soll das Schicksal ruhig noch ein Raubtier in die Arena treiben, mehr als ein munteres *Hosianna* wird meinen Lippen nicht entfleuchen.

Derart moralisch aufgerüstet, begebe ich mich in die Bar. Die rechte Amüsierlaune will sich heute allerdings nicht einstellen. Nach dem Genuss von drei Halben befinde ich mich bereits auf dem Rückweg.

Die *Timberlands* stehen nicht an ihrem Platz, aber das muss ja nichts heißen. Ich lege ein Ohr an Ralfs Zimmertür. Nichts zu hören. Aber da sein müsste er, denn es geht bereits auf Mitternacht zu. Vielleicht hat er einen ruhigen Schlaf. Ich beschließe, mich ebenfalls hinzulegen, kann mein Bewusstsein aber nicht überlisten: Nach dreißig Minuten bin ich wieder auf dem Flur. Immer noch keine Schuhe, wieder kein Geräusch zu vernehmen. Rasch zurück ins Bett, ist ja albern diese Stasi-Nummer. Eine weitere halbe Stunde später stehe ich angezogen in der Eingangshalle. Ich muss in die Pension, ich muss das jetzt ein für alle Mal klären ...

Dann wird mir bewusst, dass ich noch nicht mal weiß, welches Stockwerk Anna in Marias Haus bewohnt. Ich habe es bei meinen bisherigen Besuchen nie weiter als in die Küche geschafft. Was soll ich da also? Steinchen gegen das falsche Fenster werfen? Vor der Tür herumkrakeelen? Die Pferde scheu machen, obwohl Ralf längst hier ist, selig und geräuschlos schlummert wie ein Kätzchen auf der Ofenbank?

Der Rest der Nacht besteht aus ruhelosem Herumwälzen.

17

Es ist noch nicht mal sieben, als ich erwache. Mehr als zwei, drei Stunden werde ich nicht geschlafen haben. Müdigkeit verspüre ich allerdings keine. Ich kann mich gerade noch zwingen, mir die Zähne zu putzen, dann bin ich schon auf dem Gang. Wieder nichts! Wieder keine *Timberlands*. Diesmal hält mich nichts mehr. Ich sprinte durch die Gassen wie ein entflohener Sklave, dem die Bluthunde des Plantagenbesitzers im Genick sitzen.

Eine verdutzte Maria erklärt mir, dass Anna noch schlafen würde. Aber die Verschwörermiene, die ich ihr in Verbindung mit einem pastoralen Lächeln präsentiere, spült ihren Widerstand beiseite. Erster Stock, zweite Tür links. Ich nehme zwei Stufen auf einmal.

Als ich ins Zimmer stürme, bin ich auf das Schlimmste gefasst: Ralf, der – nur ein Handtuch um die Hüften – aus Annas Bad tritt; Ralf, der keuchend auf ihr liegt; Ralf, der mich angrinst, während er seinen erigierten Schwanz zwischen Annas Hinterbacken schiebt. Dass ich Anna allein vorfinde, will ich im ersten Moment für eine Täuschung, für satanisches Blendwerk halten. Und so komme ich nicht daran vorbei, das, was mich seit Stunden gemartert hat, in verräterisches Gestammel zu verwandeln.

„Du, äh … ich glaube, Ralf hat die Nacht gar nicht im Hotel verbracht. Frage mich, wo der sein könnte."

Annas Antwort erlöst mich endgültig: Der Armleuchter ist weg! Er ist abgereist, schon gestern Abend, als ich in der Bar saß. Ich könnte vor Glück eine Rede halten, die die güldenen Verästelungen seines lauteren Charakters preist, aber das untersage ich mir wohlweislich. Nichtsdestotrotz erlaube ich mir ein gesundes Maß an Hochgefühl.

Wir sitzen in Marias geräumiger Küche und trinken Kaffee, als der Sohn des Hauses auf der Bildfläche erscheint.

Eigentlich hatte ich mit Anna irgendwas Lauschiges unternehmen wollen, einen Ausflug zu einer einsamen Bucht oder Ähnliches, aber als die Sportskanone vom Surfen anfängt, anfragt, ob wir nicht Lust hätten, mit ihm gleich nach dem Frühstück den Wellengang zu testen, muss ich nicht lange überlegen: „Na, klar. Tolle Idee."

Annas erstaunter Blick adelt mich wie der Handschlag einer Tennislegende. Wäre doch gelacht, wenn ich mich von der Herausforderung eines Provinzgigolos ins Bockshorn jagen lasse. *So* schwer wird es schon nicht sein, auf einem Brett von der Breite einer Minigolfbahn den Trapezkünstler zu geben.

Am Strand erhält mein Tatendurst einen deutlichen Dämpfer. Heiland, die Wellen rollen heran wie Kampfwagen, auf denen überdimensionierte Ausgeburten der Hölle mit weit aufgerissenen Mäulern nach Beute Ausschau halten. So hoch hatte ich die gar nicht in Erinnerung.

Je länger ich die entfesselte See betrachte, desto mulmiger wird mir. Und so bin ich ganz froh, als Joe, der sich anerboten hat, mich mit den Grundlagen vertraut zu machen, die Anweisung ausgibt, ich solle mich erst mal in den Sand setzen und die Gesetzmäßigkeiten beobachten. Als ob es da viel zu beobachten gäbe; ein Brecher folgt dem nächsten, jeder für sich in der Lage, einem erwachsenen Mann das Lebenslicht auszublasen.

Anna unterbricht meine trüben Gedanken.

„Du musst eine rauchen."

„Ich *muss*?"

„Ja, für mich. Du musst hier im Sand eine Zigarette für mich rauchen, während du auf den Ozean hinausschaust."

Ich bin einigermaßen erstaunt, denn normalerweise betrachtet Anna meinen Nikotinkonsum eher mit Sorge. Aber hier geht es offenbar um etwas Außergewöhnliches, einen heiligen Moment oder Ähnliches, also frage ich nicht weiter nach, sage einfach ja.

Und dann gibt sie mir einen Kuss, der mindestens all das enthält, was die Prophezeiungen Mohammeds einem frisch atomisierten Märtyrer zu bieten haben.

Ich sehe ihr nach, wie sie aufs Wasser zuläuft, mit diesem Board unterm Arm, das sie gerade noch umfassen kann, und bekomme beinahe einen Herzstillstand vor Verlangen. Bei der Unversehrtheit meines Leibes, ich *will* diese Frau. Ich will ihr nicht mehr von der Seite weichen. Ich will ihr Endorphine unter die Haut jagen, und zwar im Sekundentakt. Dann entdecke ich Joe neben ihr in der Dünung und mir wird schmerzhaft bewusst, dass das mit dem Surfen eine in jeder Hinsicht törichte Idee war. Anna hätte mir das Versprechen gar nicht abnehmen müssen, ich bräuchte jetzt ohnehin eine Kippe. Wie sonst sollte ich Joeyboys Existenz ertragen?

Schon die Art, wie er sich in die Fluten stürzt, lässt erkennen, dass er hier ganz in seinem Element ist. Es gelingt mir mich loszureißen und den Strand zu sondieren, aber noch bevor die Glut sich in den Filter gefressen hat, habe ich mich wieder dem Meer zugewandt. Natürlich nur, um mit ansehen zu müssen, wie Mister Beachboy persönlich in unerträglich lässiger Haltung auf einer Welle herangesegelt kommt. Anna stellt sich nicht ganz so geschickt an, braucht ein wenig länger, bis es ihr das erste Mal gelingt, sich auf dem Brett zu halten. Von da an aber steigert sie sich mit jedem Versuch, bis auch ihre Bewegungen gänzlich mühelos wirken.

Und das gibt mir dann doch wieder Mut. Nicht, dass ich Leistungen, die von Frauen erbracht werden, grundsätzlich herabwürdigen würde. Aber wenn Anna es schafft, mit diesen Wasserwänden zurechtzukommen, dann werde ich mich doch zumindest *behaupten* können. Gut, sie war in ihrer Jugend Leistungsschwimmerin, aber das ist mindestens fünfzehn Jahre her. Ich lehne mich zurück, schließe die Augen und gebe mich der Vorstellung hin, ich wäre, was die Kunst des Wellenreitens betrifft, wenn schon kein ausgebuffter Profi, so doch wenigstens ein durchschnittlicher Routinier. Mit dem Neoprenanzug, in dem ich stecke, und dem Board, das neben mir liegt (beides natürlich aus Joes Besitztümern), müsste ich zumindest auf Außenstehende so wirken. Leider ist der Strand nur schwach bevölkert und so verlieren meine Phantastereien bald ihren Reiz. Es wird Zeit, dass Joeyboy mich abholen kommt, um mit dem praktischen Teil der Unterweisung zu beginnen. Ich bin es mittlerweile leid, mich noch länger vor dem anstehenden Wagnis zu fürchten.

Leider sieht es so aus, als hätten mich sowohl Joe als auch Anna komplett vergessen. Die beiden turnen immer noch fröhlich umeinander und machen keinerlei Anstalten, mich in den neckischen Ringelpiez mit einzubeziehen.

Also beginne ich ihre Namen zu rufen und mit den Händen herumzufuchteln wie ein Rettungsschwimmer, dem justament, als er diesen monströsen Killerhai sichtet, die Laufwerkzeuge versagen. Aber natürlich hören sie mich nicht und das macht mich erst recht wütend.

Während ich eine Zigarette nach der anderen rauche, überlege ich, ob ich nicht einfach von hier abhauen sollte, aber irgendwann kommt zumindest Anna aus dem Wasser.

Keuchend und strahlend steht sie vor mir, aber ich bin viel zu geladen, um mir jetzt auch noch anzuhören, wie viel Spaß sie gerade gehabt hat. Bevor sie halbwegs zu Atem gekommen ist, sprudelt es schon aus mir heraus: „Wollt ihr mich verarschen, oder was? Ich schreie mir hier die Kehle wund und ihr tut so, als gäbe es mich gar nicht."

„Hey, erstens bekommt man da draußen überhaupt nicht mit, was hier am Strand geschieht. Und außerdem habe ich im Auto gesagt, dass ich damit nichts zu tun haben will. Du hattest mit Joe eine Verabredung."

Das stimmt, Anna hatte wirklich etwas in der Art erwähnt. Aber auf derartige Formfehler möchte mein Zorn keine Rücksicht nehmen.

„Na, klar. Aber draußen in den Wellen war es dir ganz recht, dass Mister Supersurfer mich hier vergessen hat. War bestimmt ein Erlebnis, ihm dabei zuzusehen, wie er dich nach jedem seiner Kunststückchen in deinem superengen Anzug angeschmachtet hat."

„Sag mal, spinnst du?", entfährt es ihr.

Und dann folgt irgendwas über ihre besondere Beziehung zu Joe, dass er ihr Bruder sei und ähnlicher Blödsinn. Aber ich bin zu empört um ihr zuzuhören. Ich greife mein Board und stürme ins Wasser. Plötzlich ist da keine Furcht mehr, plötzlich ist da nur noch Wut, begleitet von dem beschämenden Gefühl, mich Anna gegenüber gerade wie ein Ochse benommen zu haben. Ich beginne wie ein Irrer zu paddeln, und hey, es *gelingt*! Es gelingt mir tatsächlich in den Ozean vorzudringen, ohne dass mich einer dieser geifernden Riesen vom Brett fegt. Ich ziehe an Joe vorbei, der mir irgendein Zeichen gibt, das ich allerdings geflissentlich ignoriere. Auf die Anweisungen dieser Kanaille ist ab sofort geschissen!

Als ich schließlich innehalte, befinde ich mich in der ruhigen Zone hinter den Wellen. Bedrohlich dunkel ist das Wasser hier, aber man kann sich wunderbar treiben lassen. Gerade als ich mich ein bisschen erholt habe, nähern sich plötzlich neue Ungetüme, die genau an der Stelle zu brechen drohen, an der ich mich befinde. Aber das kann mich jetzt nur noch mäßig beeindrucken. Ich paddle einfach ein Stück weiter hinaus. Als ich mich das nächste Mal umblicke, liegt der Strand erstaunlich weit hinter mir. Anna ist nur noch mit knapper Not auszumachen. Jesus, ich muss langsam zurück. Wenn ich nicht aufpasse, bin ich bald in Taka-Tuka-Land. Dummerweise scheinen die Wellen noch einmal höher zu werden, außerdem rollen sie in immer geringerem Abstand heran. Ganz unmöglich das Ufer zu erreichen, ohne dass mich eins dieser Monster vorher im Genick packt. Die Vorstellung, aufs offene Meer hinausgetrieben zu werden, genügt jedoch mich wenden zu lassen. Ich warte ab, bis die nächste sich auftürmende Woge unter mir durchgerauscht ist, dann gebe ich Stoff, paddle auf das Inferno zu, ohne mich noch einmal umzusehen. Aber irgendetwas stimmt da nicht. Obwohl ich mich wirklich reinhänge, habe ich das Gefühl kaum von der Stelle zu kommen. Irgendein beschissener Sog scheint mich *festzunageln* ... Ich gerate nun vollends in Panik, erhöhe noch einmal die Schlagzahl, aber während das Brett in der aufgewühlten See auf und ab tanzt, will der rettende Strand einfach nicht näher kommen. Beinahe wünsche ich mir, dass mich endlich eine Welle erfasst und weit ins Land hineinschleudert. Dann verliert sich auch dieser Gedanke, überlässt stumpfem Überlebenstrieb das Kommando. Ich bin nur noch Roboter, ein in den Pool gefallener Käfer, der vollkommen sinnentleert mit den Gliedmaßen strampelt. Meine Kräfte lassen bereits nach. Und da passiert es plötzlich: Etwas hebt mich in die Höhe, und lässt mich ins Leere paddeln. Einen schreckstarren Moment lang habe ich einen steilen Abgrund vor mir, dann werde ich hinabgerissen. Das Wasser schlägt über mir zusammen wie die Decke eines herabstürzenden Bunkers, wirbelt mich wie ein Wäschestück herum, und dann gibt es diesen Ruck am Bein, ganz so, als ob Neptun persönlich nach mir greifen würde. Verdammt, das ist das Board, das verfickte Board, das mit einer Leine an meinem Fußgelenk befestigt ist. Es zieht mich mit sich und trotz aller Anstrengungen gelingt es mir nicht, den Kopf über Wasser zu kriegen. Und dann ist da nur noch Todesangst, ein Gefühl, als würden mir die Lungen mit Blei ausgegossen, als würde mir gleich der Schädel explodieren. Eine Unendlichkeit scheint so zu vergehen und ich will schon nicht mehr daran glauben, dass diese Marter je ein Ende hat, nicht vor meinem Ableben jedenfalls, als ich plötzlich wieder Luft bekomme. Und auf einmal ist Joe da und ruft mir zu, ich solle mich so schnell wie möglich zurück auf mein Brett schieben und lospaddeln. Ich verstehe die Dringlichkeit nicht, die dabei in seiner Stimme liegt, aber ich tue, wie mir geheißen. Und das ist mein Glück, denn gerade als es mir gelungen ist, mich auf das Fiberglas zu wuchten, erfasst mich schon die nächste Welle. Aber die hier kommt nicht ganz so heimtückisch daher, ist schon hinter mir gebrochen, und so kann ich mich diesmal halten, werde auf einer schnurgeraden Bahn ans Ufer gespült, wo ich vollkommen ermattet liegen bleibe, bis Anna zu mir kommt und mir über den Kopf streicht.

Zurück in der Pension schlagen wir uns die Bäuche voll. Maria hat für uns gekocht. Töpfe voller Kaninchen, Kohl und Kartoffeln stehen dampfend zwischen uns auf der Tischplatte. Nie zuvor habe ich mit größerem Appetit gegessen. Aber so gierig ich das Fleisch auch hinunterschlinge, der Hauptteil meiner Aufmerksamkeit gilt Anna. Auch sie sieht mich immer wieder an und da ist etwas in ihrem Blick, das das gesamte Arsenal meiner Sehnsüchte in Habachtstellung gehen lässt. Heute ist es so weit. Heute werden wir vögeln, das steht so deutlich fest wie der nächste UN-Einsatz. Mein nachmittäglicher Leichtsinn ist nicht umsonst gewesen. Das scheint auch Joe so zu sehen. Kaum dass wir unsere Mahlzeit beendet haben, räumt er geschlagen das Feld.

Als er aus der Tür ist, formt sich das, was da schon die ganze Zeit zwischen uns hin- und hergeschossen ist wie eine unsichtbare Flipperkugel, ganz von selbst zu einer Frage.

„In dein Zimmer?"

„Nein, lass uns in die Klippen gehen", sagt Anna.

Hand in Hand laufen wir den Hügel hinunter. Und als wir schließlich stehen bleiben, gibt es kein Zögern, kein peinlich berührtes Innehalten. Von unserem Sprint noch außer Atem, beginnen wir uns zu küssen. Und dann ist alles ganz einfach. Ich helfe ihr den Pulli abzustreifen, bringe sie mit einem Griff in den Nacken dazu, mir den Rücken zuzuwenden und sich über einen der Felsen zu beugen. Während ich ihr mit der Rechten den Rock über den Hintern schiebe, reiße ich mir mit der Linken die Jeans auf. Wenn es überhaupt noch eines Details bedurft hätte, mich um den Verstand zu bringen, dann ist es der Umstand, dass sie kein Höschen trägt. Ich halte einen Augenblick inne, weide mich an dem Anblick ihres schutzlosen Geschlechts, dann dringe ich in sie ein. Endlich! Endlich angekommen. Es fühlt sich an, als hätte ich einen gläsernen Käfig gesprengt. Ich möchte laut Aufschreien vor Erlösung. Mein Verlangen übersteigt jedes Maß. Ich kenne diesen Körper und doch ist alles neu und fremd. Denn das hier ist eine andere Anna. Das hier ist die Frau, die sich furchtlos mit den Wellen misst. Das hier ist die Frau, die meine Eifersucht regiert. Ich stoße meinen Schwanz in sie hinein, als ob es um mein Leben ginge, habe das Gefühl, hier und heute ein Brandzeichen setzen zu müssen. Ich will ihr die Flausen ein für alle Mal aus dem Kopf vögeln; ich will, dass sie weint vor Glückseligkeit. Und so belauere ich sie, achte trotz meiner Geilheit auf die Frequenz ihres Atems, auf die Laute, die sie ausstößt. Als sie dann laut und heftig kommt, lässt der Triumph auch mich explodieren. Wenn das hier der Lohn ist für den Irrsinn der letzten zwei Wochen, dann war jede Minute dieses Irrsinns gerechtfertigt.

Während ich mir eine Kippe gönne, schmiegt sie sich an mich. Sie gehört wieder mir.

18

Anna nimmt mich mit zu Maria. War ja zu erwarten, dass wir diese Nacht nicht getrennt verbringen würden. Dennoch bin ich froh, dass der Vorschlag von ihr kam. Wenn es überhaupt noch eines Beweises bedurft hätte, dass unser Sternenkreuzer den gefahrvollen Asteroidengürtel hinter sich gelassen hat, dann ist er hiermit erbracht.

Kaum dass sich die Zimmertür hinter uns geschlossen hat, will ich ihr noch einmal an die Wäsche. Aber sie entwindet sich mir, verschwindet unter einem Vorwand im Bad. Als sie zurückkehrt, ist sie nicht weniger abweisend. Ich habe Mühe die Finger von ihr zu lassen, bin schon versucht, richtig tief in die Trickkiste zu greifen, als mir klar wird, dass ich ihr vielleicht ein bisschen Zeit geben sollte, dass ich sie auf keinen Fall *überfordern* darf. Also halte ich sie einfach, lasse meine Finger sanft über ihren Arm gleiten, bis mir ihre regelmäßigen Atemzüge verraten, dass sie eingeschlafen ist.

Den Lohn für meine Zurückhaltung empfange ich bereits am nächsten Morgen. Ich bin kaum wach, da schließen sich ihre Finger schon um meinen Schwanz. Ich tue so, als ob ich noch schlafen würde, stöhne nur ein bisschen, um sie zum Weitermachen zu animieren. Nichts wird mich davon abhalten, diesen Moment bis zur Neige auszukosten. Aber gerade als ich mir überlege, wie ich sie ohne Worte dazu bringen kann, meinen Schaft in den Mund zu nehmen, klopft es plötzlich an der Tür. Jesus, das darf doch nicht wahr sein!

„Anna, bist du wach?", flüstert eine männliche Stimme.

Joe! Na klar. Wer sonst würde die Dreistigkeit besitzen hier in aller Herrgottsfrühe aufzulaufen? Und was will die Nervensäge? Natürlich Surfen gehen. Von mir aus kann er mit seinem Brett in die Hölle reiten. Anna sieht das leider anders. Sie lässt meinen Steifen unbeaufsichtigt und springt nackt, wie sie ist, aus den Federn.

Ich klappe nun doch die Lider hoch und sehe sie die Tür einen Spaltbreit öffnen. Gespannt lausche ich dem, was sie sagt.

„Magnus ist hier. Er liegt noch im Bett."

Keine schlechte Antwort, aber meiner Meinung nach nicht deutlich genug. Ich sehe mich gezwungen zu insistieren.

„Außerdem fahren wir jetzt nach Hause", rufe ich.

Ich klinge noch ein wenig nach Kehlkopfpatient, aber die Botschaft erzielt durchaus ihre Wirkung. Beide, Anna wie Joe, geben Laute erstaunten Entsetzens von sich. Annas Erschütterung ist derart groß, dass sie die Tür loslässt und Joe einen Blick auf ihren entblößten Leib gewährt.

Das hatte ich nicht beabsichtigt. Ich flippe fast aus, als ich sie da stehen sehe, den Blicken dieses Schmierlappens schutzlos ausgeliefert. Anna selbst scheint das Demütigende dieser Situation überhaupt nicht zu bemerken, reagiert erst, als ich anfange herumzubrüllen. Wenigstens erhält Joeyboy dadurch den entscheidenden Impuls, sich zu verpissen. Natürlich erst, nachdem er sich ausgiebig an ihren Brüsten geweidet hat.

Als er endlich von dannen geschlichen ist, ist es an Anna, laut zu werden.

„Wieso fahren wir jetzt nach Hause?", giftet sie mich an, während ich an ihr vorbeitrabe, um die Tür zu schließen.

Ich hätte das vielleicht nicht so einfach über ihren Kopf hinweg entscheiden sollen. Andererseits bin ich bis eben wirklich davon ausgegangen, dass unsere Abreise kurz bevorsteht. Was für einen Grund sollte es auch geben, noch länger in diesem Kaff rumzuhängen? Jetzt, wo zwischen Anna und mir wieder alles im Lot ist. Außerdem muss ich das Auto zurückgeben.

Ich greife nach ihrer Hand und versuche, sie zurück aufs Bett zu ziehen. Aber sie schüttelt mich ab, stemmt empört die Hände in die Hüften.

„Wieso wir jetzt nach Hause fahren, will ich wissen."

Wie sie so dasteht, Brüste, Bauch und Kinn vorgereckt, macht sie mich unglaublich scharf. Ich betrachte ihre Brustwarzen, die ob der morgendlichen Kühle klein und hart sind, und kann gar nicht anders, als großmütig zu sein.

„Okay, lass uns noch einen Tag bleiben. Aber dann geht's zurück."

Ich lächle sie an, und als sie zurücklächelt, kann dieser Morgen endlich da weitergehen, wo er begonnen hat. Keine zehn Minuten später krallen sich ihre Fingernägel in meinen Brustkorb.

Unter der Dusche denke ich angestrengt darüber nach, wie es mir gelingen könnte, Anna vom Strand fern zu halten. Der Anblick von Surfbrettern würde mir heute mindestens Magenkrebs bescheren. Was liegt weit genug vom Wasser weg und besitzt dennoch eine gewisse Anziehungskraft? Die Hauptstadt, na klar.

„Hey, was meinst du, fahren wir noch mal nach Lissabon? Ich glaube, wir schulden der Stadt noch was ..."

Anna sieht für einen Moment so aus, als wolle sie protestieren, murmelt dann aber etwas, das durchaus als Zustimmung gedeutet werden kann. Ich unterlasse es tunlichst noch einmal nachzufragen.

Und so sitzen wir eine Stunde später im *Granada* und kämpfen uns über dieselbe verstopfte Straße wie vor drei Tagen. Heute vermögen der Verkehr und die Hitze unsere Stimmung allerdings nicht zu bezwingen. Marcos Tapedeck funktioniert und nach den letzten Ereignissen habe ich keine Scheu mehr, meine freie Hand zwischen Annas Schenkel wandern zu lassen.

In Lissabon überlassen wir diesmal dem Zufall das Kommando. Händchen haltend schlendern wir durch die Gassen der Altstadt, nehmen uns ausreichend Zeit, das Angebot der zahllosen Verkaufsbuden und Imbissstände zu testen. Um uns herum ein geschützter Raum, eine Tauchglocke, die jede Vorstellung von Zukunft hinfällig werden lässt. Stattdessen: Wohlbehagen und tiefe Seligkeit; ein Gefühl als hätten wir uns erst gestern ineinander verliebt. Im Überschwang kaufe ich einem der fliegenden Händler zwei Plastikringe für Kinder ab. Meinen kann ich mir gerade so auf den kleinen Finger schieben, Annas passt perfekt.

„Nehmt dieses Pfand als Zeichen meiner nie versiegenden Minne, Mylady", sage ich und meine das durchaus ernst.

Anna schlingt mir lachend die Arme um den Hals.

„Ich liebe dich, du Spinner." Es klingt wie der überirdisch gute Remix eines in Vergessenheit geratenen Lieblingssongs.

Keine fünf Minuten später taucht plötzlich dieser *Elefantenmensch* auf. Ich bin gerade dabei mir Kippen zu kaufen, als er in mein Sichtfeld gerät. Er trägt zwar einen Hut, aber der vermag von seinem riesigen, unglaublich deformierten Schädel nur bedingt abzulenken. Anna bemerkt ihn ebenfalls, allerdings erst, als er direkt über ihr steht. Irgendwas ist ihr heruntergefallen und davongerollt, offenbar der Ring. Nachdem sie ihn in gebückter Haltung verfolgt und aufgehoben hat, blickt sie genau dorthin, wo sich anstelle des Gesichts nur die ebenso erbarmungswürdige wie schaurige Karikatur eines Rüssels befindet. Der Schreck, der sie dabei überfällt, ist selbst auf die Entfernung zu spüren.

Ich beeile mich zu ihr zu kommen, lege ihr einen Arm um die Hüfte und schmeiße das eben erhaltene Restgeld in den dargebotenen Pappbecher. Dann ziehe ich sie mit mir.

„Oh mein Gott, das war ein lebendiges Monster", stöhnt sie, nachdem wir uns ein Stück entfernt haben.

Ich versuche sie zu beruhigen, aber so recht will mir das nicht gelingen. Anna reagiert auf Bilder, die gemeinhin als beängstigend gelten, ohnehin sehr heftig. Es ist beispielsweise völlig unmöglich, mit ihr einen Horrorfilm zu gucken. Krimis sind ebenfalls tabu, zumindest die, in denen Wasserleichen oder sonst wie verunstaltete Körper auftauchen. Vergisst sie es doch einmal sich vor derartigen Eindrücken zu schützen, nimmt sie sie garantiert mit in ihre Träume, wo sie dann, vielfältig variiert, die verschorften Arme nach ihr ausstrecken.

So panisch wie heute habe ich sie allerdings noch nie erlebt. Sie wirkt regelrecht geschockt.

„Hast du das gesehen? Es hat gelebt, es hatte einen ganz normalen Körper. Oh mein Gott, wie kann es denn essen? Seine Arme reichen doch niemals an diese furchtbare Öffnung heran … Frisst es wie ein Tier ...? Ich …"

Natürlich kann ich diesen Gefühlsausbruch nachvollziehen. Aber so sehr mir ihr Entsetzen auch nahe geht, meinen Gerechtigkeitssinn vermögen ihre Äußerungen nicht außer Gefecht zu setzen. Eine derart heftige Reaktion hat der vom Schicksal gebeutelte Passant dann doch nicht verdient. Also erkläre ich ihr, dass es sich hier keinesfalls um ein Monster, sondern um eine bemitleidenswerte Mutation handelt, die früher mit Sicherheit im Wanderzirkus aufgetreten wäre, sich ihr Geld heute allerdings auf der Straße verdienen muss.

„Aber das kann er doch nicht machen, er kann doch die Leute nicht so erschrecken, und die Kinder."

„Ich glaube, Kinder finden ihn viel normaler als Erwachsene. Er passt in ihre Welt besser rein. Und was soll er denn sonst machen außer betteln?"

„Er könnte sich ein Tuch vors Gesicht hängen."

Anna schreit das regelrecht. Und so versage ich mir das Bedürfnis, erneut zu widersprechen, was gut ist, denn in der nächsten Sekunde knicken ihr die Beine weg. Ich kann sie gerade noch auffangen.

„Ich will zurück. Ich will sofort zurück", schluchzt sie, während sich ihr Körper zitternd zusammenkrampft.

Im Auto halte ich ihre Hand, lasse sie sich den Schrecken von der Seele reden. Dann erzähle ich ihr eine von Bernwards Geschichten. Diese hier handelt von einem kolumbianischen Jungen, der sich über Jahre hinweg mit einem Geschwür durch die Gegend schleppen musste, das seinen Nacken wie den Bauch einer Schwangeren aussehen ließ. Nachdem ihn ausländische Ärzte schließlich mit Erfolg operiert hatten, brachte er es innerhalb kürzester Zeit nicht nur zum gefragten Talkshowgast sondern auch zum Torschützenkönig des ortsansässigen Fußballclubs. Natürlich erzähle ich das so, als wäre ich bei diesen Ereignissen selbst dabei gewesen.

„Es ist nichts weiter als Pech. Eine verschissene Krankheit oder ein verdammter Geburtsfehler, verstehst du?"

„Ja", sagt Anna.

Und dann schweigen wir beide und ich fühle eine verloren geglaubte Stärke von mir Besitz nehmen. Die todesmutige Nixe an meiner Seite hat ihren Fischschwanz abgestreift und ist zurück an Land geschwommen.

Als ich am nächsten Morgen zu Rosas Hotel laufe, regnet es leicht. Über mir rangeln graue Darmschlingen um einen Platz an der Sonne. Die Verabschiedung von Marias Familie habe ich hinter mir. Selbst Joeyboy hatte es sich nicht nehmen lassen, mir einen männlichen Klaps auf die Schulter zu geben. Jetzt will ich nur noch eins: so schnell wie möglich weg von hier. Ab nach Hause. Zurück in ein Leben ohne Beachboy-Gehabe.

Meine Sachen sind schnell gepackt. Ich rauche eine letzte Zigarette am Fenster, starre auf das weiß gesprenkelte Blau, das mir vorgestern eine so herbe Lektion erteilt hat.

Als ich meine Rechnung bezahle, kann sich das Mädchen hinterm Tresen ein zweideutiges Lächeln nicht verkneifen. Hat wohl mitbekommen, dass ich die beiden letzten Nächte außer Haus verbracht habe.

Von Anna ist noch nichts zu sehen, also setze ich mich auf die Motorhaube und warte. Gerade als ihr gelber Renault um die Ecke biegt, taucht am selben Ende der Gasse diese Braut aus dem Hafencafé auf. An ihrer Seite ein schmales Jüngelchen mit dreadlockverhangenem Gesicht. Ich versuche mich an ihren Namen zu erinnern und komme nicht drauf.

Als Anna mich erreicht, habe ich längst den Motor gestartet.

19

Bernward ist auffallend guter Dinge. Die Ersatzkraft, die sie ihm statt meiner geschickt haben, hat ihn offensichtlich belebt.

„Ein äußerst liebenswürdiges Mädchen, sehr adrett und voller Herzenswärme", schwärmt er, während ich uns beiden einen Kaffee einschenke.

Ich kann der Vermutung nicht entkommen, dass sie auch optisch einiges zu bieten hat. In Sachen Dekubitusbehandlung soll sie jedenfalls ein Ass sein.

Als ich das eine Viertelstunde später überprüfe, sehen die ehemals fauligen Kuhlen tatsächlich um ein Vielfaches gesünder aus.

Während ich voller Eifer den ersten Eiswürfel auf der Wunde kreisen lasse, um den Genesungsprozess *endgültig* zum Abschluss zu bringen, lenkt Bernward das Gespräch auf meine Kaperfahrt.

„So, nun erzähl mal. Hast du das Herz der holden Jungfer zurückgewonnen?"

„Ja, glaub schon. Jedenfalls ist sie mit nach Hause gekommen."

„Siehst du, Junge, den Frauen imponiert nichts mehr, als wenn du …" Der Rest seines Satzes wird vom Gebläse des angeworfenen Föhns übertönt.

Als ich erneut zum kühlenden Teil der Behandlung übergehe, habe ich längst beschlossen, das Thema zu wechseln. Bernwards Frage hat eine unerklärliche Niedergeschlagenheit in mir aufsteigen lassen. Eigentlich sollte ich mich wie ein Sieger fühlen, aber egal in welchen Teil meines Gemüts ich die Kundschafter auch schicke, es lässt sich kein Funken Triumphgefühl ausmachen. Warum das so ist, kann ich nicht sagen. Vielleicht eine Folge der überstandenen Strapazen.

Ich verschiebe das Nachdenken darüber auf später und berichte Bernward stattdessen von meinen Erlebnissen auf dem Surfbrett.

Das genügt, um ihm die Erinnerung an eigene Abenteuer auf die Zunge zu treiben.

Marco zeigt sich ob der Tatsache, dass seine Karre keine Schramme aufweist (zumindest keine neue), sichtlich erfreut.

„Respekt, Alter. Bei deiner Fahrpraxis hätte ich mindestens mit einer Massenkarambolage gerechnet."

Dann will auch er Auskunft in Sachen Herzensangelegenheiten.

„Und? Seid ihr wieder zusammen?"

„Klar, Mann."

„Wow! Ehrlich gesagt, habe ich nicht daran geglaubt, dass du das hinkriegst." Er reicht mir den Joint. „Meinst du denn, dass es gut geht? Also dass sie, na ja, wieder das nötige Vertrauen entwickelt und so ..."

„Was soll das denn? Was is'n das für 'ne *beschissene* Frage?" Keine Ahnung, warum ich so gereizt reagiere.

„Hey, entspann dich, war nur so'n Gedanke. Wie sieht's aus, holen wir uns ein paar Bier?"

„Nee, geht nicht. Bin gleich mit Anna verabredet."

20

Zu Hause stolpere ich beinahe über die Reisetasche, die ich achtlos in den Flur geschmissen habe. Ich überlege kurz, ob ich die dreckigen Klamotten wenigstens ins Badezimmer transferiere, lasse es dann aber. Ich bin ohnehin zu spät dran und ich will mich noch frisch machen. Nach der zermürbenden Fahrt hatte ich gestern einfach keine Kraft mehr zum Duschen.

Obwohl ich mich beeilen müsste, nimmt mir der satte Strahl jede Hektik. Es tut einfach zu gut, mal wieder *warmes* Wasser auf der Haut zu spüren. Ich schließe die Augen und beginne meinen Körper genüsslich mit Duschgel einzureiben. Als ich bei meinem Schwanz anlange und die Vorhaut zurückschiebe, fließen die Bilder ganz von selbst in meinen Kopf. Die jungen, festen Brüste, die gespreizten Schenkel, die rasierte Spalte, der manierliche Pferdeschwanz. Ganz automatisch beginnt sich meine Rechte zu bewegen. Ich sehe sie vor mir, die speichelbenetzten Lippen fest um meinen Schaft geschlossen. Keinen Monat ist es her, dass ich hier gestanden und mir die Spuren unserer gemeinsamen Ausschweifungen vom Leib geschrubbt habe. Jetzt stelle ich mir vor, was in dieser Nacht noch alles hätte passieren können, was hätte passieren können, wenn es eine Fortsetzung gegeben hätte. Ich lasse sie alle Hemmungen über Bord werfen, ich lasse sie meinen Namen schreien, ich lasse sie wimmern vor Begierde. Und während ich mein Sperma in Carolas zuckendes Arschloch pumpe, verlässt der milchige Kleister auch im Hier und Jetzt meinen Körper.

Bevor ich mich abtrockne, werfe ich einen schnellen Blick auf die Zeitanzeige meines Mobiltelefons.

Scheiße, schon Viertel nach acht!

GERMAN PUBLISHING AG

Antje Herden

WEISSWASSER

ROMAN

GP German Publishing AG

Deutsche Erstveröffentlichung

Umschlaggestaltung und Typographie: Tom Wöltge

Autorenphoto: Albrecht Haag

Druck und Bindung: GGP Media GmbH, Pößneck

ISBN 3-936281-07-6

www.german-publishing.de

Ich danke
Steffi, für Freundschaft und Rat,
Sandro, für den Glauben an mich,
Katja, für das allzeit offene Ohr,
meinen Eltern, für sorglose kinderfreie Wochenenden,
dem geliebten Mann, für alles.

1

Aus dem letzten Kuss erhebt er sich vom Bett. Ich schaue ihm nach, als er nackt Richtung Bad läuft. Es ist diese Linie, die den Hintern in den Oberschenkel wandelt, vom Licht der kleinen Lampe nachmodelliert, silberbegrenzt, die schönste Stelle seines Körpers, eigentlich eines jeden Männerkörpers, doch das sage ich ihm nicht.

Er weiß, dass meine Augen ihm folgen, und nimmt mir mein beglücktes Staunen, denn er wackelt albern mit dem Po, ich muss lachen und ein Moment ist verflogen.

Als er bekleidet vor mir steht, hält er kurz meinen Kopf in seinen Händen. Er ist nicht besonders groß und sehr dünn, aber wenn ich den Mund halte, meine Haare öffne und keine Kleidung trage, dann bin ich kleiner als ich, so klein, dass ich jünger bin, jünger als er, dann ist alles perfekt.

„Bis morgen."

Im Weggehen dreht er die Anlage lauter, überlässt mich der Musik. Ich tanze durch das Schlafzimmer.

Meine Hände riechen nach ihm, ganz eingehüllt bin ich von seinem Geruch. Ich sollte denken: *Duft*, das ist eleganter. *Magnus, der Duft, der tanzen macht.* Ich muss dringend den Auftrag für diese

kleine Kosmetikfirma beenden. Sie wollen ein Parfum lancieren. Ich glaube nicht an einen Erfolg, es duftet nicht, es riecht, aber einen Namen muss ich finden, einen der Begehren weckt. Begehren. Ein Schauer läuft mir, aus dem Leib kommend, die Beine hinunter. Ich schlinge die Arme um mich, halte alles fest, damit nichts verloren geht, nichts von mir voll diesen Gefühls. Das Glück festhalten. *Magnus, ein Duft, der das Glück festhält.*

Ich gehe in die Küche, koche mir einen Tee, einen grünen, der schmeckt mir nicht, erinnert an Staub, aber er ist gut für so vieles, die Seele und den Körper. Meiner Seele geht es gut und Magnus sagt, ich bin schön, trotzdem, ich koche mir einen grünen Tee.

Ich setze mich auf den Küchentisch, baumle mit den Beinen, warte die vorgeschriebenen zehn Minuten, die die getrockneten Blätter ziehen müssen. Eigentlich ist mir ein bisschen kalt, aber ich sitze hier nackt, nackt auf dem Küchentisch. Ich stütze die Hände neben meinem Hintern auf, strecke mich. Sieht gut aus und fühlt sich auch so an. Das tut es nicht immer, unbeschwertes Sein, manchmal ist das schon schwierig, manchmal bin ich schon so alt, wie ich bin. *Magnus, ein Duft, der ins Unbeschwerte entlässt.* Ich vermeine ganz deutlich die Maserung des Designeresstischs zu spüren. Ich drücke mich fester auf das unbehandelte Holz, grob und ungeschlacht. Ich fühle mich klein und fein und weich. Ein warmes, kribbliges Begehren strahlt aus meinem Bauch in jede Rundung meines Körpers. *Magnus, ein Duft, der dich im Unbeschwerten tanzend das Glück festhalten lässt.* Ich muss diesen Job wirklich so schnell wie möglich zu Ende bringen.

Ich stecke mir die Haare hoch und schenke mir eine Tasse Tee ein.

Ich wache auf. Draußen ist nicht Nacht, nicht Tag. Ich habe unglaublichen Durst, der Pyjama klebt mir auf der Haut. Vielleicht

habe ich geträumt, mein Kopf ist leer, ich erinnere mich an nichts. Eine seltsame Stimmung schwebt im Raum, als sei eben noch jemand hier gewesen, als hätte es bis zu meinem Erwachen laut getönt, Musik vielleicht oder Stimmen.

Ich schüttle das unwirkliche Gefühl ab, erhebe mich, noch immer schlaftrunken, und mache kein Licht auf meinem wankenden Weg in die Küche, es würde in den Augen schmerzen und mir den Schlaf gänzlich stehlen. Eine Straßenlaterne erhellt die Wohnung genügend, und wie immer fahre ich zusammen, als ich auf die Wand zulaufe, an welche er die Haut eines kleinen Alligators getackert hat. Den hat er im Amazonas erlegt, damals, als er nach der Schule dort für einige Monate hingegangen war um zu helfen, und die Indios mit denen er lebte, gaben sie ihm präpariert, als Symbol seiner Stärke, mit nach Hause, so erzählte er mir. Ich hatte ein Zeichen von ihm gewollt, etwas das immer hier sein würde, mir anzeigte, dass es ihn gab, auch wenn er nicht hier war. Vielleicht hatte ich auch gehofft, er brächte einen Koffer, der ein ständiges Weggehen überflüssig gemacht haben würde. Vorher war die Wand einfach nur rosa gewesen. Ich mag Rosa.

Im Kühlschrank finde ich nur eine geöffnete Milch.

Der kalte Schweiß lässt mich frösteln, ein angenehmer Schauer jagt mir den Rücken hinunter und zaubert eine Gänsehaut, lässt mich meiner selbst gewahr werden. Ich gieße die Milch in ein Glas, meine Hand zittert leicht, ich versuche das zu beherrschen und kippe die Milch zu steil. Sie drängt zu schnell aus der gerissenen Tülle, einige Tropfen verfehlen das Glas, spritzen weiß auf den Küchentisch. Hier hatte ich vorhin nackt gesessen, schießt es mir durch den müden Kopf. Ich reibe mit der bloßen Hand über das derbe Holz, wische die Spritzer auf und lecke mir die Finger ab.

Morgen früh werde ich keine Milch für meinen Kaffee haben.

2

Wir sind zum Frühstück verabredet, er wird mich jeden Moment abholen.

Ich denke an den gestrigen Nachmittag und mir wird warm im Bauch. Eigentlich könnten wir auch hier bleiben, ein Fest im Bett feiern, *ein Fest der Liebe*, inklusive Frühstück. Manchmal komme ich einfach nicht davon los, in Phrasen zu denken. Bevor das gefährlich wird, sollte ich vielleicht meinen Job wechseln.

Ich stehe vor meinem Kleiderschrank. Ich will schön sein, weil ihn das freut, weil ich ihn liebe, weil wir uns zwölf Stunden nicht gesehen haben, weil mich noch immer ein schwebendes Verlangen erfüllt, weil er gestern mit seinen Freunden ausgegangen ist, weil ich älter bin. Ich wähle einen weich fallenden Rock, der um die Knie ein bisschen schwingt, und halterlose Netzstrümpfe zu den hohen Schuhen, die einen in den weiblichen Gang zwingen, keinen BH unter dem dünnen, bestickten Seidentop, das sich leicht um den Körper legt, es wird mich frieren lassen und er wird das an meinen Brüsten sehen können, nachgemalt von rosa Seide, halb verdeckt von einer weichen Strickjacke.

Das Haar habe ich hochgesteckt, damit er mich anschauen und sich wünschen kann, es zu öffnen.

Ein Höschen trage ich nicht. Aber das werde ich ihn nicht wissen lassen. Das wird er erst später zu Hause bemerken und dann von lustvollem Bedauern erfüllt sein. Und ich werde ihm nur mit einem Lächeln andeuten, wie wunderbar es sich anfühlte, als wir in dem von Menschen summenden Café saßen und ich so nackt und bereit gewesen war.

Ich bemale mir die Lippen mit roter Farbe. Wenn er mich später küsst, wird sie verschmieren, mein Gesicht wild und verletzlich zugleich aussehen lassen.

Weil die Milch alle ist, habe ich noch keinen Kaffee getrunken. Aber das ist nicht wichtig, denn ich werde gleich im Café eine Latte Macchiato bestellen. Ob es noch Leute gibt, die *Cappuccino im Glas* sagen? Oder ist das gar nicht dasselbe? Manche Dinge bleiben mir fremd.

3

Er kommt nicht.

Er ist eigentlich nie pünktlich, aber das hatte ich schon einkalkuliert und eine Haarkur die vorgeschriebenen zwanzig Minuten einwirken lassen. Außerdem hatte ich eine Ladung Wäsche aus dem Trockner genommen und zusammengelegt, den Küchentisch gewischt und das saubere Geschirr aus der Spülmaschine in den Schrank geräumt. Danach mit frisch lackierten Nägeln vor dem Fernseher gesessen, bis Peter Lustig die Toilettenspülung seines Bauwagens wieder repariert hatte und der Lack kratz- und stoßfest getrocknet war.

Also erledige ich noch einige Anrufe, die ich eigentlich vor mir hatte herschieben wollen, und gieße die Zimmerpflanzen.

Dann kann ich die Unruhe, die nach mir greift, nicht mehr verdrängen. Sie wächst im Bauch und dehnt sich langsam aus. Missmutig kicke ich die unbequemen Schuhe von den Füßen, schlüpfe in eine Unterhose, hadere lange mit mir, ob ich ihn anrufen soll, tue es dann aber nicht. Es ärgert mich, dass ich scheinbar mehr aus dem Ganzen mache, als da eigentlich sein wird. Es ärgert mich, dass er jetzt im Bett liegt, um sich von einem ausschweifenden Abend mit seinen Freunden zu erholen, während ich der Zeit durch mein Warten den Sinn stehle. Es ärgert mich, dass ich mich ärgere. Am meisten ärgert es mich, dass ich beginne das Telefon anzuflehen, es möge doch endlich klingeln.

Aber es könnte ja auch sein, dass ihm etwas passiert ist gestern Nacht. Dass er verletzt ist und gar nicht kommen kann! Vielleicht liegt er irgendwo in einer dunklen Ecke, hinter Mülltonnen, bewusstlos geschlagen, aus dem Kopf blutend und niemand sieht ihn, niemand hilft ihm. Vielleicht wurde er von einem Auto erfasst. Manchmal verliert er den Überblick, wenn er zu viel getrunken hat.

Vielleicht sollte ich eher die Krankenhäuser anrufen und nach ihm fragen? Oder bei der Polizei? Vielleicht kann er seinen Namen nicht erinnern?

„Anna, du spinnst. Komm mal wieder runter", klingt Evas Stimme durch den Hörer. „Wie oft hast du in deinem Leben schon auf einen Mann gewartet und wie oft ist dem etwas Schlimmes passiert?"

„Hunderte Male. Noch nie."

„Siehst du. Darf ich jetzt weiterschlafen?"

„Na, klar. Tut mir Leid, dass ich dich geweckt habe. Ich muss sowieso schnell auflegen und die Leitung frei..."

„Anna!"

„Das hab ich eben nicht gesagt ... Also, bis dann."

Ich möchte nicht länger um das Telefon herumschleichen, warten, dass es klingelt. Darum gehe ich spazieren. Das Handy nehme ich vorsichtshalber mit. Und hätte so auch gleich zu Hause bleiben können.

Aber die Sonne scheint und es riecht gut. Mein Körper entspannt sich, Sorge und Wut verfliegen. Als zwei kleine, runde Kinder hinter einem Ball an mir vorbeikugeln, vermeine ich ein Lächeln auf meinem Gesicht zu spüren. Ich hoffe, es ist kein dümmliches.

Plötzlich stehe ich vor seinem Haus. Das habe ich nicht gewollt, belüge ich mich. Ich weiß auch nicht wirklich, was ich hier tun soll, denn ich werde nicht klingeln. Ich riskiere einen einzigen Blick hoch zu seinen angekippten Fenstern. Dahinter schläft er, mit leicht geöffnetem Mund, leise schnarchend, auf dem Rücken liegend. Und wieso gehe ich dann nicht einfach zur Haustür, klingle und wecke ihn? Dass ich, weil ich einen Schlüssel zu seiner Wohnung am Schlüsselbund trage, hochgehen, die Tür aufschließen, an sein Bett schleichen und ihn aus dem Schlaf küssen könnte, erscheint mir beinahe undenkbar.

Das Handy summt mich aus meinen Gedanken. Eine SMS von Ralf. Er fragt, was ich so mache, möchte mich zu einem Kaffee einladen, nutzt dazu die vermeintliche Anonymität der Kurzmitteilung. Manchmal ist er zu unsicher, mich einfach anzurufen. Die Nachricht kommt genau richtig.

Ralf bekommt ob meines Aufzugs große Augen. Wie soll er auch ahnen, dass dieser ursprünglich gar nicht ihm gelten sollte? Er selbst sieht aus wie immer: zerwuschelte Haare, karierter Pullunder, darunter ein Hemd, rutschende Bügelfaltenhose. Andere hätten so wahrscheinlich modisch interessant gewirkt, nicht gediegen, sondern ironisch. Ralf jedoch schafft es, hausbacken auszusehen. Ironie ist nicht seine Stärke.

Wir kennen uns seit etwa drei Jahren. Ich hatte während einer verdösten Fahrt im Auto vom Radio ein Lied ins Unterbewusstsein gespielt bekommen, das ich tagelang im Kopf mit mir herumtrug. Während die einzelnen Harmonien langsam ins Vergessen sanken, wurde die Erinnerung an die seltsam sehnsüchtige Stimmung des Songs immer stärker. Ich wollte wissen, wie er hieß, wer ihn sang. Aber niemand fühlte sich imstande, nach einigen von mir schräg und unsicher angesummten Takten, das Lied zu erkennen. Dabei war gerade der Beginn so prägnant und wurde auf alle Fälle auf der Hammondorgel vorgetragen. Das Ganze ließ mich nicht mehr los und so ging ich eines Tages in die WOM-Filiale. Wenn sich jemand mit Musik auskennt, dann die Jungs, die hier arbeiten, und denen würde es sicher auch nichts ausmachen, dass selbst ich die von mir vorgetragenen Töne nicht mehr als das Lied, dem sie einmal entsprungen waren, erkennen konnte. So stand ich summend vor einem jungen Dreitagebart-Träger mit dem verwaschenen Shirt irgendeiner Rockband und ungläubigem Gesichtsausdruck. Da sagte plötzlich jemand neben mir: „Das ist *Whiter Shade of Pale.*“ Ich drehte mich zur Seite und da stand Ralf und in diesem Moment

musste ich ihm einfach einen Kuss geben. Ich lud ihn auf einen Kaffee ein. Aus dem Kaffee wurde ein ganzer Nachmittag. Er erzählte mir von seiner Leidenschaft, Stunden, ganze Tage vor dem Computer zu verbringen, um Liedabfolgen zusammenzustellen, die perfekt zu jedwedem Gefühl passen, Abbilder von Hass, Wut, Liebe, Trauer, Freude und Hoffnung ins Gehirn malen. Damals dachte ich, dass mich selten zuvor ein Mensch so angerührt hatte. Einige Tage später brachte er mir meine persönliche Kassette vorbei. Wir wurden Freunde.

Ich umarme Ralf zur Begrüßung, aber ich will hier eigentlich nicht sein. Ich möchte zu Hause unbeobachtet mein Telefon anflehen, ich will auf den Ton der Türklingel hoffen, ich will sofort in den Arm genommen werden und die Enttäuschung weggeküsst bekommen. Ich frage mich, warum ich so empfindlich reagiere, und mir wird klar, dass Magnus mich in den letzten zwei Jahren noch nie versetzt hat: Immer war er da, immer war ich mir seiner Liebe und seiner Bewunderung sicher. Ich bin erschüttert, meiner neu entdeckten Unsicherheit wegen, wie kribbelig sie mich macht, wie attraktiv sie Magnus erscheinen lässt.

Ich zupfe am Rock herum, drehe eine lose Haarsträhne um meinen Finger zu einer festen Rolle, versuche Ralf aufmerksam zuzuhören, der im Versuch, eine möglichst lässige Pose einzunehmen, fast vom Stuhl fällt.

Und dann findet er ein Gesprächsthema, in dessen Bann er mich ziehen kann, und wir lachen, und ich vergesse fast ein bisschen die Zeit, und dann bin ich so schön und aufregend, wie ich mich in Ralfs Augen reflektiert sehe. Und eine Stunde später laufe ich nach Hause und es geht mir gut, und vielleicht hat Magnus inzwischen eine Nachricht hinterlassen oder ist schon in der Wohnung, vielleicht mit Blumen vom Bahnhofsfloristen.

4

Ich öffne die Tür und da ist nichts: kein Anruf, kein Mann, keine Blumen. Und ich muss lachen ob meiner Enttäuschung. Aber mein Lachen klingt ein bisschen hohl und auch zu laut in der leeren Wohnung.

Überrascht höre ich mein Herz überdeutlich klopfen. Dass er mich plötzlich warten lässt, wandelt die schwebende Gelassenheit unserer Beziehung in ein aufregendes Gefühl der Unsicherheit. Es erinnert an die ersten Tage der unfassbaren Verliebtheit, als ich mir nichts sehnlicher wünschte, als dass dieser fünf Jahre jüngere Mann, mit dem ich auf einer Party spontan herumgeknutscht hatte, sich endlich bei mir melden würde.

Ich atme tief durch, straffe meinen Körper, versuche Entschlossenheit in meine Gedanken zu legen. Ich habe einige Stunden in einem Zustand verbracht, der mich an die Vergänglichkeit der Liebe zu erinnern suchte, das genügt. Ich sollte die „geschenkte" Zeit nutzen und arbeiten.

Ich setze mich vor ein leeres Blatt. Irritiert von seiner Reinheit und der Leere in meinem Kopf starre ich es minutenlang an.

Es kann mir passieren, dass ich egal wo, egal wann von einer Idee heimgesucht werde, ganz plötzlich, aus dem Hinterhalt, und nicht jede Situation eignet sich dazu, das Geschehen zu unterbrechen, um einen Einfall zu notieren. Aber wenn ich einen Job beenden muss oder will, wenn ich mich dann an den Schreibtisch setze und auf eine Eingebung warte, wenn alle Stifte verzweifelt gespitzt und sortiert, sämtliche E-Mails, selbst die Spams, gelesen und beantwortet sind, und wenn der Kühlschrank mehrmals bis in den hintersten Winkel erfolglos nach Essbarem durchforstet ist, dann frage ich mich manchmal, was ich da überhaupt mache.

Irgendwann beginne ich gedankenlos zu skizzieren: die hässliche Parfumflasche, eine nackte Frau. Dann ungestüm: eine fiese

Fratze, die Eruption des Flascheninhalts, der sich über das gesamte Blatt ergießt und schließlich der Frau einen zum Schrei geöffneten Mund. *Magnus, ein Duft, der in den Wahnsinn treibt.* Es hat keinen Sinn.

Ich tigere durch die Wohnung, räume hier, ordne da, greife nach der Fernbedienung des Fernsehers, lege dann aber doch eine CD ein, stelle die Anlage auf Repeat und weiß, dass sich dieses Lied mindestens zwanzig Mal wiederholen wird, bis mir auffällt, dass da überhaupt Musik ist. Ich blättere durch eine halb gelesene Illustrierte, überfliege das Horoskop: Prima hätte alles laufen sollen. Ich glaube sowieso nicht an diesen Unsinn, denke ich ärgerlich, entdecke aber, dass mein Styling vorbildlich ist. Und wenn irgendwer beim Betrachten von Modefotos fragen mag, wer um alles in der Welt sitzt denn so zurechtgemacht sonntags allein zu Hause herum, dann kann ich rufen: Ich, ich tue das!

5

Und dann klingelt endlich das Telefon. War mir eben noch kalt gewesen? Ich weiß es nicht mehr. Er ruft an, um mir zu sagen, dass er bei Marco übernachtet hat und eben erst erwacht ist. Ich habe keine Zeit darüber nachzudenken, warum ich mich so erleichtert fühle, er wird in einer Stunde hier sein.

Ich bin froh, dass er nicht gleich vor der Tür stand. So habe ich Zeit, kann durchatmen und mich beruhigen, um ihm dann später schön und gelassen zu öffnen. Nur an meinen Küssen könnte er vielleicht etwas merken, einen Hauch mehr Verliebtheit, von einem kurzen Windstoß neu entfacht. Seit seinem Anruf klingt die Unsicherheit bereits wieder ab.

Ich ziehe mir die inzwischen abgekaute Farbe auf den Lippen nach, tausche die Unterhose gegen einen kleinen rosa String. Er wird müde sein, vielleicht Kopfschmerzen haben, überlege ich dabei.

Und dann ist er da, und ich lasse mich von ihm halten, ganz fest und ganz lang. Er riecht einzigartig. *Magnus ist magisch.*

Das erste Mal wirklich aufgefallen war mir das, als er bei unserer zweiten Verabredung, die in meiner Wohnung geendet hatte, sein Unterhemd vergaß. Ich konnte mich nicht zurückhalten und presste mein Gesicht in dieses vergessene Kleidungsstück. So ohne ihn traf mich sein Geruch voll in den Bauch. Seitdem verliere ich mich immer wieder kleine Ewigkeiten, meine Nase an seinem Hals vergraben, und all das Böse hört auf, und die Zeit bleibt stehen.

Meine Freundin Eva kommentierte meine olfaktorische Schwärmerei in der ihr eigenen Art.

„Das ist deine biologische Uhr, Schätzelchen“, erklärte sie mir völlig unromantisch. „Dein Immunsystem hat gewählt und zugeschlagen. Voilá, ein anderes System, dem deinen ganz fremd, sofort

am Geruch erkannt, erste Wahl für den Erzeuger deiner ungeborenen Kinder. So einfach ist das manchmal mit der Magie."

Aber so einfach wollte ich das nicht hinnehmen. Meinetwegen spielen da einige Instinkte und biologische Faktoren eine Rolle, aber er riecht wirklich fantastisch. Und die Vorstellung, dass allein ich in der Lage sein sollte, das wahrzunehmen, weil es irgendwo in meinen Genen so steht, wollte ich nicht glauben. Eva musste mir versprechen, an ihm zu riechen, ganz unwissenschaftlich und ohne die genetische Vorbelastung, Kinder von ihm zu wollen. Da ich ihm nichts von meiner Leidenschaft für seinen Duft verraten wollte, die intensivsten Stellen aber sein Hals und die Stelle zwischen Nase und Mund waren, erwies es sich für Eva als schwierig, ihrem Versprechen nachzukommen. Bis ich die Idee hatte, ihr eines seiner getragenen Hemden mitzubringen, die er neuerdings nicht mehr bei mir vergaß, sondern bewusst zurückließ, auf dass er sie das nächste Mal gewaschen vorfinden würde. Und ich tue das gern. Meinem Mann die Wäsche zu waschen, während er in die Welt hinauszieht, sie zu besiegen. Das ist der Inbegriff der Romantik für mich. Er ist dann richtig da, hier bei mir, auch wenn er nicht da ist. Dass er gar nicht so viel auszieht, schon gar nicht, um irgendetwas zu besiegen, spielt dabei keine Rolle.

„Das müsste mal gewaschen werden, und außerdem benutzt er *Nivea for Men*", war alles, was Eva nach einem vorsichtigen Schnuppern am Hemd meinte. Ich knorkelte es wieder in meine Tasche und wir sprachen nicht mehr davon.

Er will mich gar nicht mehr loslassen, senkt den Kopf und zwingt mich unsicher in einen Kuss. Er schmeckt nach Alkohol und Zigaretten und ich frage mich wie so oft, ob es eine Form von Perversion ist, dass ich diesen Geschmack mag.

Wir verharren in diesem Kuss, fast zu lange, aber so brauchen wir auch nichts zu sagen.

Doch irgendwann müssen wir uns lösen.

„Hey, lass mich mal atmen“, spreche ich in seinen Mund.

Nahezu heftig springt er einen Schritt zurück, lässt mich frei, tätschelt mir nervös die Schulter.

„Es tut mir Leid, es tut mir Leid“, murmelt er dabei immerzu.

Ich muss lachen.

„Ist ja gut. So schlimm war es nicht.“

Wir gehen in die Wohnung. Er lässt sich schwer auf das Sofa fallen.

„Mit mir ist heute nichts mehr anzufangen.“

Wusste ich doch schon, hatte ich mir ja gedacht. Den jähen, kleinen Knoten in meinem Hals verstehe ich darum auch nicht. Ich versuche ihn schnell hinunterzuschlucken.

Er hätte gern ein Wasser und ich gehe es ihm holen.

Bin ich gerade zu nett? Müsste ich ihm sagen, wie enttäuscht ich bin? Oder wäre das kindisch? Ich weiß gar nicht, woher plötzlich dieser Ärger kommt, der in mir hochzusteigen beginnt, als ich auf meinen dicken Wollsocken in die Küche rutsche.

Als ich am Spiegel vorbeikomme, werfe ich einen Blick hinein. Halb Trollprinzessin, die gerade noch an einer Walderdbeere naschte, die sie mit beiden Händen hatte halten müssen, halb Vampirette, den Kopf aus dem Blutbad hebend, schaue ich mir ins Antlitz. Für diesen Begrüßungskuss hatte ich einfach zu viel Lippenrot aufgetragen. Ich verschwinde schnell im Bad und richte das wieder.

„Du hast ja gar nichts gesagt“, entfährt es mir, als ich ihm das Glas reiche.

Aufgeschreckt schaut er mich an. Ich stütze die Hände in die Hüften, schaue zu ihm hinunter.

„Zum verschmierten Lippenstift. Ist es dir egal, wie ich aussehe? Oder wenn ich mich lächerlich mache?“

Achtung, ich möchte provozieren, oder warum herrsche ich ihn so an? Wahrscheinlich haben sich meine Augen verengt. Ich starre ihn an, seinen verkaterten, ruhebedürftigen Zustand bewusst ignorierend. Ich will, dass er jetzt sofort etwas sagt.

Er nimmt meine Hand.

„Es tut mir Leid, dass ich uns den Morgen versaut habe, okay?"

Mit seiner Entschuldigung nimmt er mir den Groll. Ich kuschele mich an ihn, atme ihn tief ein. *Magnus, der Duft, Balsam für die Seele.* Ich hatte es einfach von ihm hören wollen.

„Ich liebe dich", flüstere ich.

Und er gibt mir einen Kuss auf mein Haar.

Ich verzeihe gern. Eva sagt, weil ich mir dadurch das erhebende Gefühl von Stärke verschaffe. Allerdings sei es mir wichtig, dass der andere mich zuvor um Verzeihung bittet, denn nur dann könne ich meine Gnade großzügig gewähren. Ich möchte nicht, dass das stimmt, aber Eva hat meistens Recht mit den Dingen, die sie sagt. Darum kann ich sie auch manchmal nicht ertragen, obwohl sie meine beste Freundin ist.

Wir sitzen lange auf dem Sofa, ich denke und träume vor mich hin.

Ein leises Schnarchen lässt mich irgendwann den Kopf heben. Er ist eingeschlafen.

6

Die nächsten Tage fließen dahin.

Die Zeit wird mir immer ein Rätsel bleiben. Als ich Kind war, tröpfelte sie, manchmal schien sie stillzustehen, besonders am vierundzwanzigsten Dezember gegen Mittag. Je älter ich wurde, desto schneller verging sie, wandelte sich von einem Rinnsal in einen murmelnden Bach, von einem Fluss in einen reißenden Strom. Irgendwann wird sie sich aus ihrem ausgewaschenen Bett erheben und einfach davonfliegen. Ich hoffe, sie wird mich vorher ins Meer gespült haben. Im Moment tanze ich auf ihren Stromschnellen.

Drei Tage verbringe ich mit dem intensiven Wunsch, den Auftrag meines Kunden weiterzubearbeiten. Er möchte erste Ergebnisse sehen. Diese wird er zwar zerreißen, doch damit ihm diese Untat Befriedigung verschafft, muss es sich um hohe Qualität handeln. Eigentlich könnte ich zusätzlich ein Honorar für therapeutische Sitzungen verlangen, denke ich hin und wieder, wenn ich in meinem eleganten kleinen Kostüm, mit hochgestecktem Haar auf den hohen Absätzen in die ungelüfteten Büros bleicher Anzugträger klappere.

Doch es will mir nichts gelingen. Manchmal bleibt dann nichts zu tun, außer Weintrinken oder Ausgehen mit Eva. Die findet sowieso, wir sollten uns öfter sehen.

Wir haben uns in einer kleinen Bar verabredet. In der kann man herumsitzen und einen Wodka-Orange trinken, Leuten, die man kennt, ein Hallo zunicken und die Musik hat die richtige Lautstärke, um sich zu unterhalten, ohne dass einen das Gefühl beschleicht, alle anderen hören mit.

Ich habe Eva die ganze Geschichte vom Sonntag erzählt. Sie hat mir aufmerksam zugehört und schweigt auch jetzt noch, da ich geendet habe, gibt mir so Gelegenheit für ein eigenes Resümee.

„Es war irgendwie unruhig und wild. Aber jetzt scheint das schon wieder so lange her zu sein. Warum kann man solche Gefühle nicht länger festhalten?"

„Der Alltag sitzt euch einfach im Nacken."

„So ein Quatsch. Außerdem kann Alltag auch schön sein", entgegne ich unwirsch.

Sie lebt unbeständig und spontan, immer unterwegs und ohne einen Plan für morgen. Sie hält das für wirkliches Leben und redet mir immer mal wieder das meinige klein. Dabei ist ihr das Bild, sie selbst im Arm eines geliebten Mannes auf einem Sofa vor dem Fernseher liegend, nicht unangenehm. Das hat sie mir einmal in einem sentimentalen Moment gestanden.

„Klar, wenn man ihn mit dem Richtigen verbringt, dann kann Alltag auch glücklich machen."

Sie schaut mich herausfordernd an.

Eva glaubt nicht an Magnus. Sie sieht in ihm keinen echten Mann, schon gar nicht den richtigen Mann für mich. Und sie versäumt es nicht, mich darauf immer wieder hinzuweisen. Nach anfänglich wilden Gefechten, versuche ich das inzwischen an mir abgleiten zu lassen.

„Jedenfalls ist der Sex mit ihm toll", sage ich dennoch und komme mir albern vor. Dabei stimmt es.

Sie grinst anzüglich.

„Wenn man die Wahrheit nicht sucht, kann man nicht enttäuscht werden."

Sie spielt darauf an, dass die Vielfalt meiner sexuellen Erfahrungen gerade mal eines ihrer längeren Wochenenden füllen würde. Zumindest glaubt sie das. Dafür habe ich keine Orgasmusschwierigkeiten und komme häufig mehrmals. Das sage ich nicht, das denke ich bloß.

„Außerdem ist er ein Kiffer", fährt sie fort.

„Ist er nicht."

Eva schaut mich mit hochgezogener Augenbraue von der Seite an, bläst dabei Zigarettenrauch aus. Ich werde fast laut.

„Vielleicht zieht er mal an einem Joint, wenn er mit seinen Freunden unterwegs ist, aber er ist kein Kiffer. Und wenn ich an deine tollen Künstlerfreunde denke, dann ist ja Hasch nichts weiter als eine aromatisierende Backzutat."

„Reg dich doch nicht so auf. Ich habe kein Problem damit. Ich bin nicht nervös geworden, als wir den Artikel fanden, dass Haschkonsum das Erbgut verändert. Aber darum geht es ja auch gar nicht. Du bist meine beste Freundin. Wie soll ich da einfach still sein, wenn du dich an dieses verantwortungslose Jüngelchen verschwendest?"

Ich kann erst einmal gar nichts sagen, darum nehme ich einen großen Schluck von meinem Wodka.

„Dass er jünger ist, kann ich nicht ändern, aber er ist nicht verantwortungslos, das weißt du genau. Wie viele Freunde hattest du denn so, die nach der Schule auf eigene Faust in den Amazonas gegangen sind, um bitterarmen Kindern Lesen und Schreiben beizubringen? Wie viele deiner Männer fühlten eine Verantwortung, die über ihr alltägliches Leben hinausging und packten einfach irgendwo mit an, um anderen zu helfen, nahmen dafür womöglich Opfer auf sich? Ach so, da fällt mir ein, du hattest ja noch nie eine feste Beziehung."

Ich bin noch immer wütend, aber kaum ausgesprochen, tun mir meine Worte Leid. Etwas derartig Gemeines hatte ich nicht sagen wollen. Dass sie einfach niemanden findet, mit dem sie eine wirkliche Liebesbeziehung leben kann, hat nichts mit mir oder Magnus oder ihrer Verachtung für ihn zu tun.

„Gott, was bin ich für eine Zicke, es tut mir Leid."

Eva zieht an ihrer Zigarette und schaut mich an, mit vollkommen dunklen Augen. Das kann an der schummrigen Beleuchtung liegen,

es könnte aber auch bedeuten, dass Eva Tränen kommen fühlt. Mir ist ganz verzweifelt zumute.

„Ist schon okay", sagt sie dann aber.

Fast wünsche ich, jetzt mit Magnus zu Hause zu sein. Ich würde ihm Schnittchen schmieren und auf dem Weg in die Küche zärtlich über die Alligatorenhaut streichen. Im Hintergrund würden wir die Waschmaschine hören können, die im 60-Grad-Gang liefe, mit seinen Socken und seinen Unterhosen und Hemden. Ich könnte ihm beim Essen zuschauen, während ich darauf warte, dass er den leeren Teller wegstellt, um dann nach mir zu greifen. Im Radio würde unser Lied laufen. Wenn wir ein Lied hätten.

„Ach, Schätzelchen, überleg dir mal, warum dieses Gefühl, nicht zu wissen, wo er ist, und das Warten auf ihn dich verliebt fühlen lässt", kommt Eva auf den Beginn des Gesprächs zurück.

Eva nennt mich *Schätzelchen* mit dieser *Holly Golightly*-Betonung. *Frühstück bei Tiffany* war für eine Weile unser Lieblingsfilm.

„Ich möchte mich jetzt bitte nicht über deine Jäger-und-Beute-Theorie unterhalten", sage ich, obwohl ich weiß, dass sie sich wirklich Gedanken macht und nicht mehr einfach nur triezen möchte.

Und Eva lacht und gibt mir einen dicken Kuss auf den Mund. Das ist ihre Art, einen Themenwechsel einzuleiten.

„Wie geht es eigentlich Ralf?"

Eva ist eine große schöne Frau, die ihre Drinks nicht selber zahlen, ihre Zigaretten nicht selber anzünden und keine Nacht allein verbringen muss, aber aus unerklärlichen Gründen findet sie Ralf attraktiv. Leider beruht das nicht auf Gegenseitigkeit, denn Ralf empfindet Eva als zu laut. Ich glaube sogar, er hat regelrecht Angst vor ihr.

Ich erzähle, dass wir am Sonntag zusammen im Café waren.

„Na, solange du ihn nicht freigibst, habe ich einfach keine Chance", sagt sie.

Schon will ich zum Widerspruch ansetzen, aber da lacht sie laut los.

„Mach nicht so ein schuldbewusstes Gesicht. Mir wird die Zeit schon nicht lang, die er mich auf sich warten lässt. Die Stadt ist voll interessanter und williger Männer, die nur aufgelesen werden wollen."

Verschämt schaue ich mich um. Wenn sie das wenigstens nicht so geschrien hätte.

7

Eine Vernissage in der *Kunstbar*.

Magnus und ich sind beide eingeladen, und er kommt tatsächlich mit. Ich musste gar nicht betteln. Als ich ansetzen wollte, wie viel es mir bedeuten würde, wenn er mitginge, wie schön es wäre, etwas gemeinsam zu unternehmen, hat er einfach „klar" gesagt. Ohne viel Federlesen. Fast fühlte ich mich betrogen um die Ansprache, die ich mir zurechtgelegt hatte. Ich weiß, dass er nicht wirklich viel mit dieser Szene anfangen kann, aber nichts soll mir heute Abend den Spaß verderben, mich gemeinsam mit dem geliebten Mann, glamourös an Schnittchen und Champagner zu vergehen.

Den Künstler kenne ich. Er nennt sich *h.p.*, englisch ausgesprochen und kleingeschrieben. Die Bedeutung der Buchstaben verrät er nicht. Eva sagt, sie stehen für *horny* und *pervert*. Aber das ist wohl eins ihrer Witzchen. Im Moment stellt er großformatige Polaroids aus, die er irgendwo in der Wüste Nevadas belichtet hat. Letzten Sommer veranstaltete er einen Fotografie-Workshop, an dessen Thematik ich mich gar nicht mehr erinnere, an dem ich aber gerne teilgenommen hätte. Aus irgendeinem Grund gerieten Magnus und ich deswegen in Streit, er bezeichnete das Ganze als „aufgeblasenen Scheißdreck". Letztendlich verzichtete ich darauf. Um des lieben Friedens willen. Und weil es mir nicht so wichtig gewesen war. Ich hoffe, dass Magnus sich seines Namens nicht mehr entsinnen kann.

Die Partys in der Kunstbar haben den Ruf mondän und ausgefallen zu sein. Und so beschließe ich, mir extra dafür ein Kleid zu kaufen. Eva hat Zeit und Lust mich zu begleiten. Wir verabreden uns in einem Café. Als ich dort ankomme, ist von ihr noch nichts zu sehen. Dafür sitzt Ralf an einem der Tische und schreibt etwas

in sein Notizbuch. Das hat er immer dabei. Es verursacht mir jedes Mal ein schlechtes Gewissen. An der Uni wurde uns eingetrichtert, als Kreativer habe man immer ein kleines Heft bei sich zu tragen, wegen der Ideen, die einen überall und permanent anfliegen könnten. Ich begann kleine, ausgefallene Skizzenbücher zu sammeln. Sie stehen heute im Regal und verstauben. In keinem dieser hübschen Büchlein findet sich ein Wort oder gar eine Skizze, nicht einmal ein Strich.

Als Ralf mich sieht, lächelt er und packt das leidige Buch in die große Tasche mit dem Autogurt.

„Zwei Mal in einer Woche. Muss meine Glückswoche sein. Hallo Anna."

Er sagt das überraschend fest, schaut mir dabei sogar in die Augen. Das verunsichert mich, denn Ralf schaut mir nicht in die Augen, Ralf schaut üblicherweise angestrengt auf mein linkes Ohr.

„Hallo Ralf."

Ich beuge mich seinem Blick entgegen, um ihn zur Begrüßung zu küssen, und bin meiner Verunsicherung wegen ganz verwirrt.

„Ich bin mit Eva verabredet, wir wollen etwas zum Anziehen kaufen, für die Vernissage heut Abend bei Saskia."

„Um Himmels willen", brummt er, rauft sich die Haare und ist wieder der alte Ralf. In meinem Satz gab es gleich drei ihm unerträgliche Situationen: Eva treffen, Kleider kaufen, eine Vernissage in der Kunstbar besuchen.

„Na, da verschwinde ich mal lieber. Bis dann, Anna."

Und bevor ich etwas erwidern oder ihn aufhalten kann, ist er schon fortgestürmt Richtung Tür, um dort Eva in die Arme zu laufen.

„Der einzige Mann, der mich wirklich interessiert, nimmt jedes Mal Reißaus vor mir. Wie soll es mir da gelingen, ihn zu verführen?", sagt die, als sie zu mir an den Tisch kommt.

Wir ziehen sofort weiter ohne etwas zu trinken.

„Lass uns hier mal gucken", schlägt Eva vor und bleibt vor einem Schaufenster stehen.

Unsere zwei bevorzugten Geschäfte haben wir inzwischen ohne Tüten wieder verlassen und ich habe plötzlich keine große Lust mehr.

„Hier? Da bin ich noch nie reingegangen."

„Kein Grund, es auch heute nicht zu tun."

Sie tritt in den kleinen Laden mit italienischer Mode, die auf den ersten Blick mindestens hausbacken wirkt. Ohne große Hoffnung folge ich ihr. Eva stöbert zwischen all den glänzenden, mit Perlen und Pailletten bestickten Klamotten herum und findet tatsächlich ein atemberaubendes Kleid, mit dem sie in der Umkleidekabine verschwindet. Als sie daraus wieder hervorkommt, wird sie von den zwei überkandidelten Verkäuferinnen belagert, die sie, Jubelrufe ausstoßend, zu umtanzen beginnen. Eva sieht tatsächlich wundervoll aus. Im Gegensatz dazu die Verkäuferinnen: zwei spektakelnde Gründe, warum ich diesen Laden niemals betreten wollen würde, hätte ich noch einmal die Wahl. Ganz eindeutig tragen sie Teile der auf den Stangen hängenden Kollektionen, aber von einem seltsamen Wettbewerb beflügelt oder einfach als Folge einer Übersprunghandlung wegen des reichen Angebots, trägt jede mehr als zwei oder drei Kleidungsstücke. Es ist unmöglich die Stofflagen zu zählen, die sich unter Reihen von Perlenketten übereinander legen und in ihrer Farbigkeit mit den aufgetragenen Gesichtsfarben wild konkurrieren. *The more you know, the less you need.* Wie würde die Umkehrung wohl dazu lauten, schießt es mir ungewollt durch den Kopf.

Von Evas Erfolg verunsichert, beginne ich, lustlos die Bügel auf den überfüllten Kleiderstangen hin- und herzuschieben, bis sich eine der Damen auch mir zuwendet.

„Soll es auch etwas Festliches sein?", flötet sie. „Ich bin ja Stilberaterin, mir können Sie sich ganz und gar anvertrauen."

Das möchte ich eigentlich lieber nicht, aber sie lässt schon einen abschätzenden Blick über meine Figur gleiten, bleibt eine Sekunde zu lang an meinen Hüften hängen, mit einer Arroganz, die mir fast den Atem nimmt, könnte ich mich doch problemlos hinter sie stellen, wollte ich nicht mehr gesehen werden.

„Also, für Ihre Freundin ist unsere Mode ja wie geschaffen, bei dieser schlanken Figur, die sie hat."

Und dann wedelt sie mit einem furchtbaren Pullover vor mir herum, goldfadendurchwirkt und mit großen Blumen bedruckt, den ich nicht einmal meiner Oma zutrauen würde.

„Der hier ist genau das Richtige für Sie."

„Aha. Na, ich schau mich noch mal um."

„Das brauchen Sie gar nicht, etwas Besseres werden Sie nicht finden, glauben Sie mir. Ich sehe das mit einem Blick. Es hat mit Ihrer Gesichtsfarbe zu tun, wissen Sie."

„Ich glaube nicht, dass ich diesen Pullover kaufen möchte."

„Er passt aber ganz fabelhaft zu Ihnen", lässt sie mich einfach nicht in Ruhe und hebt das Kleidungsstück so vor mein Gesicht, als wolle sie mich daran hindern, weiter Ausschau zu halten.

„Mir gefällt dieser Pullover nicht, ich finde ihn sogar ausgesprochen fürchterlich", antworte ich ihr nun mit Nachdruck und fühle mich plötzlich verloren in diesem Geschäft, bedroht von einer bösen, kreischend bunten Hexe. Vor meinem geistigen Auge erscheinen all die Kleider in meinem Schrank, und ich erkenne, wie unnötig es wäre, etwas Neues zu kaufen. Da ergreift Eva meine Hand und zieht mich aus dem Laden.

„Jetzt hast du das Kleid gar nicht gekauft."

„Mir hat die Stilberatung nicht gefallen."

Wir lachen und trinken dann doch noch einen Kaffee zusammen.

Auf dem Weg nach Hause stehen sie plötzlich im Schaufenster.

„Eva, ich brauche diese Schuhe!“

Wir stehen vor einem im Boudoirstil dekorierten Geschäft.

„Welche?“

„Die lila Slingpumps, da, auf dem goldenen Sockel.“

„Aber dafür hast du doch gar nichts Passendes anzuziehen.“

„Doch das habe ich, genau das richtige Kleid.“

„Du meinst, du besitzt ein Kleidungsstück, das zu diesen Nuttenschuhen passt?“

Sie sieht mich an, grenzenloses Erstaunen in den Augen.

„Das sind keine Nuttenschuhe“, sage ich fest, komme mir aber unglaublich verrucht vor. Und ein kleines bisschen zittert mir die Stimme.

Ich gehe forsch in den Laden und probiere das Paar an.

„Sie sind wunderschön.“

„Wie für Sie gemacht.“

„Nicht wahr?“

Ich zwinge mich wegzuhören, als die Verkäuferin den Preis nennt, zahle unbesehen mit der Kreditkarte.

Und ich verlasse den Laden mit einem Karton unter dem Arm, bevor Eva ihre Zigarette beendet hat.

„Heute Abend werde ich es tragen, das Kleid, das mir Magnus letztes Jahr geschenkt hat. Und diese Schuhe hier sind im Prinzip für das Kleid gemacht worden. Gott, es wird ihn umhauen.“

Ohne hinzuschauen spüre ich Evas hochgezogene Augenbraue von der Seite.

„Sag nichts. Denk nicht mal was.“

„Ich sage ja gar nichts. Aber die Gedanken sind frei.“

Sie kann mir die Laune jedoch nicht verderben, dazu bin ich viel zu aufgeregt.

Bis es Zeit wird Magnus abzuholen, beschäftige ich mich mit meinem Gesicht und meinem Haar. Soll ich nur die Augen betonen, nur den Mund? Die Haare offen tragen? Ich entscheide mich für strahlende Augen und ungeschminkte Lippen, nichts soll uns daran hindern zu küssen. Das Haar stecke ich flüchtig hoch, entblöße für ihn meinen Nacken. Dabei laufe ich in den neuen Schuhen probehalber durch die Wohnung. Das Kleid passt zu ihnen, ob es mir allerdings passt, weiß ich nicht. Noch hängt es auf einem Bügel an der Schranktür, noch sieht es sehr schön aus, wie es da hängt. Erst im letzten Augenblick schlüpfe ich schnell hinein und schließe die Schnalle, mit der es am Hals gehalten wird, ohne einen prüfenden Blick Richtung Spiegel zu schicken. Es fühlt sich gut an. Falls mein Auftritt zu gewagt ist, dann habe ich das nicht gesehen.

Das Autofahren erweist sich als schwierig mit den Absätzen. Kurz überlege ich die Schuhe auszuziehen und barfuß zu fahren. Aber so ist das nicht richtig. Wie gewollt und nicht gekonnt. Und ich ärgere mich darüber, dass nicht ich es bin, die abgeholt wird, vom Mann die Wagentür aufgehalten bekommt und ihm Gelegenheit gibt, sie im Ganzen zu betrachten, bevor sie sich auf dem Sitz zusammenkauern muss.

Doch der Ärger verfliegt sofort, weicht unendlicher Zärtlichkeit, als ich in Magnus' Straße einbiege und ihn da stehen sehe, in Jackett und Stoffhose und mit einem fast rotzigen Gesichtsausdruck, wie ein im Kommunionsanzug gefangen gehaltener Rebell. Dabei sieht er wirklich gut aus, so erwachsen. Aber für diesen Gedanken schäme ich mich schnell ein bisschen.

Es ist erstaunlich, wie viele Menschen in die Kunstbar hineinpassen. Um die Bilder an den Wänden zu betrachten, bleibt kaum Raum. Saskia kommt, um uns zu begrüßen.

Sie ist eigentlich eine Freundin von Eva. Die hatte irgendwann beschlossen, zu einem kultivierten Leben gehöre ein intensiver Umgang mit Künstlern und Galeristen. Kurz darauf lernte sie Pjotr kennen, der eigentlich Peter heißt und bunte Leinwände wie am Fließband produziert, die, wenn auch nicht unbedingt Kunst, so doch ausgesprochen dekorativ sind. Mit dem verbrachte sie nicht nur manche Nacht in dessen Atelier, sondern begleitete ihn auch zu diversen Künstlerevents. Bei einem solchen lernte sie Saskia kennen. Mit der verband sie sofort eine Art Seelenverwandtschaft, erklärte sie mir damals, wohl um mich zu trösten, weil sie eine Zeit lang ausschließlich mit den beiden unterwegs war.

Wie immer wirkt Saskia in ihrem Punkeroutfit deplatziert zwischen all den glänzenden Kleidern und dunklen Anzügen. Aber das ist ihr Programm und damit hat sie großen Erfolg, bei Männern und Frauen, bei Künstlern und Käufern. Bei Magnus allerdings nicht. Das kann ich in seinem Gesicht lesen. Er wirkt unentspannt, wie eingefroren, doch als ich nach seiner Hand greifen möchte, werden wir plötzlich von einem Begrüßungs- und Smalltalkstrudel erfasst. Die meisten der Anwesenden kenne ich flüchtig, und so schwebe ich auf meinen neuen Schuhen durch das fröhlich laute „Hallo, wie geht's?“ und Küsschen auf den Handrücken, Küsschen auf die Wange, Küsschen in die Luft. Ich fühle mich gelöst und sexy und möchte Magnus zuzwinkern, aber der schaut sich suchend um.

Auf den herumgereichten Tabletts stehen halb gefüllte Prosecco-Gläser und Orangensaft, das wird ihm nicht gefallen. Dafür bleibt eine Bekannte von ihm mit einem solchen Tablett vor uns stehen. Sie studiert wie er Architektur. Vor einem Jahr haben sie gemeinsam ein Entwurfsprojekt bearbeitet. Damals trafen sie sich manchmal bei Magnus. Und einmal habe ich für die beiden gekocht, weil sie kurz vor ihrer Abgabe die ganze Nacht durchzeichnen mussten. Carola heißt sie.

Ich freue mich, sie zu sehen, weil Magnus nun jemanden kennt. Vielleicht können sie sich etwas unterhalten, so nebenher, denn so langsam ist mir doch bewusst, dass er sich hier wirklich unwohl fühlt.

„Hallo, Carola", sage ich und nehme mir ein Glas Orangensaft.

Sie antwortet nicht, schaut mich aber unverwandt an. Finster und starr. Um Himmels willen, mein Kleid, denke ich idiotischerweise, es ist mein Kleid, das sie so irritiert. Oder sie hat meinen Namen vergessen und versucht sich zu erinnern. Den will ich ihr gerade nennen, doch Magnus kommt mir zuvor und erstaunt wende ich mich ihm zu, denn er schnattert. Er muss angespannter sein, als ich dachte, und beinahe tut er mir Leid. Carola antwortet ihm genauso finster und unverständlich, wie sie mich vorher anstarrte. Dann geht sie weiter. Da sich Magnus nicht von ihrem Tablett bedient hat, will ich ihn fragen, ob ich ihm ein Bier holen soll, aber er wirkt völlig verwirrt, zündet sich mit zitternden Händen eine Zigarette an. Es scheint Carola nicht gut zu gehen, und er weiß wohl etwas darüber. Aber als ich ihn danach frage, reagiert er unwillig. Dann nimmt er meine Hand.

„Komm, lass uns die Bilder anschauen."

Widerwillig lasse ich mich von ihm fortziehen. Ich kann mir nicht vorstellen, dass ihn die Kunstwerke interessieren. Außerdem frage ich mich noch immer, warum Carola so seltsam war.

„Ich verstehe das nicht. Sie hat kein Wort mit mir gesprochen ..."

Aber dann ist da plötzlich Eva, und ich vergesse den Vorfall.

„Schätzelchen, schön dass du da bist. Und der junge Galan ausnahmsweise auch mal dabei."

Sie umarmt mich. Dabei versuche ich einen Blick auf Magnus zu erhaschen. Doch der scheint die Spitze überhört zu haben. Und als Eva vorschlägt, nach oben zu den anderen zu gehen und die piefige Prosecco-Atmosphäre gegen spritzige Champagnerlaune einzutauschen, sieht er sogar aufrichtig erfreut aus.

Weil er noch schnell zur Toilette muss, steigen Eva und ich ohne ihn die steile Betontreppe hinauf zu einer Art halb offenem Zwischengeschoss, *die hängenden Gärten der Sünde*. Hier finden die eigentlichen Partys statt. Während sich die potentiellen Käufer bei Schnittchen und Prosecco im unteren Bereich gepflegt amüsieren, herrscht hier stimulierter Frohsinn. Einige der Gäste lümmeln in einer *Verner Panton*-Sofalandschaft herum, einige tanzen paarweise vor dem DJ-Desk zu alten Swingplatten, einige belagern das Sushi-Büfett. Überall stehen geöffnete Flaschen.

„Ich hole uns erst mal zwei Gläser und dann ist es Zeit über dieses unglaubliche Kleid zu reden, das du da anhast", sagt Eva.

„Bring mir bitte nur einen alkoholfreien Cocktail mit."

„Ach, Schätzelchen, bist du wieder der Chauffeur? So ein Unsinn, wir sind hier auf einer Party, es gibt Champagner. Ihr nehmt euch ein Taxi nach Hause und Schluss."

Sie läuft Richtung Bar. Im Vorbeigehen schnappt sie sich ein Thunfisch-Sashimi und schiebt es zwischen ihre glänzenden Lippen, dabei dreht sie den Kopf etwas zur Seite und zwinkert mir zu. Ich muss lachen und bekomme rasenden Appetit, will zum Büfett eilen, zwinge mich aber, meinem Aufzug entsprechend zu schreiten. Mit einem Sushi kann man mir jeden Abend zum Fest werden lassen, fast jeden.

„Anna, du siehst toll aus. Was für ein irres Kleid. Ich muss sofort ein Glas Schampus mit dir trinken."

Ich verschlucke mich beinahe an der zu hastig in den Mund gestopften California Springroll. Pjotr ignoriert das, drückt mir einen Kuss auf die Lippen und ein Glas in die Hand. Bevor ich jedoch den ersten Schluck nehmen kann, ist er schon weitergestürmt.

„Und man beachte das fantastische Schuhwerk", spricht eine Stimme hinter mir. Ich kann den Hauch des sie begleitenden Atems in meinem Nacken spüren und wende mich unangenehm berührt um.

„Schuhwerk? Ein bisschen exaltiert, oder? Hallo, h.p., schöne Ausstellung", sage ich lahm.

„Ach, ja?"

Es klingt anzüglich, wie er das sagt. Und er steht so nahe, dass unsere Nasenspitzen fast aneinander stoßen. Wie unangenehm das ist, und vielleicht hatte Magnus doch Recht, als er sich damals so verächtlich über ihn äußerte. Wo er nur bleibt, frage ich mich, er wollte doch gleich nachkommen, und ich fühle mich plötzlich unsicher und schutzbedürftig, und vielleicht war dieses Kleid doch nicht so eine tolle Idee.

Ich trete einen Schritt zurück und schütte den Champagner in einem Zug hinunter.

Eva kommt mit zwei weiteren Gläsern und einer vollen Flasche zurück. Sie stellt alles auf einem Skulpturensockel ab und legt den Arm um meine Hüften. Dankbar lächle ich sie an.

„H.p., lass das Jagen sein. Anna ist ohnehin nichts für dich. Der Umgang mit ihr würde dir nicht gut tun. Außerdem ist sie quasi verheiratet."

Er reagiert auf die Zurückweisung gelassen, prostet uns zu und nimmt mir damit die Anspannung.

„Vielleicht habt ihr Lust auf einen kleinen Kunstexkurs? Die Intentionen des Künstlers aus erster Hand? Ich muss mich sowieso mal wieder unten blicken lassen."

Aber dann wird mir Eva von Pjotr regelrecht aus dem Arm gerissen, der unbedingt und sofort mit ihr tanzen will.

„Ich komme mit", sage ich.

Ich höre gern einen Künstler sein Werk erklären und der kurze Blick auf die Bilder vorhin hat mir gefallen. Außerdem möchte ich schauen, wo Magnus so lange bleibt.

Als wir die Treppe herunterkommen, sehe ich ihn sofort. Und ich bin nicht verwundert, dass er da mit Carola steht, und dass die beiden streiten. Ich möchte nicht wissen, warum ich dieses Bild so

selbstverständlich hinnehme, es geradezu erwartet habe. Ich will darüber erstaunt sein, wünsche mir, dass es eine Erklärung gibt, die diesen Abend nicht zerstören wird. Und als er sich mir zuwendet und ich nicht übersehen kann, dass er schnell den ertappten in einen erfreuten Gesichtsausdruck zu wandeln sucht, da will ich nur Liebe spüren. Weil er jetzt meinetwegen schweigt, damit ich mich amüsieren kann, und weil das andere nicht wichtig ist. Und nachher, nachher, wird er mir alles erklären. Ich beiße die Zähne fest aufeinander. So will ich fühlen, und es gelingt fast.

Dann bleibt h.p. vor einem seiner Bilder stehen und sagt etwas über Intimität, über Neugier und die allumfassende Frage eines Davor und Danach.

Das Davor und das Danach.

Plötzlich rast mir etwas durch den Magen, etwas, was ich nicht fühlen möchte, etwas, das da schon länger saß und jetzt durch h.p.s Worte befreit wurde. Ich wende mich Magnus zu. Er soll mich anlächeln, er soll ob h.p.s selbstverliebten Redeschwalls die Augen hochdrehen, meine Hand dabei drücken, in stillem Einvernehmen. Aber Magnus schaut sich nervös um, und als ich seinem Blick folge, gerät mir Carola ins Sichtfeld. Natürlich. Denn hier geht es nicht um uns, um Magnus und mich, hier geht es nicht um eine ausgefallene Kunstparty, wir werden nachher nicht gemeinsam über die Anwesenden lachen oder über Carolas mögliches Problem reden, er wird nicht meinen Nacken küssen und mir sein Begehren kundtun, indem er sich an mich presst. Hier geht es um die zwei, um Magnus und Carola. Ich bin die, die daneben steht. Das weiß ich plötzlich.

Endlich ist h.p. mit seinen Ausführungen fertig, endlich kann ich sagen: „Ich will jetzt nach Hause."

Und ohne ein weiteres Wort gehen wir nach draußen, laufen zum Wagen.

Normalerweise hätte er mir sofort erzählt, warum Carola ihn angeschrien hat. Wenn er jetzt so tut, als sei nichts, wenn er jetzt

so tut, als verstünde er nicht, warum ich nach Hause will, dann hat er mit ihr geschlafen. Das weiß ich schlagartig, und ich brauche dieses alberne Kinderspiel eigentlich nicht mehr. *Wenn ich bis zur nächsten Laterne nicht auf die Ritzen trete, dann schenkt mir Papi einen Hund.*

Und weil mir das den Boden unter den Füßen wegzieht, weil ich mich plötzlich außerstande sehe, mit diesen dämlichen Schuhen Auto zu fahren, trete ich wie eine Irre aufs Gas. Es reißt mir fast das Steuer aus der Hand, und dann sagt er es:

„Was ist denn los mit dir?"

Und ich werde ganz ruhig.

„Das fragst du mich?"

Alles ist plötzlich egal, ich bin müde. Ich möchte nicht beschützt, nicht einmal mehr angelogen werden, alles andere, außer der Wahrheit, die ich schon kenne, scheint mir profan, unwürdig und ekelhaft. Und als ich spüre, dass er nach Worten ringt, sich vielleicht eine fadenscheinige Geschichte zurechtzulegen versucht, um sie dann vor mir auszubreiten, unterbreche ich ihn dabei: „Warum gehst du mit anderen Frauen ins Bett?"

Jetzt ist es gesagt, und es ist wahr, und wir müssen nicht mehr darüber reden, dass es passiert ist. Aber ich möchte wissen, warum. Das ist mein Recht, sage ich mir, und komme mir unglaublich abgeklärt vor, bin selber ganz neugierig, wie ich diese Situation zu einem überlegten Ende bringen werde.

Magnus spielt allerdings nicht mit. Ganz schrill wird seine Stimme, als er sich in die lächerliche Erklärung verrennt, Carola sei in ihn verliebt und verfolge ihn. Fast tut er mir Leid in seiner Einfallslosigkeit.

Ich will mich festhalten an meiner seltsamen Ruhe. Wenn ich es nicht zulasse, wird es vielleicht nicht wehtun, und aus meiner Erinnerung krame ich alles, was mich an ihm ärgert, was mich stört, jede Bösartigkeit, die Eva über ihn sagte, ich denke an die Dinge,

die er mir nicht geben kann, und ich klammere mich an den Gedanken, dass ich eine Frau bin und er nur ein Junge.

Und als er von seiner Liebe zu mir spricht, sage ich Dinge wie „Du belügst dich selbst, mich langweilst du nur“ und dass ich auf sein pubertäres Gefasel keine Lust hätte. Immer tiefer verstricke ich mich in diese Gouvernantenrolle. Und dann nennt Magnus mein Leben spießig, verraten und verkauft an die Werbeindustrie, für nichts weiter als teure Klamotten und dröge Sicherheit. Und da packt mich die Wut, am liebsten möchte ich losweinen.

Als ich ihn anschreie, er ginge wohl jetzt mit kleinen Mädchen ins Bett, weil er mit denen auch Drogen nehmen könne, brüllt er zurück: „Caro ist kein kleines Mädchen! Aber im Gegensatz zu dir muss sie nicht ständig die Vernünftige spielen.“

Und da wissen wir beide, dass wir nichts weiter sagen müssen.

Vor seiner Wohnung lasse ich ihn aussteigen, reiße mir die Schuhe von den Füßen und fahre barfuß weiter.

8

Ich bin nach Hause gefahren und habe einen Wein geöffnet. Ich trinke direkt aus der Flasche, muss kurz auflachen, weil ich diesen Wein für einen von mir kreierten, besonderen Moment gekauft hatte: Fleisch und Fisch vom Tischgrill, heiß, scharf und innen noch roh; flackernde Kerzen, die Schatten über unsere Gesichter und die Wände schicken, bewegt und lebendig; durch die geöffneten Fenster die Stadt, die ihre Komposition aus Klängen, Geräuschen und Tönen hereinspült; im Hintergrund mein Bett, frisch bezogen, weiß, kühl, knisternd, und dann der Wein, drei Flaschen, in denen eine geheimnisvolle, goldene Flüssigkeit wie Öl die Innenwände herunterzurinnen scheint. Neunundachtzig Euro hat er gekostet, pro Flasche. Die Gelegenheit, all diese Ideen zu einem einzigartigen Abend zu verweben, wollte sich bisher jedoch einfach nicht bieten.

Dieser Moment scheint mir ohnehin bedeutsamer, als ein Abend, an dem man freiwillig auf Elektrizität verzichtet. Denn nichts anderes wäre es letztendlich gewesen. Wahrscheinlich hätte Magnus den Abend früher oder später sowieso in die Kneipe verlagern wollen. Wenn es sein muss, werde ich auch noch die zweite Flasche öffnen.

Ich kann mich selbst nicht finden, keinen klaren Gedanken fassen, mich nicht spüren. Ich sollte wütend, traurig, verzweifelt, enttäuscht sein. Aber ich fühle nichts von all dem, so, als wisse ich insgeheim, dass alles nur ein böser Traum sei, dass ich jetzt nur auf das Erwachen zu warten bräuchte. *Wake up and smell the coffee.* Das sagt man, wenn einer einen Zusammenhang begreifen soll. Die Doppeldeutigkeit lässt mich erneut unfroh auflachen.

„Hey, du, das ist echt. Du bist hintergangen worden. Er hat mit einer anderen geschlafen."

Ich raune mir das selber zu, flüstere es in den Raum. Das Flüstern bricht sich an der Decke, wird von den Wänden zurückgeworfen,

schlängelt sich hohl in mein Ohr zurück. Es gelangt nicht an mich heran.

Unmotiviert schreie ich: „Dieser blöde Scheißkerl!"

Es klingt nicht besonders.

Vielleicht sollte ich etwas gegen die Wand schmeißen, voller Wucht. Die Flasche ist beinahe leer. Ich hebe sie über meinen Kopf, mit der Öffnung nach unten, und der restliche Wein läuft mir klebrig den Arm hinunter, kitzelt unangenehm in der Achselhöhle. Das ist nicht der befriedigende Wutanfall, den ich jetzt bräuchte. Ich stelle die Flasche vorsichtig wieder ab und gehe mich waschen.

Der Zorn, der mich vorhin im Auto übermannte, ist weg, einer unglaublichen Gleichgültigkeit gewichen, so als gehe mich das alles gar nichts an. Und ich fühle mich aufs Schändlichste betrogen. Hier findet gerade ein ganz intensiver Moment meines Lebens statt und ich darf nicht mitspielen!

Ich will aber auch nicht weiter herumsitzen, die zweite Flasche Wein öffnen und auf das erlösende Elend hoffen. Also beschließe ich ins Bett zu gehen. Ich beschließe das wirklich, stelle mich vor den Spiegel im Bad und sage laut zu mir: „Du gehst jetzt ins Bett."

Ich quengele mein Spiegelbild an: „Ach, nö, komm, noch ein bisschen."

Das meine ich aber nicht ernst.

Ich befürchte nicht einschlafen zu können. Irgendwo im Badezimmerschrank müssen ein paar Schlaftabletten liegen, die hat Eva mal hier vergessen. Und Magnus hat vor einigen Monaten ein Kombipräparat verschrieben bekommen, weil er sich einen Weisheitszahn ziehen ließ und nachts unglaubliche Schmerzen hatte. Ich finde zwei Tablettenpackungen, und weil mir beide nichts sagen, nehme ich von jeder Sorte drei.

9

Das Klingeln des Telefons dringt von unendlich weit an mich heran, ganz sanft versucht es mich zu erregen. *Vielen Dank für die Aufmerksamkeit, aber das ist gar nicht nötig.* Ich will nicht, denn ich brauche nichts. Nichts und niemanden. Alles ist leer und leicht und friedlich. *In Watte gebettet*, so fühlt es sich also an. Immer wollte ich das erfahren und hatte schon aufgegeben, als mir damals der Vater erklärte, dass man nicht aus dem Flieger in die tiefer liegenden Wolken springen kann.

Gestern habe ich mich an der scharfen Tischkante gestoßen. Es hat nicht wehgetan. Hätte ich es nicht gesehen, ich hätte es nicht einmal bemerkt. Aber über Nacht hat sich an der Stelle ein imposantes Hämatom ausgebreitet, ein riesiges Amöbentierchen mit ausgefransten, flirrenden Rändern. Es überlegt noch wohin und wie weit und leuchtet in einem herrlichen Lila. Trotzdem war der Stoß gefährlich, beinahe hätte er mich geweckt. Ich muss vorsichtiger sein, ganz still, und mich möglichst nicht bewegen. Mein Körper darf gar nicht merken, dass es ihn gibt. Darum esse ich auch nichts mehr. Die Sehstörungen sind genau richtig. Wenn ich den Kopf drehe, muss ich lange wartend verharren, bis die Bilder, die meine Augen schicken, nachgekommen sind. Das Flimmern ist schön. Nichts sieht aus, wie es aussieht.

Ich liege meist im Bett. Da bin ich sicher, weil ich nicht in die Tiefe stürzen kann. Manchmal schlafe ich auch ein. Vielleicht hat sich so Dornröschen gefühlt, als sie hundert Jahre im Bett lag. Ich werde auch hundert Jahre im Bett liegen.

Irgendwann sitzt der schöne Prinz neben mir auf der Matratze. Er hat wunderbar weiche, lange Haare, schwarz wie Ebenholz. Ei-

gentlich mag ich gar kein langes Haar. Aber so ist das wohl, auch in diesen Zeiten, da das Wünschen noch hilft, geht nicht alles in Erfüllung.

„Oh, sind sie denn schon vorbei, die hundert Jahre?“, frage ich ihn.

Der schöne Prinz müsste mich jetzt eigentlich küssen, aber er macht alles verkehrt. Er rüttelt an meinen Schultern und setzt mich auf, obwohl ich noch gar nicht erwacht bin.

„Du musst mich erst küssen, mein schöner Prinz“, gebe ich ihm einen Tipp.

Und der Prinz küsst mich und ist Eva und die zieht mir mein schönstes Kleid an und dann fahren wir mit der Kutsche zur Hochzeit. Eva kutschiert. Ihre Lippen bewegen sich immerfort, aber ich kann nichts hören, doch das macht nichts. Ich schaue sie an. Unentwegt. Sie sieht so schön aus und ich bin unendlich froh, dass wir jetzt heiraten werden. Doch keiner der Hochzeitsgäste beachtet uns, als wir das geschmückte Schloss betreten. Eva nimmt meine Hand und drückt sie beruhigend. Im Saal setzen wir uns auf die bereitgestellten Stühle und blicken erwartungsvoll Richtung Bühne. Und dort erscheint alsbald ein Mädchen in einem himmlischen Gewand. Ich erkenne mein Hochzeitskleid und gehe nach vorn, klettere zu ihr hinauf und ziehe mich aus. Und dann warte ich, dass auch sie sich ausziehe, mir das Kleid überreiche und hineinhelfe. Es ist über und über bestickt mit Funkeln und Glitzern. Ich lächele dem Mädchen aufmunternd zu, denn sie schaut so entsetzt, und erst jetzt werde ich gewahr, dass ich völlig nackt bin, und ich drehe mich um und rufe Eva zu: „Wir haben vergessen Unterwäsche anzuziehen.“

Und dem Mädchen sage ich: „Wir müssen uns etwas sputen, die Gäste warten doch.“

Und dann höre ich Eva rufen: „Anna, liebe Anna, zieh dich wieder an und setz dich auf deinen Platz. Die Ballerina möchte das Dornröschen tanzen."

Und ich glaube leichte Hysterie in ihrer Stimme zu vernehmen.

Da setzt plötzlich die Musik ein und ich sehe Eva aufstehen und über die Köpfe der anderen hinweg rufen: „Anna, bitte."

Ich öffne die Augen und sie ist ganz nah und sieht besorgt aus. Aber dann erhebt sie sich, reißt Vorhänge und Fenster auf und sagt: „Schätzelchen, raus aus dem Bett, so geht das nicht weiter."

Ich blinzle sie benommen an.

„Was machst du hier?", frage ich.

Aber da zieht sie mich schon hoch und dirigiert mich ins Badezimmer.

„Du brauchst dringend eine Dusche. Und dann gehen wir raus an die Luft."

„Kann ich nicht lieber baden, mir ist so kalt."

Meine Stimme ist ein kleines Wimmern.

„Alles was du willst, Schätzelchen", sagt Eva beherzt und lässt das Wasser ein.

Später sitzen wir in der Sonne in einem Café und ich erzähle ihr kurz vom Sonntag.

„Ach, Schätzelchen, sei doch froh, dass ..."

Sie schaut mir ins Gesicht und dort malen ihre Worte wohl Schmerz hinein, denn sie unterbricht sich.

„Lassen wir das. Darüber können wir später noch reden. Jetzt kümmerst du dich erst mal wieder um dich, um deinen Job und deine Freunde ... Heute Nacht kommst du mit zu mir."

Als stünde ich neben uns, sehe ich den Konflikt, den sie in sich trägt. Sie möchte, dass es mir wieder gut geht, will, dass wir zusammen lachen. Sie weiß, dass ich nicht bereit bin, mich der Situation zu stellen. Sie brennt aber darauf zu erfahren, was im Einzelnen

passiert ist. Und sie möchte darauf hinweisen, dass sie Recht hatte, die ganze Zeit, weil sie um das bittere Ende wusste und ich nicht hatte hören wollen. Aber sie liebt mich.

Also raucht sie stattdessen eine Zigarette.

Wir zahlen und laufen dann untergehakt in ihre Wohnung. Und dort versorgt sie mich mit heißem Tee und Schokolade, mit Frauenmagazinen, voll unwichtigen Klatschs und Tratschs und bunten Modestrecken. Sie legt seichte Musik auf und geht in die Küche um zu kochen.

Ganz klein komme ich mir vor und geborgen und beschützt. Ich brauche gar nicht zu denken.

10

Auf der Mailbox finde ich zwei Bitten um Rückruf vom Kosmetikkunden, eine freundliche vom Montag, eine verärgerte vom Mittwoch.

Für einen Anruf ist es heute definitiv zu spät, darum beschließe ich persönlich im Büro vorbeizugehen. Und weil mir für einen kleinen Moment meine Beteiligung an der Lancierung eines Parfums wichtig scheint, kleide ich mich sorgfältig, wähle das rosa Kostüm, das eigentlich ein bisschen zu eng, ein bisschen zu rosa ist.

Dem Anzugträger ist mein Erscheinen sichtlich unangenehm.

Ich habe noch nicht allzu viel Zeit in diese Arbeit investiert, aber einige Entwürfe lagen ihm bereits vor und er hatte sich mehrere Male bemüßigt gefühlt ausführlich mit mir darüber zu diskutieren. Einmal sogar in einem relativ teuren Restaurant. Nun versucht er mir mit langen, aneinander gereihten Wortketten zu sagen, was mit einem Satz hätte getan werden können: *Wir brauchen Sie nicht mehr.*

Ich könnte ihn von seiner Qual erlösen, könnte ihm sagen, welch großartiges Gefühl der Erleichterung mich packt, wie frei ich mich plötzlich fühle. Nur tue ich es nicht. Ich beobachte den Schweiß, der seinen Hals hinunterrinnt, und frage mich, wann er unter dem Druck von unangenehmer Aufgabe und eigener Ungewandtheit wohl zusammenbrechen wird. Zusätzlich versucht er, mich trotz aller Widrigkeiten anzuflirten. *Zur stinkenden Pfütze aus Schmach, Gier und Schweiß zerfließend.* Er tut mir nicht Leid.

Irgendwann schickt er sich an, mich wie ein lästiges Tierchen hinausschieben zu wollen. Als ich ihm zuvorkomme und nach Tasche und Türklinke greife, atmet er erleichtert aus. Sein Mundgeruch verfolgt mich bis auf die Straße.

Dann laufe ich in der Sonne zu einer Verabredung mit Ralf im Park.

„Wie können die so etwas tun“, ereifert der sich. „Einfach so. Gibt es keinen Vertrag?“

Ich erkläre ihm, dass ich ohne einen solchen gearbeitet habe, immer in der Hoffnung, dass meine Arbeit gefallen und letztlich honoriert werden würde.

„Warum machst du so etwas? Das ist doch bescheuert.“

Natürlich ist es das, aber die Zeiten sind so. Sehr viele Menschen wollen Ideen verkaufen und nur wenige können Geld dafür bezahlen. Eine solche Situation lässt immer Raum für unfaire Konstellationen.

„Und warum? Warum brauchen die dich plötzlich nicht mehr?“

„Irgendjemand in der Firma hatte über Nacht einen kreativen Anfall. Wahrscheinlich beim heimlichen Stelldichein mit einer Praktikantin. Soll es ja geben. Sozusagen eine Übersprunghandlung, durch die verbotene Situation motiviert.“

Es ist ein immer wiederkehrendes Phänomen: der Kunde mit plötzlich eigener Idee und der einhergehenden Überzeugung, jemand, der seine Tages- und Nachtstunden bisher damit verbachte ein stimmiges Image für sein Produkt zu entwerfen, sei letztendlich überflüssig. Auf alle Fälle aber überbezahlt. Und am besten mache er das alles schnell mal selbst, denn kreativ sei er doch auch. Eine lustige Idee mal eben aus dem Anzugärmel geschüttelt und ein Posten in der Kalkulation hat sich erübrigt.

„Hey, du kannst ja richtig zynisch sein.“

Ich habe den Eindruck, er ist froh, sich an diesem Thema festhalten zu können. Zur Begrüßung hatte er verwirrt an mir vorbeigeschaut, eine deutliche Frage in den Augen. Und dann hielt er mich einige Sekunden länger als sonst zwischen uns üblich. Er scheint von der ganzen Sache mit Magnus zu wissen. Woher ist mir schleierhaft. Vielleicht hat er Eva getroffen.

Gestern Mittag war ich nach Hause gelaufen, in einem wohltuenden Nebel, unberührbar und abgeschirmt von allem. Ich hatte et-

was beim chinesischen Take Away gekauft, hatte gegessen, gebadet und geschlafen und die Verabredung mit Ralf ausgemacht. Ich war durch den Tag laviert und hatte mir jeden Gedanken an Magnus verboten. Seine Anrufe, die mir die Computerstimme von Mailbox und AB ankündigte, hatte ich ungehört gelöscht. Ich bin der Wahrheit und dem Schmerz einfach davongerannt. Aber ich kann das nicht mehr lange durchhalten.

Wir gehen zu Ralf nach Hause und hören Musik.

Ich fühle mich unglaublich wohl in seiner Wohnung. Alles wirkt so unaufgeregt, irgendwie betulich. Hier zu sein, ist wie Pause machen vom Leben. Und zu jeder Stimmung gibt es die richtige Musik. Ralf erkennt sie, hat sie da und lässt sie laufen. Wahrscheinlich ist er der sensitivste Mensch, den ich kenne.

„Du solltest als *Emotional DJ* auflegen, etwa so: Wie immer du dich fühlst – *The Emotional DJ Ralf* macht daraus deinen Soundtrack, nimmt dich mit auf einen musikalischen Seelenritt! ... Du müsstest dann aber irgendwie anders heißen. Ralf geht gar nicht."

„Such du dir lieber mal wieder einen Job. Du hast da ungenutztes Potential, das sich an Parfumflaschen und Joghurtschokolade austoben sollte", brummt er.

So blöd finde ich meine Idee eigentlich gar nicht, aber Ralf ist eben Ralf. Ich werfe ihm eine Kusshand zu und gehe in die Küche, um einen Wein für uns zu öffnen. Im Weggehen sehe ich, dass er errötet.

Ich laufe durch die Nacht nach Hause. Es ist nicht sehr weit. Ich bin angenehm betrunken, genieße die frische Luft und den Fußmarsch. Und der Nachtwind bläst die zu erwartenden Kopfschmerzen aus dem Körper.

Plötzlich höre ich eine Stimme wie von weit her oder besser: von weit unten. Ich fahre zusammen, spüre mein Herz galoppieren. Ich bleibe stehen und schaue mich um. Es ist niemand zu sehen. Die

Straße ist eng, es gibt einige Toreinfahrten im Dunkeln, die Straßenlaternen stehen weit auseinander, den Fußweg entlang parken Autos, neben mir steht ein alter VW-Bus.

„Sind sie weg?“, fragt die Stimme noch einmal.

Und dann rollt etwas vor meine Füße. Ich schlucke meine Angst hinunter, bücke mich und halte eine Farbsprühdose in Händen: Rosa. Im Hinhocken fällt mein Blick unter den Bus. Da liegt jemand! Jemand mit einer Wollmütze auf dem Kopf und einem schwarzen Kapuzenpullover an.

„Kleines Fräulein, nicht erschreckt sein.“

Die Person schickt sich an, ächzend unter dem Fahrzeug hervorzukriechen.

„Mein Gott, Herr Schuster, sind Sie das etwa?“

Es ist Herr Schuster, mein etwa siebzig Jahre alter Nachbar. Er wohnt zwei Treppen unter mir und wir grüßen einander. Manchmal tauschen wir auch einige Worte mehr. Noch bevor er sich mühsam unter dem Bus hervorgewuchtet hat, wird die Straße von den Scheinwerfern eines sich langsam nähernden Autos erhellt.

„Verdammt, da sind sie schon wieder“, schimpft Herr Schuster und rollt sich unerwartet behände zurück unter den Bus.

Ohne zu überlegen stecke ich die Sprühdose in meine Tasche und richte mich auf, als auch schon ein Streifenwagen neben uns zum Stehen kommt. Ich will den Grün-beige-Gewandeten unschuldig zuwinken, aber sie steigen aus, beachten mich nicht weiter und bleiben neben dem Bus stehen.

„Entschuldigung, aber was machen Sie da unten?“

„Ach, ich liege hier einfach nur ein bisschen. Oder ist das nicht erlaubt?“, kommt es dumpf von dort.

„Kommen Sie mal sofort unter dem Fahrzeug hervor.“

Es dauert eine Weile, bis Herr Schuster dem Folge leisten kann.

„Der ist ja schon hundert Jahre alt", zischt einer der Beamten enttäuscht.

Beide mustern Herrn Schuster finster, jedoch sichtlich verunsichert.

„Liegen Sie immer so gekleidet unter Bussen herum, mitten in der Nacht?"

„Junger Mann, ich ..."

„Entschuldigen Sie bitte, aber was wollen Sie denn von dem Herrn?", mische ich mich ein.

Ich kann die Art und Weise, wie sie ihn behandeln, nicht ertragen, außerdem würde ich selber furchtbar gern wissen, was Herr Schuster in diesem Aufzug mitten in der Nacht unter einem VW-Bus treibt. Doch dazu müssen wir erst einmal die Polizisten loswerden.

„Uns wurde gemeldet, dass hier Vandalen unterwegs seien und Häuserwände besprühen."

„Na, dann sollten Sie aber jetzt schnell weiter nach denen suchen, sonst sind die noch über alle Berge. Und ich bringe mal meinen Nachbarn nach Hause."

Ich hake mich bei Herrn Schuster unter und ziehe ihn mit mir. Die Polizisten zögern eine Weile, steigen dann aber in ihr Auto und fahren weiter.

„Dank Ihnen, kleines Fräulein."

„Was haben Sie denn an die Wände gesprüht?", frage ich Herrn Schuster.

„Ach, es ist wegen der Frau Bornemann aus dem Nachbarhaus, Heide Bornemann. Ich hatte da gerade etwas im Fernsehen gesehen und es erschien mir als gute Idee."

Er deutet auf die gegenüberliegende Wand und da stehen von einer Laterne erhellt in Rosa drei krakelige Buchstaben: HEI.

„Weit sind Sie ja noch nicht gekommen. Und dann auch noch unter der Laterne! Wie auf einer Showbühne. Was sollte es denn werden?“

„HEIDE, BITTE GEH MIT MIR ZUM TANZ.“

Herr Schuster ist plötzlich ganz verlegen.

„Ist das nicht etwas kompromittierend der Dame gegenüber? Wegen der Nachbarn, meine ich.“

„Hier kennt doch sowieso niemand den Namen des anderen. Auf ihrem Klingelschild steht nur Bornemann und wer ihren Vornamen weiß, freut sich sicher für sie.“

„Na, dann müssen wir das aber noch schnell fertig schreiben“, sage ich.

Herr Schuster schnappt sich die Farbe, ich stehe Schmiere und als der letzte Buchstabe an der Wand steht, werfen wir die Dose weg und weil wir noch voller Adrenalin sind, mag keiner nach Hause gehen. Herr Schuster setzt sich gegenüber unserem Graffito an die Bushaltestelle und ich laufe bis zur Kneipe an der Ecke und kaufe uns zwei Flaschen Bier. Damit lasse ich mich neben meinem Nachbarn auf der Bank nieder.

„Das kann sie lesen, wenn sie morgen mit dem Bus fahren will und hier wartet. Was für ein Abenteuer“, kichert Herr Schuster fröhlich.

Wir stoßen auf unsere Schandtat an.

Obwohl der Herbst gar nicht mehr weit ist, umgibt uns eine überraschend milde Luft und wir schauen in die Sterne.

„Kleines Fräulein, wenn Sie möchten, ... also falls Sie etwas auf dem Herzen haben ... mir ist aufgefallen, dass Sie ihr Lächeln verloren haben, und ich kann gut zuhören ...“

Und noch während Herr Schuster spricht, laufen mir die Tränen über das Gesicht, hatten hinter den Lidern gesessen und die ganze

Zeit gewartet, endlich losgelassen zu werden. Der alte Mann im Kapuzenpullover, mit der Wollmütze auf dem Kopf, nimmt meine Hand, in der anderen halten wir jeder unser Bier. Und dann erzähle ich ihm und mir die ganze Geschichte, lasse sie aus mir heraus und endlich in mich hinein.

11

Die Sonne schien immer. Und obwohl die Mutter es engelsgeduldig mit Liedern und Geschichten und Ratespielen versuchte, bis ihr Gesicht hochrot flammte und sich ihre Stimme an irgendetwas Großem vorbeipressen musste, wurde es irgendwann zu eng, zu heiß, zu laut im Auto und dann stoppte der Vater, stieg aus und streckte sich, schaute herum und sagte: „Hier wird Lager geschlagen." Und immer war das am Wasser: an einem Weiher, einem Fluss, einem See oder am Ozean. Ich glaubte jahrelang, es sei das Geschick meiner Familie, immer am Wasser zu lagern, wenn wir eine Pause bräuchten. Dass meine Eltern die lange Fahrt in mehrere Etappen gegliedert, Rast- und Übernachtungsplätze herausgesucht hatten, um uns Kindern die einwöchige Anreise im R4 quer durch Frankreich und Spanien zu erleichtern, wurde mir erst später bewusst, als ich längst nicht mehr mit ihnen fuhr, als ich dachte, die Welt hätte so viel mehr zu bieten, als ein kleines portugiesisches Fischerdorf, das auf windumtostem Fels klebt.

Ich fahre ohne Pause. Die Autobahn ist ausgestorben, niemand, der mich zwingt irgendwie zu reagieren. Das Geräusch des Motors ist mein Mantra, mein Kopf völlig entleert, ohne Gedanken, ohne Bilder. Unterbrochen nur von den Mautstationen und den Städten, die schmutziggelb versuchen die Nacht wegzuleuchten und einen Brei aus Einsamkeit und Kälte ins halb geöffnete Autofenster quellen lassen.

Irgendwann geht die Sonne hinter mir auf und dann bin ich am Ozean. Ich stelle mein Auto auf einem Parkplatz voller Surferbusse ab, ziehe die Schuhe aus und laufe durch den kalten, quietschenden Sand zum Wasser. Ich will Freiheit spüren und Unendlichkeit. Ich will, dass der Wind an meinen Haaren zerrt und mir den Atem nimmt. Ich will mir die Lungen füllen mit schwerer, salziger Luft.

Und ich will schreien, hinaus zur grauen Linie, die das Meer vom Himmel trennt. Aber ich bin nur müde, spüre nichts als Kälte und unendliche Sehnsucht nach Schlaf. Ich laufe zurück zum Auto, klemme Handtücher und T-Shirts in die Scheiben, klappe den Sitz nach hinten und wickle mich in eine Decke.

Als ich erwache, ist es früher Nachmittag. Ich gehe in einen Imbiss und bestelle Kaffee.

Drei Stunden später überquere ich die Grenze zu Spanien. Ich wähle die Straße an der Küste, obwohl es einen Tag länger dauern wird, aber ich will am Wasser bleiben. Weit hinter den hässlichen Industrieanlagen um Bilbao herum, nehme ich mir ein kleines Hotelzimmer. Morgen schaffe ich es vielleicht bis Santiago de Compostela.

Wir hatten bis in die Morgendämmerung hinein auf der Bank an der Bushaltestelle gesessen, und ich redete und redete. Irgendwann gelang mir nur noch ein tränengetränktes Gestammel. Herr Schuster sagte lange nichts, saß einfach da, hielt meine Hand und zauberte irgendwoher ein großes, kariertes Stofftaschentuch, in das ich hineinprustete, um es danach in meinen Händen zu einem kleinen, harten Ball zu pressen. Dann gab es keine Worte mehr in mir und Herr Schuster begann zu sprechen, einfach so, als hätten wir bis dahin schweigend nebeneinander gesessen und unser Bier getrunken, als wolle er jetzt mal eine Geschichte zum Besten geben. Er erzählte von einem, der stark und gerecht durch sein Leben schritt, forsch und unaufhaltsam, das Ziel vor Augen nicht vom Weg abwich, dessen oberstes Gebot das vernünftige Abwägen war, der getragen wurde von einer unerschütterlichen Moral und dem Bewusstsein für Konsequenz und Verantwortung.

„Und plötzlich ist nicht mehr viel Zeit, und du weißt, bald musst du gehen. Und all das Versäumte baut sich vor dir auf wie ein un-

erreichbarer Gipfel. Und dort oben steht einer, und der verhöhnt dich. Du hörst sein Lachen jeden Morgen, wenn du dich schmerzgeplagt aus dem Bett hievst. So viel, das du nun nicht mehr erleben wirst ..."

Er unterbrach sich kurz um zu schlucken.

„Wut und Liebe, Trauer und Freude, Hoffnung und Enttäuschung, das sind alles Dinge, die das Leben ausmachen. Dazu gehört auch, dass man Fehler macht und dass man verzeihen kann. Kleines Fräulein, lassen Sie das Leben zu. Seien Sie wütend und verzweifelt, vielleicht können Sie verzeihen, vielleicht gehen Sie ihren Weg allein weiter. Aber all das macht Ihr Leben groß und reich."

„Ich hoffe, Heide Bornemann geht mit Ihnen zum Tanz", schniefte ich.

„Sie wird, kleines Fräulein, sie wird."

Ich ging nach Hause, legte mich ins Bett und schlief viele Stunden, Stunden, die sich traumvoll und ohne Erholung zu bieten an mir vorbeiquälten. Nach dem Erwachen packte ich eine Tasche, setzte mich ins Auto und fuhr los. Unterwegs rief ich Eva an, und erst als ich ihr sagen wollte, dass ich für einige Zeit fortfahren würde, wusste ich plötzlich, wohin ich unterwegs war. Ich würde nach Portugal fahren, in das kleine Dorf an der Atlantikküste, in die Sommerferien meiner Kindheit. Dort angekommen, würde ich einfach an die Tür der Gasteltern klopfen, in deren Häuschen wir dreizehn Jahre lang für jeweils vier Wochen ein Zuhause gefunden hatten.

Der Sommer ist fast gegangen. Noch scheint die Sonne warm und man kann sich nur mit einem T-Shirt bekleidet in ihre Strahlen setzen, aber der Wind bläst stark und kalt und immerfort. Die Touristen haben die Orte verlassen, die Straßen träumen still im schon weißen Herbstlicht, viele Cafés bleiben geschlossen, die

Holzschuppen voller Sonnenmilch und Gummitiere für das Wasser sind verrammelt. Die Wellen, die der Ozean heranträgt, wachsen von Tag zu Tag.

Gegen Abend, als alles in rötliches Licht getaucht daliegt, biege ich in einen unbefestigten Weg zum Wasser ein. Er endet in einer kleinen, sandigen Bucht. Fünf klapprige VW-Busse bilden eine lose Wagenburg. In einer mit bunten Lampen geschmückten Hütte wird etwas gekocht. Es riecht gut. Auf einer Tafel sind in verwischten Kreidebuchstaben Paella und roter Wein ausgeschrieben. Auf Plastikstühlen sitzen einige junge Typen mit nassen Haaren unter Mützen um einen großen Tisch herum, Surfbretter lehnen gegen die Hüttenwand. Fröhlich laute Musik liegt über dem Ganzen. Ich habe gar keine Zeit, mich als Eindringling zu fühlen oder mich zu fragen, ob ich so viel Leben gerade ertragen kann, als man auch schon nach mir ruft, mir einen Stuhl zurechtrückt, und ein alter Mann eine große, dampfende Pfanne auf den Tisch stellt, um dann einladend darauf zu deuten. Ich habe unglaublichen Hunger, ganz plötzlich, und setze mich dazu. Wir essen und trinken und lachen. Und keiner fragt nach meinem Namen.

Die anderen campieren hier seit einer Woche und feiern sich und das Meer und das Leben. In diesem Moment gibt es keinen Ort, an dem ich lieber wäre, und als sie zu einem Mitternachtssurf in die Neoprenanzüge steigen, gehe ich beinahe mit, denn Wellenreiten, das konnte ich auch einmal, vor vielen Jahren. Doch keiner der Anzüge würde passen. Ich sitze noch eine Weile am Tisch, höre die anderen aus der Dunkelheit heraus lachen und trinke mein Glas leer.

Am nächsten Morgen habe ich leichte Kopfschmerzen. Aber ich spüre mein Herz klopfen und den Wind um meinen Kopf tosen. Und endlich renne ich in den Ozean, der so kalt ist, dass das Klopfen in meiner Brust für einen Schlag aussetzt. Ich tauche unter, die Kälte lässt Eiskristalle auf meiner Haut explodieren und ich trinke

gierig einen salzigen Schluck, der mir brennend die Kehle hinunterläuft. Dann schaue ich durch das Blau hoch in die Sonne, während die Wellen mich sanft über den Sand schieben und mit meinen Haaren spielen. Als ich zum Auto zurücklaufe, erfasst mich ein Windstoß, meine Haut zieht sich nochmals um einige Millimeter zusammen und meine Zähne klappern. Ich fühle mich leben, verdammt noch mal, ich bin lebendig.

Dann fahre ich weiter, ohne die anderen zu wecken.

12

Mein mobiles Telefon piepst sich kläglich in meine Gedanken. Der Akku ist leer. Und ich werde ihn nicht wieder aufladen. Ich werde unerreichbar sein. Der Plan hat so viel Erleichterndes, dass ich kurz aufjuchze und mit der Faust auf das Lenkrad boxe. Wie in einem blöden Werbespot. *Seien Sie Sie selbst, befreien Sie sich von all Ihren Zwängen und vom Zivilisationsballast.* Doch halt, das gehört auch dazu. Ich nehme mir vor, keine Slogans mehr zuzulassen, denn solange die mir die Gehirnwindungen verkleben, fühle – besser: leide – ich noch nicht genügend, bin ich noch nicht tief genug im echten Leben.

Aus einem übermächtigen Impuls heraus werfe ich das Handy aus dem Wagen, so weit ich kann. Eine Art Befreiungsakt soll das sein, der mir jedoch wenige Sekunden später sehr dämlich vorkommt. Die Angst vor einem Notfall, aber vor allem das plötzlich übermächtige Gefühl des Verlassenseins lassen mich wenden und anhalten. Und dann krieche ich verzweifelt durch das stachlige Gebüsch, zerschürfe mir die Knie und meine Hände erkunden die scharfen Steine, bis ich durch ein letztes Piepsen das Handy wieder finde. Ich drücke es an mich wie den verloren geglaubten Sohn und breche in Schluchzen aus. Ich muss bald irgendwo ankommen. Ich bin völlig erschöpft und habe außer der Paella vorgestern in der Bucht nichts weiter gegessen.

Die Häuser im Ort scheinen alle frisch gestrichen, sie blenden weiß die Augen, nur die blauen Fensterlaibungen bieten punktuell Erholung. Ich bin mir sicher, dass sich vieles verändert hat, seit ich das letzte Mal hier war. Aber ich habe es plötzlich zu eilig mich umzuschauen. Es drängt mich zu dem Haus etwas außerhalb, dort möchte ich eingelassen werden und in das große Bett sinken, von dessen Fenster aus man die Surfer mit der Brandung kämpfen

sehen kann. Ich möchte mich in etwas Weiches einkuscheln und dann möchte ich weinen, bis alle Tränen heraus sind, möchte mich in Selbstmitleid suhlen, mich elend fühlen und dareinfallen lassen in dieses Elend und ich möchte wütend sein, weil Magnus mir das angetan hat, ich möchte ihn beschimpfen und verdammen. Und dann möchte ich im Keller nachschauen, ob noch irgendwo ein Board und ein Anzug herumliegen. Ich möchte mich in die Wellen stürzen und später, wenn ich wieder warm und trocken bin, möchte ich dieses unglaubliche Blätterteiggebäck essen, gefüllt mit Vanillecreme, mindestens vier Stück davon, besser fünf.

Maria öffnet mir die Tür. Alt ist sie geworden und noch dicker, und darüber bin ich sehr froh. Es begegnen einem hier so viele dieser ausgemergelten alten Frauen, die schwarzen Schatten gleich die Straßen entlanghuschen, als hätte der ständig an ihnen zehrende Wind sie austrocknen lassen wie die Dörrfeigen, die Maria in den Geburtstagskuchen einbuk, ignorierend, dass wir Kinder dieses verschrumpelte Obst überhaupt nicht mochten. Sie erkennt mich sofort, obwohl ich noch ein Mädchen war, als sie mich das letzte Mal sah.

„Anna", sagt sie, einfach nur „Anna". Sie nimmt mich in den Arm und riecht gut, nach Gebackenem, nach Waschpulver, nach Schweiß, wie Fremde und Heimat zugleich.

„Ich bin so müde."

Und sie führt mich in unser altes Zimmer, nimmt den Überwurf vom Bett.

„Es ist alles ein bisschen klamm und staubig. Wir vermieten schon lange nicht mehr. Ich beziehe das Bett schnell frisch."

„Aber nein, das ist nicht nötig. Ich möchte mich einfach nur da hineinfallen lassen."

Sie lächelt mich an, hat keine Fragen in den Augen.

„Ich bin unten, wenn du etwas brauchst."

Sie geht zur Tür und wendet sich im Gehen noch einmal um.

„Schön, dass du da bist."

Ja, denke ich, das ist schön und weiß auf einmal gar nicht mehr, warum es so lange gedauert hat, bis ich wiedergekommen bin.

Ich lege mich in das Bett und warte: auf den Schmerz, die Wut, auf die Enttäuschung und das Selbstmitleid. Ich möchte das alles fühlen, jetzt, als große Flut der bisher unterdrückten Gefühle. Und dann kommt sie und ihre Brandung nimmt mich mit nach ganz unten. Ich schlage auf das Bettdeck ein und beiße in das Kissen, ich weine, und ganz tief in mir schreie ich, und dazwischen schaue ich aus dem Fenster und beobachte die Surfer und den Ozean, sinniere, ob ich Lust habe hinauszugehen und frage mich, warum es mir gelingt, aus diesem Schmerz heraus so etwas zu überlegen.

Natürlich tauche ich nicht einige Stunden später wie ein Phönix schön und mit neuem Leben erfüllt wieder auf. Es wird noch lange dauern, das spüre ich. Ob ich Magnus verzeihen kann oder ob ich meinen Weg allein weitergehen werde, wie es Herr Schuster formulierte, das weiß ich noch nicht. Aber ich habe Zeit, niemand wartet auf mich, nichts muss erledigt werden und wenn Maria und Pedro nicht mehr vermieten, kann ich sicher so lange hier bleiben, wie ich möchte.

Draußen ist es längst dunkel. Von unten klingt gedämpft fröhliches Stimmenwirrwarr und es riecht fantastisch. Irgendwann gewinnen meine Neugier und mein Hunger. Traurig sein kann ich auch morgen noch und übermorgen und die ganze nächste Woche. Ich wasche mir das verquollene Gesicht mit kaltem Wasser und probe im Spiegel ein schiefes Lächeln. Dann gehe ich nach unten zu den anderen. Ich steige die steile Treppe hinunter und laufe durch einen engen Gang. Es ist dunkel, niemand hat Licht gemacht. Wahrscheinlich sitzen sie alle seit Sonnenuntergang zusammen, niemand musste hinaus, niemand brauchte Licht. Ich stoße leicht

gegen das Gemäuer, es fühlt sich kühl an und ein bisschen nass. Die Wände sind nur getüncht, auf Hüfthöhe läuft ein Fries aus bemalten Keramikplatten. Auf die Ganglänge ergibt sich eine Hirtengeschichte mit einer schönen Maid und einem Spiel auf der Flöte. Das kann ich im Dunkeln zwar nicht sehen, aber ich kenne jede einzelne Kachel. Als Kinder haben wir stundenlang hier gesessen und uns gegenseitig die Geschichte erzählt: die Dinge, die man sah, und vor allem die Dinge, die man nicht sah, die hinter den gemalten Felsen und Bäumen geschahen. Im Vorbeigehen streiche ich mit den Fingern über die glatten, kalten Bilder und trete dann in die helle Wohnküche, die den Hauptteil des unteren Bereichs des Häuschens ausmacht. Bei meinem Eintreten wenden sich mir sechs Köpfe zu. Seltsam, wie gewahr man mancher Dinge in nur einem Augenblick wird: Maria steht am Herd und Pedro sitzt an dem großen Tisch, der sich in der Mitte des Raumes befindet, gemeinsam mit zwei Frauen und zwei weiteren Männern, die ich nicht kenne, wohl Nachbarn oder Freunde. Alle lächeln freundlich. Maria richtet mir einen Teller an, den sie auf den Tisch stellt. Pedro bringt einen weiteren Stuhl.

„Willkommen", sagt er. Und ich weiß, viel mehr werden wir nicht miteinander reden, aber es ist das ehrlichste Willkommen, das ich seit langem gehört habe.

Ich widme mich Marias grandiosem Fischeintopf. Als Kind durfte ich ihr bei dessen Zubereitung helfen. Wir sind auf den Markt gegangen und haben kleine ganze Fische gekauft, rote und graue, Muscheln und Krebstierchen und Gemüse, vor allem Tomaten und Kohl, und dann wurde alles gewaschen und klein geschnitten und einfach in einen Topf mit Brühe und Wein geschmissen. Wenn man dann nach Stunden den Deckel hob, hatte sich das Durcheinander in eine wunderbar sämige Suppe verwandelt, für die man alles und jeden verraten hätte.

Während ich die Suppe in mich hineinlöffele und sie warm und köstlich meine Kehle hinunterrinnt, leuchtet plötzlich so etwas wie Glück zwischen all den Trümmern meiner Liebe und ich kann es nicht verhindern, dass mir erneut Tränen in die Augen steigen, als plötzlich eine wohlklingende Männerstimme sagt: „Du bist ja immer noch eine kleine Heulsuse."

Und erst jetzt bemerke ich einen Mann meines Alters, der die ganze Zeit etwas abseits mit dem Öffnen einer Weinflasche beschäftigt gewesen sein muss. Ein schöner Mann, denke ich, und: Wieso kennt der mich? Ich runzle wohl fragend die Stirn, denn Maria ruft lachend: „Pedro, stell dir vor, sie erkennt unseren João nicht mehr."

„Dabei war er ihre erste große Liebe", erwidert Pedro schmunzelnd.

Ich bin sicher, dass ich rot werde, und ich ärgere mich darüber. Doch dann erkenne ich ihn: „Joe, das gibt's ja gar nicht! Du bist ja ein Mann! Ein richtiger Mann! Und dann noch so ein schöner."

In meiner Verblüffung bemerke ich gar nicht, welchen Unsinn ich rede.

Aber da kommt er schon auf mich zu und ich erhebe mich und er nimmt mich in den Arm. Ganz fest. Wie stark er ist.

„Du hast blaue Augen. Wieso hast du blaue Augen? Du bist doch Portugiese, und die sind klein und dunkel. Die haben auf keinen Fall blaue Augen. Wieso habe ich das nicht mehr gewusst?"

Er lacht und dieses Lachen ist tief und streicht sanft über meine geschundene Seele.

Vor zweiunddreißig Jahren sind wir gemeinsam die ersten Schritte gelaufen, mit knubbligen Füßen wacklig durch den heißen Sand. Es gibt ein Foto, das unsere stolzen Mütter zeigt, die uns der Kamera entgegenstrecken und wir tragen die gleiche bestickte Sonnenmütze. Wir haben Burgen an die Wasserkante gebaut und

gewettet, welche der Flut länger standhalten würde. Er hat mir das Wellenreiten beigebracht. Und wir haben *Pasteis de Belém* um die Wette gegessen. Außerdem war ich schon mit fünfzehn in ihn verliebt gewesen.

Wir sitzen alle um den großen Tisch herum, essen und trinken und lachen, als würden wir das jeden Abend tun, seit Jahren, schon immer, als wäre ich nicht ein Mädchen gewesen das letzte Mal, als ich hier war. Es ist nicht so, als sei die Zeit stehen geblieben, denn wir sehen anders aus und wir sind voller Geschichten aus zwei vergangenen Jahrzehnten, aber jetzt, in diesem Moment, sind die nicht wichtig, nur wir und unser Lachen und Marias Essen und der Wein.

Später klettern Joe und ich in den Klippen herum. Hier hatten wir einst einen geheimen Lieblingsplatz, aber den gibt es nicht mehr.

„Hat sich viel verändert in den letzten Jahren. Erst träumt und dümpelt so ein Ort einfach vor sich hin unter einer großen Wolke Fischgestank, von niemandem gesehen oder weiter beachtet. Und plötzlich kommt einer und sagt, das ist es, baut ein Haus, vermietet ein Zimmer und irgendwann findest du noch nicht mal mehr deinen Lieblingsfelsen, der bestimmt hunderte Jahre lang an der selben Stelle lag", sagt er.

Wir drücken uns in eine Nische, verstecken uns vor dem Wind. Joe hat eine Flasche Wein mitgenommen, die er jetzt öffnet. Man riecht das Meer. Im Mondlicht wälzen sich die Wellen wie schweres Silber heran.

„Wann bist du hier weggegangen?", frage ich ihn.

Es gibt so verdammt viel zu erzählen und alles scheint bedeutungsvoll, will gleich und sofort gesagt sein. Wir haben uns neunzehn Jahre nicht gesehen. Das Verrückte ist, er ist mir überhaupt nicht fremd. Und so gibt es kein Suchen nach Worten, keine Gesprächspausen, in denen man sich nicht traut zu schlucken, weil das

eventuell zu laut sein könnte, keine ausgewählten, abgestimmten Geschichten. Wir reden einfach drauf los, erfragen alles, was uns durch den Kopf schießt. João hat in Lissabon studiert, lebt dort allein in einer großen Wohnung und arbeitet im Marketingbereich.

„Richtig weit von zu Hause ist das aber nicht", necke ich ihn.

Denn mit diesem Thema hatten wir einander verlassen. Joe fühlte sich schon mit sechs Jahren der Seefahrertradition verpflichtet und wollte auf jeden Fall die Welt erobern, weil er das seinem Land, dem Land der großen Entdecker, schuldig zu sein glaubte. Im letzten Jahr, dem Jahr, in dem nichts mehr so war wie sonst, weil ich von Joe zur Frau gemacht werden wollte, der aber eine dünne, blonde Engländerin küsste, lachte er mich aus, weil ich mit fünfzehn Jahren noch immer mit meinen Eltern in den Urlaub fuhr, jedes Jahr an denselben Ort. Er hatte bis dahin noch nicht einmal Portugal verlassen, aber das traute ich mich nicht zu sagen. Ich war gekränkt, fühlte mich zurückgestoßen und litt unter dem ersten Liebeskummer. So schwor ich mir, ich würde die Welt erobern an seiner statt. Und im nächsten Jahr fuhr ich nicht mehr mit.

Irgendwann ist es zu kalt und wir holen Decken und eine weitere Flasche Wein. Irgendwann kommen unsere Geschichten in der Gegenwart an, irgendwann fällt der Name Magnus, irgendwann weiß Joe, warum ich hier bin.

„Hört sich nach großer Liebe an".

„Ja, das ist es auch für mich, die große Liebe ... Für immer und ewig ... Nicht, dass wir darüber gesprochen hätten, aber ich dachte, dass er mich eines Tages fragen würde, ob ich ihn heiraten möchte. Na ja, wahrscheinlich wäre ich ihm zuvorgekommen und hätte mich ewig darüber geärgert ... Dabei wohnen wir nicht einmal zusammen. Eigentlich kommt er immer nur zu Besuch. Außer seiner Wäsche, die ich ihm wasche, und einer Zahnbürste hat er gar nichts Persönliches bei mir. Als wolle er die ganze Zeit vorbereitet sein für

den letzten Tag: Es ist aus und er kann einfach zur Tür hinausgehen. So in etwa."

„Warum akzeptierst du das, wenn es dir nicht gefällt?"

„Ich bin eben eine emanzipierte Frau, weißt du, und furchtbar stolz darauf, dass ich ein Billy-Regal ganz allein aufbauen kann."

„Was ist ein Billy-Regal?"

„Ist nicht so wichtig, war nur eine Metapher. Ich wollte sagen, dass ich einen Akkuschrauber benutzen kann ohne mich zu verletzen, dass ich sogar darauf bestehe, so manche Schraube selbst in die Wand zu drehen. Und dann darf ich doch nicht jammern, dass ich nicht allein wohnen will und nachts neben jemandem liegen möchte, der mit seinem Schnarchen die Gespenster vertreibt und dem ich tagsüber Schnittchen schmieren kann."

„Das hast du davon, wenn du großes Mädchen spielen willst."

„Und du? Wie denkst du darüber? So als Mann, meine ich."

„Falsche Frage. Die richtige lautet, wie ich das als portugiesischer Mann sehe. Und in dem Fall muss ich sagen, dass ich meiner Erziehung vollkommen ausgeliefert bin, das heißt, wenn mir eine wirklich gefällt und ich denke, das ist sie, dann werde ich sie heiraten und sie wird zu Hause bleiben und mit den Kindern spielen."

„Toll!"

Ich schaue ihn mit großen Augen an, denn das möchte ich auch. Genau in diesem Moment möchte ich das ganz heftig: einen Mann, der für mich sorgt, während ich mit unserem Baby schmuse, weiße Kleider trage und Lilien in Kristallvasen anordne. Ich will von einem traditionellen portugiesischen Mann geheiratet werden. Ich muss das laut gedacht haben, denn er wendet sich mir zu, lächelt und streicht mir über die Wange, ganz leicht.

„Könntest du dich nicht einfach unsterblich in mich verlieben?", frage ich ihn.

„Natürlich könnte ich das. Es wäre ein Leichtes. Aber was hättest du davon?“

„Ich müsste nicht wieder weg hier, nie mehr raus in die böse Welt. Ich würde einfach hier sitzen bleiben und jeden Tag das Meer angucken“.

„Das willst du nicht wirklich, kleine Anna. Und schau dich um: Sie werden dick. All die Mädchen hier, die einst im Café saßen und so hübsch waren, sie sitzen nun in ihren Häusern, waschen Wäsche, kochen Essen, verwöhnen ihre Kinder und werden fett.“

„Und das ist es, was du willst? Eine, die sich heiraten lässt und dann aufgeht wie ein Hefeklops?“

„Aber es sitzen doch immer wieder hübsche Mädchen im Café.“

Ich muss zusammengezuckt sein, denn er legt den Arm um mich, redet weiter, leise und entschuldigend.

„Das war blöd. Das war wirklich blöd von mir. Tut mir Leid.“

Plötzlich werde ich wieder vom Schmerz umklammert.

„Scheiß Männer“, kann ich mir nicht verkneifen. „Wenn ich wenigstens den Grund wissen würde, warum er es getan hat. Ob ich ihm nicht genüge im Bett? Oder ob ich zu alt bin? Zu viel verdiene, zu erwachsen, zu langweilig bin? Verdammt, warum denn nur?“

„Wahrscheinlich gibt es gar keinen Grund.“

„Du meinst, er liebt mich so wenig, ich bedeute ihm so überhaupt nichts, dass er nicht einmal einen Grund braucht, mich zu betrügen?“

„Anna, kleine Anna, bitte beruhige dich.“

„Ich will mich nicht beruhigen. Es tut weh, Joe, es tut so verdammt weh.“

„Ich weiß.“

„Erklär mir das. Erklär mir, wie ihr Männer funktioniert, warum es keinen Grund geben muss, den anderen zu betrügen.“

„Das ist nicht so einfach. Ich kenne deinen Magnus nicht und du bist eine wundervolle Frau. Ich glaube wirklich, es hat alles gar nichts mit dir zu tun. Manche Dinge, die man tut, die haben einfach keinen Grund. Sie passieren einfach."

„Nein, das stimmt nicht! Man ist den Dingen nicht einfach ausgeliefert, man hat immer ein Vetorecht."

„Hat man das wirklich? Immer?" Er fragt das ganz leise.

„Das ist mir jetzt alles zu viel. Ich weiß es nicht. Ich weiß gar nichts mehr. Aber ich will ihn zurückhaben. Ich will ihm verzeihen und dann noch mal neu anfangen. Oder einfach weitermachen. Denn es war schön, trotzdem."

„Kannst du das? Ihm verzeihen, meine ich?"

Seine Stimme klingt skeptisch.

„Ich verzeihe gern, wusstest du das nicht?"

„Nein, das wusste ich nicht. Mir hast du jedenfalls nie etwas verziehen, früher."

Und er lacht und drückt mich fester an sich. Ich bin froh, dass ich mitlachen kann. Denn er hat Recht.

13

Den nächsten Tag verbringe ich mit mir, zumindest den Rest, der vom Tag noch übrig ist, als ich am Nachmittag erwache. Ich lasse mich durch das Dorf treiben, sitze eine Weile vor einem Restaurant in der Sonne, laufe durch den Sand am kleinen Fischerhafen. Der Ozean sieht glatt und weit aus. Es ist windig. Es stinkt nach Fisch. Es fühlt sich wie Frei-sein an.

Spontan betrete ich den örtlichen Surfladen. Der Junge hinter der Kasse mit den obligatorisch oxidierten Haaren schaut nur kurz auf, versenkt sich dann wieder in sein Surfmagazin, erwartet wohl, dass ich den Ständer mit den heruntergesetzten Sommersachen plündern werde.

Ich lege ihm den Winteranzug aus vier Millimeter Neopren auf den Tresen. Der wird zwar schwer sein, aber das Wasser ist kalt und der permanente Wind tut ein Übriges.

„Das ist ein Surfanzug. Für den Winter."

„Ich weiß, dass das ein Surfanzug ist."

„Ach so, sorry, ich dachte ... Sie sehen nicht so aus, als ob ... Wär's das?"

„Nein, ich brauche noch ein Board: neun Fuß lang, 24 Inch breit, leichter Rocker, runde Nase, drei Finnen, vielleicht ein Malibu. Und eine drei Meter lange Leash, Wax für das kalte Wasser hier und eine Gezeitentabelle der umliegenden Spots."

Ich habe mich tatsächlich von der Arroganz eines Milchbarts ärgern lassen und jetzt trage ich dicker auf als ich kann. Heimlich komme ich mir furchtbar blöd vor und hoffe, keinen Unsinn zu reden. Wenn ich mich recht erinnere, war es so ein Board, das ich vor neunzehn Jahren das letzte Mal geritten bin. Ob eine geringe Längsbiegung allerdings wirklich *leichter Rocker* heißt, weiß ich nicht mehr.

Es kommt Leben in den Jungen, denn alles in allem werde ich eine stattliche Summe zahlen müssen. Er greift genau so ein Brett, wie ich es mir vorgestellt hatte, aus dem Boardrack. Es ist wunderschön: Gesäumt von einem Kranz aus Hibiskusblüten reitet eine kleine Hawaiianerin eine perfekte Welle auf dessen Nase.

„Ein richtiges Mädchenboard! So was gab es früher noch nicht."

Mein Herz pocht schneller. Ich streiche andächtig die noch glatte, ungewachste Oberfläche. Danach ist meine Handfläche weiß: Kunstharzstaub vom Schleifen der Form, der erst im Ozean ganz abgewaschen wird.

„Tut mir Leid wegen vorhin. Aber Sie sind so schick, also ich meine, dieser Rock und diese hohen Schuhe, ich hätte nicht gedacht, dass Sie surfen."

„Schon in Ordnung. Ist auch lange her, dass ich auf dem Wasser war. Wahrscheinlich kann ich es gar nicht mehr. Ich bin übrigens Anna."

„Hallo Anna. Vielleicht sehen wir uns ja mal draußen. Im Moment haben wir den besten Swell des Jahres. Fahr zum Strand drei Kilometer nördlich vom Dorf, da ist es nicht so felsig, also ich meine, weil du doch so lange nicht draußen warst."

Vermutlich rutscht mein Konto mit dem Bezahlen der Rechnung endgültig in die roten Zahlen ab. Aber ich will, dass mir das egal ist. Ich will *Surfergirl* spielen: *Go with the flow* und nimm das Leben leicht! Sicherheit interessiert ab jetzt nicht mehr.

Den Anzug lege ich mir über die Schulter, die drei Meter lange Leine, mit der das Board am Fußknöchel gehalten wird, schlinge ich mir so oft locker um den Hals, bis die Enden nicht mehr am Boden schleifen, mein neues Board klemme ich mir unter den Arm. Gerade so können meine Fingerkuppen die untere Seite umfassen. Erhobenen Hauptes verlasse ich den Laden. Sollte ich gerade aufs Lächerlichste bepackt aussehen, dann werde ich es durch eine un-

glaublich coole Kopfhaltung wettmachen. Als ich jedoch auf die Straße trete, drückt eine Bö gegen das Brett, reißt es mir fast aus der Hand und zwingt mich zu einer Drehung um die eigene Achse. Ich verheddere mich in Anzug, Leash und meinem Rock. Zu allem Überfluss verweht mir der Wind die Haare, wirbelt sie mir vors Gesicht. Ich kann nichts mehr sehen und ich kann das Haar nicht wegstreichen, weil ich mit beiden Händen das Surfbrett festhalten muss. Es bleibt mir nichts, als laut zu fluchen und mich verzweifelt zu bemühen, mit irrwitziger Muskelanspannung gegen den Wind in der Balance zu bleiben. *Bitte, lass mich nicht fallen!* Ich flehe es zu irgendwem, wer auch immer sich meiner erbarmen könnte. Hilflos verharre ich in der absurd verdrehten Haltung, bis hupend ein Wagen neben mir zum Stehen kommt. Dann nimmt mir Joe das Brett ab und legt es hinten auf den Pickup.

„Anna, steig ein. Ich fahre dich, wohin du willst."

Ich krabble neben ihn auf den Beifahrersitz.

„Ich danke dir, Kleines. Gott, hab ich das vermisst."

Vor Lachen hat er Tränen in den Augen.

„Ist mir eine Ehre, mich deiner Erheiterung zuliebe zum Idioten zu machen."

Aber ich lache mit und bin plötzlich ganz aufgeregt. Eine leichte Gänsehaut krabbelt mir den Nacken entlang. Gleich werde ich am Strand sein. Ich werde mich in den Anzug zwängen, ich werde mein Board wachsen und dann werde ich mich mitsamt Board in das Wasser werfen, die Knie anwinkeln, die Füße ineinander verschränken und mit großen Zügen hinauspaddeln. Ich habe schon das Bild meiner Hände vor Augen, die sich mit kraftvoll zusammengepressten Fingern durch das kalte Türkis pflügen.

„Du willst mal wieder raus, was? Und das gleich hundertprozentig. So kenne ich dich, nicht erst mal probieren, sondern wenn, dann richtig. Schade, dass ich keine Zeit habe mitzugehen."

Einen Moment muss ich darüber nachdenken, wie unterschiedlich mich Magnus und Joe wahrnehmen. Für den einen bin ich die Karrierefrau, die sich an die Werbeindustrie verkauft, um sich tolle Klamotten leisten und ein sicheres Spießerleben führen zu können. Das hatte Magnus zwar im Zorn hinausgeschrien, aber ganz aus der Luft gegriffen ist so etwas nie. Für Joe bin ich die *kleine Anna*, romantisch und wild, die beschützt werden muss, aber Platz für ihre Sehnsüchte braucht.

Und wer bin ich wirklich? Die aufbrausende Anna von damals sicher nicht mehr. Das Leben schleift einem die Ecken und Kanten rund, damit sich niemand dran stoßen kann. Und ohne dass man es merkt, sind plötzlich einige Träume und Überzeugungen mit verschwunden. Vielleicht ist das ein persönliches Drama und man sollte es lebenslänglich bedauern. Vielleicht verhindert es aber auch eigene Verletzungen, gibt einem die Chance, sich selbst aus dem Weg zu treten und einen freien Blick zu bekommen, auf andere Möglichkeiten, bescheidener zwar, aber dafür erreichbar. Ein gut bezahlter Job und die Lust, das verdiente Geld auszugeben, machen mich doch nicht zum hirnlos langweiligen Snob! Außerdem bin ich bereit, wirkliche Verantwortung zu übernehmen: Ich möchte ein Kind haben. Doch auch diesen Wunsch scheint Magnus mit dem Stigma unerträglichen Spießertums belegt zu haben. Aber welche Form sozialer Verantwortung wäre ihm denn genehm? Eine Patenschaft für ein Dritte Welt-Projekt? Die ehrenamtliche Pflege eines Baumrings in der Innenstadt? Die Sorge um nie versiegende Alkoholika unter der so genannten Penner-Eiche? Über das „Recht auf Rausch für jeden“ kann Magnus sich stundenlang auslassen, kompensiert so wahrscheinlich seine Unzulänglichkeiten. Ich spüre eine ungewohnte Härte in mir aufsteigen. Doch das will ich nicht. Jetzt bin ich hier, sitze neben Joe in diesem Wagen, auf dessen Ladefläche mein neues Surfbrett liegt und lasse mich zu den Wellen fahren.

Wir halten noch einmal am Haus seiner Eltern. Ich hole mir ein großes Handtuch, und Joe gibt mir eine Mütze und einen dicken Pullover.

Am *Praia do Norte* setzt er mich ab.

„Ich komme wieder, bevor es dunkel wird, okay?“

„In Ordnung.“

Ich setze mich in den Sand, betrachte die Wellen. Zum vierten Mal in meinem Leben bedaure ich es, dass ich nicht rauche. Ich würde mir jetzt eine Zigarette anzünden, tief inhalieren, langsam ausatmen. Dem Augenblick würde ich durch diesen nahezu andächtigen Akt eine ganz eigene Bedeutung geben. Verglichen mit den anderen drei Momenten, die ich gern mit einer Zigarette geheiligt hätte, scheint dieser hier banal. Aber nur einem Unwissenden. Der erste wäre die klassische Zigarette danach gewesen, mit der ich die Unsicherheit und die Enttäuschung meiner Defloration einfach hätte wegrauchen wollen. Die zweite Zigarette rauchte mein damaliger Freund, nachdem wir im Auto frontal mit einem Schafbock zusammengestoßen waren, auf Korsika, hinter einer Steilkurve, rechter Hand ging es tief hinunter in undurchdringlichen Nebel, unter dem lag das graue Meer. Niemandem war etwas passiert, auch nicht dem Bock. Die dritte wäre eine Ich-hab-es-wirklich-getan-Zigarette mit Eva gewesen, als ich meinen festen Job als Texterin in einer Werbeagentur gekündigt hatte, um freiberuflich zu arbeiten.

Aber noch immer rauche ich nicht, ein viertes Mal bleibt mir nur das Beobachten des Wassers als heiligende Handlung.

Die Wellen sind zu hoch, sie machen mir Angst. Es wird mir nicht gelingen auf das Brett zu springen und eine abzureiten. Der Spot ist trotz einer kleinen Sandbank in der Mitte sehr felsig, ich sollte hier nicht rausgehen, nicht beim ersten Mal nach beinahe zwanzig Jahren. Hände und Füße würde ich mir aufschneiden, den Kopf blutig stoßen und das Board am Riff zerschellen lassen.

Die Stimmung hat sich geändert. Wolken verdecken die Sonne. Der Ozean hat diese schmutzig-grüne Farbe angenommen, die einen an Meerjungfrauen denken lässt, die irgendwo in der Brandung auf einer Klippe sitzen und sehnsüchtig seufzen.

Ich seufze auch ein bisschen.

Ein klappriger VW-Bus fährt an den Strand. Ein Mann und eine Frau springen aus dem Wagen, entledigen sich ihrer schmuddeligen Hippiekleidung, wobei sie große ornamentale Tattoos entblößen, steigen in Neoprenanzüge, schnappen sich ihre Boards und laufen Richtung Wasser. Die Schiebetür des Wagens lassen sie offen. Als sie an mir vorbeikommen, grüßen sie freundlich.

„Hey, wir sind Linda und Steven. Bleibst du hier eine Weile sitzen?“

„Hallo, ich bin Anna, ... ja, ich bin lange nicht gesurft und traue mich nicht raus. Aber ich werde erst in etwa einer Stunde abgeholt.“

„Nettes Board, hast du ... Könntest du uns ein Zeichen geben, wenn sich im Bus was regt? Unser Baby schläft da.“

„Klar, kein Problem.“

Das ist wohl der ungewöhnlichste Babysitterjob, den ich je hatte. Ich setze mich ein Stück näher an den Bus heran, um das Kleine ganz sicher zu hören, falls es erwachen sollte.

Es macht Spaß, die beiden zu beobachten. Er ist ein guter Surfer, sie seine gelehrige Schülerin. Als eine kleinere Welle hereinkommt, ruft er: „Da steht dein Name drauf, Beauty.“

Sie legt sich auf ihr Board, Richtung Strand, und er feuert sie an: „Paddeln, Linda, paddeln!”

Und so schnell sie kann, fährt sie mit den Handflächen durch das Wasser, drückt es nach hinten und sich nach vorn, nimmt noch ihre Füße zu Hilfe, und dann packt die Welle das Board, kippt es nach unten und sie springt mit einem Satz auf die Füße und rutscht auf

der grünen, glatten Wasserfläche vor dem sich überschlagenden Weiß her.

„Yes, go for it, Misses Johnson", ruft er gegen die Brandung an. Und dann gleitet er plötzlich neben ihr.

Ich höre sie jauchzen und für zwei Sekunden halten sie sich an den Händen, bis sie ins Wasser fällt.

So viel endloses Glück lässt mich trocken aufschluchzen.

Haben Magnus und ich jemals irgendetwas Großes zusammen erlebt? Mir will nichts einfallen. Wir interessieren uns für unterschiedliche Dinge, begeistern uns nicht gemeinsam für etwas. Das hat mich nie wirklich gestört. Seine lockere Art das Leben zu nehmen gefällt mir, auch wenn es nicht die meine ist. Seine Geschichten über die Zeit im Amazonas haben mich fasziniert und manchmal beneidete ich ihn um dieses Abenteuer, das seine Vergangenheit so lebendig wirken lässt. Ich höre ihm gern zu, wenn er seine Sicht der Dinge darlegt. Er bringt mich zum Lachen. Und wir haben tollen Sex. Aber ist das genug für ein gemeinsames Leben? Als ich die zwei in den Wellen sehe, weiß ich es plötzlich nicht mehr.

Das Baby murkelt ein bisschen vor sich hin, wacht aber nicht auf. Trotzdem gehe ich mal nachschauen. Eingemummelt in eine bunte Decke liegt es auf einer selbst gezimmerten Schlaffläche im Bus. Es nuckelt an seinen Lippen, die Hände, zu Fäustchen geballt, zucken leise. Das Businnere riecht nach saurer Milch, ungewaschener Wäsche und Babykotze.

„Hallo, Kleines, alles klar?", flüstere ich mit belegter Stimme.

Ich schlucke hart, als gäbe es da einen Fremdkörper in meinem Hals, der entweder heraus oder hinunter muss.

Später lerne ich Linda und Steven näher kennen.

Sie sind seit Monaten im VW-Bus unterwegs, kommen ursprünglich aus England, sind dort in einem Wagen durch das Land gezogen, haben sich als Tagelöhner das nötige Geld verdient, mit

Äpfelpflücken und solchen Sachen. Nachdem das freie, ungemeldete Dasein der Wagenmenschen offiziell verboten wurde, nahmen viele die Fähre Richtung Festland. Linda und Steven sind nach einer Odyssee durch ganz Europa in Portugal gestrandet. Irgendwo bei Coimbra bewohnen sie ein baufälliges Haus, gemeinsam mit fünf anderen. Aber jetzt brauchen sie Zeit zu dritt, wollen ihr Baby kennen lernen und ihm den Ozean zeigen.

Sie setzt sich neben mich und gibt dem Kind die Brust.

„Wovon lebt ihr denn?“

„Dies und das, irgendwas findet sich immer.“

„Hast du niemals Angst?“

„Doch, oft. Aber ich lasse die Angst nicht zu meinem Gebieter werden.“

Sie lächelt mich an. Ihre Zähne sind kaputt. Ihr Haar ist eine verfilzte Masse, starr vor Salz. Ihr Lächeln ist glücklich. Das Baby schmatzt vor sich hin.

Er trägt einen kleinen Ofen aus dem Wagen und heizt ein. Ob ich mitessen möchte, fragt sie, und er hat schon eine Hand voll Nudeln zusätzlich ins kalte Wasser geschüttet, setzt einen Deckel auf den Topf und stellt ihn auf das Feuer. Er redet nicht viel. Während die Nudeln kochen, bereitet er eine Soße zu. Geschickt schneidet er verschiedene Gemüse klein, brät sie scharf an, gießt Wein und Wasser dazu und würzt mit verschiedenen Kräutern und Pülverchen aus kleinen Dosen. Auf seinem rasierten Kopf hängen einige Wassertropfen in den nachwachsenden Stoppeln. Als die Sonne noch einmal durch die Wolken bricht, reflektieren sie Regenbogenflecken neben die tätowierten Farnblätter auf die Haut seines Nackens. Ich glaube, er hat überhaupt gar keine Zähne mehr. Vielleicht lächelt er darum nicht so oft.

Es duftet köstlich.

„Er kann ja richtig gut kochen“, flüstere ich.

„Er ist ein Zauberer."

Sie zwinkert mir verschwörerisch zu.

Ein weiterer Wagen kommt angefahren. Es ist Joe, der mich abholen will. Bevor er aussteigt, greift er noch einmal auf die Rückbank und kommt dann mit einer Flasche Wein auf uns zu.

„Wieso wusste ich, dass wir nicht gleich nach Hause fahren würden? Ich habe Maria gesagt, wir kämen nicht zum Essen."

Als wir einige Stunden später zum Haus zurückkommen, brennt seltsamerweise noch Licht. Maria erwartet uns.

„Anna, da ist jemand für dich gekommen. Ich habe ihn zu Rosa ins Hotel geschickt. Er heißt Magnus."

14

Ich stehe in dem winzigen Bad, das zu meinem Zimmer gehört. Es mutet seltsam an. Bei einer Größe von etwa zwei Quadratmetern ist es vollständig mit Linoleum ausgeschlagen. Orangefarbenes Blumenmuster, an vielen Stellen blank gescheuert und kaum noch zu erkennen. Ecken hat der Raum keine. Das Linoleum ist fortlaufend vom Boden über Wände und Decke geklebt. Man fühlt sich wie in einem Ei, wie im Raumgleiter eines seltsamen Kitschplaneten. Ich weiß noch genau, als Pedro meinen Eltern voller Stolz das neue Gästebad präsentierte, das er extra für sie den Winter über eingebaut hatte. Meine klaustrophobisch veranlagte Mutter zwang sich zu einem gequälten Lächeln, obwohl abzusehen war, dass sie nun nicht mehr das große Familienbad im Erdgeschoss mitbenutzen durfte. Uns Kindern gefiel das Ei ausnehmend gut. Wir haben mit seiner Hilfe eine Menge fremder Galaxien erobert.

Ich habe den Sand abgeduscht, mein Nachtzeug übergezogen und föhne mir die Haare. Ich werde mich gleich in mein Bett legen, vielleicht noch etwas lesen, das Licht löschen und einschlafen. Morgen werde ich dann zu Magnus ins Hotel gehen.

Meine Haare sind noch immer nicht trocken. Ich fasse sie mit einer Spange am Hinterkopf zusammen, setze Joes Mütze auf, versenke mich in den dicken Pullover und schlüpfe in meine Turnschuhe. Noch ehe ich denken kann, das wolltest du doch nicht tun, noch ehe ich mir albern vorkomme, weil ich in der geblümten Pyjamahose durch das dunkle Dorf renne, klopfe ich an die verschlossene Tür von Rosas Hotel. Natürlich, wie dumm von mir, es ist zwei Uhr nachts, Ende September, die Touristen sind fort und das Dorf schläft. Vor Enttäuschung wird mir übel. Ich muss mich kurz auf die Treppe setzen um nicht zu erbrechen. Schemenhaft spiegle ich mich in der Glastür wieder.

„Na *Sockhead*, ein bisschen zu schnell gerannt, was?“, frage ich mich leutselig.

Natürlich weiß ich, das ist nicht der Grund für die Übelkeit. Der Grund ist mein Gefühl für den Mann, der jetzt hinter einem der dunklen Fenster schläft. Wie bringt der es fertig, einfach zu schlafen, während ich hier mutterseelenallein auf den Stufen zu seinem Hotel sitze? Er ist es doch, der Nachtwache vor meinem Fenster halten, mir auf der Laute zupfen und Rosenknospen ins Zimmer werfen müsste! Bevor ich mich in eine unsinnige Wut hineinsteigere, beschließe ich, trotz meines Aufzugs noch etwas Trinken zu gehen. Im Vorbeilaufen hatte ich bemerkt, dass die kleine Bar am Anfang der Gasse noch geöffnet ist.

Ich nehme am Tresen Platz und bestelle ein Glas Rotwein.

„Ich hab dich eben schon vorbeiwirbeln sehen. Dachte aber, du bist es nicht“, streicht mir eine Stimme eine Gänsehaut über den Nacken. Magnus!

Er setzt sich auf den Hocker neben mir, grinst mich unsicher an. Ich weiß nicht, was ich antworten soll, hatte mir überhaupt noch keine Gedanken darüber gemacht, was ich ihm sagen würde. Meine Hände zittern. Ich halte mich am Glas fest. Jetzt, da er wirklich neben mir sitzt, scheint alles so weit weg: unsere Liebe und unser bisheriges Zusammenleben, die Vernissage, Carola, der Streit. Als hätte sein persönliches Erscheinen meine Erinnerungen verblassen lassen. Auf der anderen Seite provoziert es in meinem Kopf einen verwirrenden Filmriss: Eben noch habe ich ihn vor seiner Wohnung aus dem Auto steigen lassen und Zack!, sitzen wir in einer kleinen Bar irgendwo in Portugal.

Weil ich nichts sage, redet er weiter.

„Ich konnte nicht schlafen, musste noch'n Bier trinken. Und du? Was machst du hier?“

„Ging mir ähnlich.“

Unsere Hilflosigkeit ist zum Lachen. Das können wir jetzt aber nicht, lachen.

„Ist irgendwie komisch, das Ganze."

Er versucht es noch einmal mit einem Lächeln. Ich nehme einen Schluck, setze das Glas viel zu hart auf dem Holztresen ab, der Wein tritt über den Rand, rinnt mir die Hand hinunter. Ich wische sie am Pullover ab. Dann leere ich das Glas in einem Zug. Magnus spielt nervös mit einem Päckchen Streichhölzer, bis es hinunterfällt. Er lässt es liegen.

„Ja, ist wirklich komisch."

Ich merke, wie er sich bei meinen Worten etwas entspannt und erhebe mich rasch.

„Ich gehe dann mal, ist schon spät. Sehen wir uns morgen? Im Café am Hafen? Vielleicht zum ...", ich habe Frühstück sagen wollen, aber das Wort bleibt mir regelrecht im Halse stecken, „... so gegen Mittag?"

„Du kannst doch jetzt nicht einfach abhau'n! Ich bin dreitausend Kilometer hinter dir hergefahren!"

Verstört schaut er mich an. Aber ich gehe Richtung Ausgang, scheinbar unbeirrt.

„Anna! Anna, ich liebe dich!"

Er ruft es verzweifelt hinter mir her.

„Ja, na klar", flüstere ich vor mich hin.

An der Tür drehe ich mich noch einmal um.

„Ich bin so wütend und verletzt. Ich könnte dich umbringen, weil du mir das angetan hast. Und ich liebe dich auch."

Dann verlasse ich die Bar ohne zurückzublicken. Es kostet mich meine gesamte Selbstbeherrschung.

Erstaunlicherweise schlafe ich tief und völlig traumlos. Aber als ich viel zu früh erwache, schießt mir sofort das Adrenalin durch den

Körper, lässt meine Füße kribbeln und nimmt mir den Appetit. Die Stunden bis Mittag wollen nicht vergehen. Auf keinen Fall möchte ich zu früh sein, wartend im Café sitzen. Und zu spät möchte ich dort auch nicht ankommen. Zehn Minuten werde ich brauchen, und ich starre auf meine Uhr, sehe den Zeiger langsam, ganz langsam vorankriechen. Dreizehn Minuten vor zwölf halte ich es nicht mehr aus und gehe los. Auf halbem Weg bemerke ich plötzlich, dass mir furchtbar kalt ist. Also laufe ich noch einmal zurück und ziehe mir Joes Pullover über das Kleid.

Als ich zum Café komme, sehe ich Magnus mit einem jungen Mädchen am Tisch sitzen. Sie unterhalten sich. Ich spüre etwas in mir gefrieren und bin froh den Pullover zu tragen. Ich trete an den Tisch der beiden.

„Hallo, da bin ich. Ich hoffe, nicht zu spät."

Es klingt zynisch. Das will ich gar nicht. Magnus springt auf.

„Guten Morgen, Anna", sagt er gestelzt.

„Ich habe keinen Hunger. Wollen wir ein bisschen gehen?"

Er verabschiedet sich holprig von seiner Tischnachbarin.

„Dafür, dass du so lange in Brasilien warst, sprichst du ein ziemlich schlechtes Portugiesisch", kann ich mir nicht verkneifen.

Ich weiß, dass wir so nicht weiterkommen, aber ich habe das kindische Bedürfnis, ihn zu provozieren.

Wir passieren den Hafen, wissen nicht, wie wir beginnen sollen und laufen immer weiter. Unser Schweigen hängt zwischen uns wie ein alter Mann, den wir stützend mitschleppen.

Im hellen Sonnenlicht bemerke ich eine Stelle an seiner Schläfe, die aussieht wie eine abklingende Verletzung.

„Was hast du denn da?", frage ich und deute darauf.

„Ach, nichts weiter."

Unwillig bewegt er seine Hand, als wolle er die Erinnerung an die Verwundung abwischen.

„Anna, es tut mir so Leid ..."

„Bitte nicht."

„Aber ich will, dass du das weißt. Ich bin mehrere tausend Kilometer gefahren, um dir das zu sagen ..."

„Woher hast du eigentlich das Auto?"

„Das ist Marcos Karre."

„Dass der dir einfach so sein Auto gibt. Ich meine, du hast ja überhaupt keine Fahrpraxis und dann diese riesige Entfernung."

„Es gibt eben Leute, die ... Mensch, darum geht es doch jetzt gar nicht!"

Er ist stehen geblieben und hält meine Schultern fest, versucht mich daran zu hindern, seinem Blick auszuweichen.

„Anna, ich liebe dich. Das Ganze war bescheuert. Ich will dich nicht verlieren."

„Dann mach, dass es nicht passiert ist."

Meine Stimme ist ganz leise, die Tränen sitzen mir zu hoch, dabei will ich gar nicht weinen, jetzt noch nicht. Bitte, sag, dass gar nichts passiert ist, flehe ich innerlich, denn ausgesprochen und somit gestanden hatte er einen Fehltritt zu keinem Zeitpunkt. Bisher ist alles reine Vermutung gewesen. Er könnte noch leugnen. Bitte, lüg mich an, und mach das gut, so gut, dass ich es glauben kann.

„Ach, Scheiße, das geht doch nicht", sagt er.

„Dann stimmt es also? Du hast mit ihr geschlafen!"

Er scheint wie vom Schlag getroffen, eben erst wird ihm wohl bewusst, dass er hätte lügen können, dass er zuvor noch gar nichts gesagt hatte, dass es erst jetzt zu spät ist.

Er lässt mich los, tritt voller Wut in den Kies. Die kleinen Steine fliegen meterweit fort, Richtung Ozean, hinaus zu den Frachtern, die unbeeindruckt auf der Horizontlinie entlangflimmern.

„Hast du meinen Brief gelesen?"

Habe ich nicht. Ich weiß nicht einmal mehr, ob ich in der letzten Woche überhaupt den Postkasten geöffnet hatte.

„Nein."

„Kannst du mir nicht einfach verzeihen? Und dann vergessen wir das Ganze? Du hast doch gesagt, dass du mich liebst ..."

Er steht vor mir, die Hände in den Hosentaschen vergraben, und seine Augenlider haben diese Querfalte, die er immer bekommt, wenn er erschöpft ist. Sie verleiht ihm diesen flehenden Blick, fast wie der eines bettelnden Hundes, und ich bin froh, dass er helle Augen hat. Ich möchte ihm diese Falte wegküssen und kann mich gerade noch zurückhalten.

„Wie soll das gehen: einfach vergeben und vergessen?"

Ich schreie, weil ich jetzt schreien will, weil ich ihn nicht hassen und zum Teufel jagen kann, weil ich ihn liebe und ihn nicht verlieren möchte. Und dann sehe ich Evas hochgezogene Augenbraue und ihr leicht spöttisches Lächeln: *Hey Schätzelchen, jetzt kannst du es wirklich mal tun. Zeig sie mal, die große Kunst des Verzeihens.*

„Ich weiß es nicht. Aber es ist die einzige Möglichkeit. Bitte Anna, versuch es! Lass uns hier ein paar Tage Urlaub machen und dann zusammen nach Hause fahren."

„Du meinst das ernst, stimmt's? Du meinst das wirklich ernst! ... So einfach ist das aber nicht ..." Ich bin noch nicht fertig mit Schreien, ich habe noch nicht einmal richtig angefangen. „... Denn es sitzt in mir drin: Angst und Zweifel. Dass dir was fehlt mit mir, dass du es wieder tun würdest. Wie sollen sie denn jetzt aussehen, diese Abende mit deinen Freunden? Sitz ich da zu Hause und mach mich kaputt, weil ich dir nicht mehr vertraue?"

„Verdammt, es war ein Fehler, ja. Ich war betrunken und habe für einen Moment die Übersicht verloren. Aber es hat mir nichts bedeutet. Es ist absolut bedeutungslos."

„Und ich? Was bedeute ich dir dann, wenn du unsere Beziehung für etwas so Unwichtiges riskierst?“

Meine eigene Stimme hinterlässt einen schrillen Ton in meinen Ohren. Ich drehe mich um. Ich muss ein Stück gegen den Wind rennen, denn ich kann keinen klaren Gedanken fassen. Und die ganze Zeit wünsche ich mir nichts sehnlicher, als dass er mich in den Arm nimmt, mich tröstet und vor der bösen Welt beschützt. Aber die böse Welt ist im Moment er.

„Anna, bleib stehen! Das Ganze hat doch überhaupt nichts mit uns zu tun ... Anna! Anna, ich liebe dich!“

Er ruft das hinter mir her, kommt aber nicht nach. Ich laufe noch ein kleines Stück um eine Felskante herum, bis ich sicher bin, dass er mich nicht mehr sieht. Dort kauere ich mich auf einen Stein. Ich ziehe mir Joes Pullover über die Knie, schlinge die Arme um mich, wippe hin und her und weine. Bitte, lieber Gott, lass mich wieder klein sein. Ich habe mich gestoßen und meine Knie bluten. Mein Vater kommt mit einem Pflaster. Wir nehmen den Schmerz vorsichtig in die Hand und lassen ihn mit dem Wind über den Ozean davonfliegen. Aber es kommt niemand, weder mein Vater noch Magnus. Ich hocke hier ganz allein auf dem Felsen, der Wind reißt an meinen Haaren, dröhnt in meinen Ohren, macht mir das Atmen schwer. Und meine Knie bluten gar nicht. Ich warte noch eine Weile, obwohl ich zu ihm rennen möchte, jetzt sofort. Aber vielleicht kommt er doch noch. Dann halte ich es nicht mehr aus. Als ich um die Felsen biege, sehe ich ihn weit entfernt, schon ganz klein, Richtung Hafen zurücklaufen.

Er sitzt am selben Tisch wie zuvor. Diesmal allein, raucht eine Zigarette und hat ein Bier vor sich stehen. Ich setze mich zu ihm.

„Du sagst, es war nicht wichtig und nichts wert, aber ich spüre das nicht in mir drin. Ich bin verletzt und verstört, mein Selbstbewusstsein ist am Boden. Ich fühle mich klein und

schwach. Ich weiß, dass ich mich so nicht fühlen sollte, aber ich tue es ..."

Ich schaue ihn nicht an.

„Ich möchte dich auch nicht verlieren. Aber ich weiß nicht, wie ich mit der Sache klarkommen soll. Einfach so ..."

„Sag mir, was ich machen kann. Ich würde alles tun, damit das hier nicht zu Ende ist."

Er hat diesen Hang zum Pathos. Die Kellnerin tritt an unseren Tisch, ich bestelle einen Kaffee.

„Ich darf es auch."

Seinen lautstarken Unglauben versuche ich zu ignorieren und fahre fort, rede schnell ohne nachzudenken, damit die infame Idee, die mir durch den Kopf geistert, erst einmal ausgesprochen ist.

„Ich habe einen Seitensprung frei. Irgendwann, egal mit wem, darf ich einmal Sex haben, ohne dass es irgendwelche Konsequenzen für uns hat. Ich werde es dir nicht erzählen, es ist allein meine Sache, aber falls du es herausbekommst, spielt es keine Rolle. Und ich muss kein schlechtes Gewissen haben, wenn ich es tue."

„Du spinnst!"

„Nein, das ist meine Bedingung für ein Weitermachen, der Preis, den du zahlen musst, meine Möglichkeit, mein Selbstbewusstsein aus dem Dreck zu ziehen."

„Das ist bescheuert, Anna! Das ist vollkommener Wahnsinn."

„Nein, ist es nicht. Überleg doch mal, wir wären quitt, keine Vorwürfe mehr, kein gekränktes Selbst. Wir würden uns wieder auf der gleichen Ebene begegnen."

Er schaut mich völlig entsetzt an, aber ich habe mich in Euphorie geredet. Das ist doch ein hervorragender Gedanke. Ich würde mich nicht mehr klein und unbegehrt fühlen. Ich hätte ein Abenteuer frei. Vielleicht würde ich es nie nutzen. Eigentlich kann ich mir gar nicht vorstellen, mich von einem anderen Mann berühren zu las-

sen. Ich kann mich auch an kein männliches Wesen erinnern, das ich in den letzten zwei Jahren neben Magnus begehrt hätte. Aber die Möglichkeit würde mich beflügeln. Und vielleicht müsste ich mich einfach dazu zwingen.

„Du hast gerade gesagt, du würdest alles tun."

Er zieht an seiner Zigarette, seine Finger zittern. Er bläst den Rauch aus, weit, als wolle er den Hafen damit in Besitz nehmen.

„Okay. Ich hab keine Ahnung, wie ich das aushalten soll. Aber wenn das deine Bedingung ist, dann machen wir es so."

Ich lehne mich in meinem Stuhl zurück. Plötzlich lässt die Anspannung nach. Vielleicht ist das Ganze wirklich eine blöde Idee, aber im Moment ist es mein Anker, im Moment scheint es plausibel und eine Chance zu sein.

„Und wann? Wann meinst du, wird das große Ereignis stattfinden?"

„Das weiß ich nicht. Heute. Morgen. In einigen Wochen…"

„Na gut. Aber lass mich wenigstens wissen, wenn es passiert ist."

„Das geht nicht. Vielleicht tue ich es nie."

15

Wir laufen langsam zurück zu Marias und Pedros Haus. Vor der Tür drehen wir uns einander zu, atemlos.

„Wir könnten nach Lissabon fahren, in das Restaurant am Tejo, von dem ich dir erzählt habe“, sage ich.

„Na dann los“, sagt er.

Wir wissen nicht weiter. Wir wissen nicht, wie wir wieder in die Rolle des verliebten Pärchens zurückschlüpfen sollen. Wir wissen nicht einmal, wann wir aufgehört haben ein verliebtes Pärchen zu sein. Wir brauchen Ablenkung, Unverfänglichkeit und die ganze Welt zwischen uns, damit wir die Lücke nicht spüren.

Und dann dauert die Fahrt zu lang. Wir haben meinen Wagen genommen, weil wir immer meinen Wagen nehmen und weil ich den Weg kenne. Nach einer halben Stunde ist das alte Autoradio heißgelaufen und wir müssen in einer bedrückenden Stille weiterfahren. Ich versuche diese zu überplaudern, erzähle wie aufgezogen von den Reisen mit meinen Eltern. Als wir endlich im Restaurant sitzen, würde ich gern in einen narkotischen Schlaf sinken.

Letztendlich bin ich froh, als wir Stunden später wieder vor Rosas Hotel halten. Einen Moment bleibt Magnus unschlüssig neben mir sitzen.

„Ich vermute mal, ich soll jetzt aussteigen und du wirst nicht mitkommen, richtig?“

„Ja, tut mir Leid. So einfach geht das alles nicht. Vielleicht morgen, okay?“

Warum entschuldige ich mich? Es gibt überhaupt keinen Grund dafür. Obwohl ich mich nach ihm und seinen Berührungen sehne, scheint es mir unmöglich, jetzt bei ihm zu bleiben.

„Gut, bis morgen dann. Ich hol dich ab.“

Er fasst nach dem Türgriff, um auszusteigen, aber dann lehnt er sich mir noch einmal entgegen, gibt mir einen Kuss auf die Wange.

„Hey, ... wir kriegen das hin, okay?“

„Klar.“

Meine Stimme klingt verschnupft. Ich halte die Luft an, um nicht von seinem erregenden Geruch außer Gefecht gesetzt zu werden. Ich vermisse ihn so unglaublich, dass es wehtut. Alles in mir schreit danach, meine Nase in seine Halsbeuge zu pressen, mich einlullen zu lassen und zu vergessen. Ich tue es aber nicht.

Später in meinem Zimmer liege ich auf dem Bett, starre durch das geöffnete Fenster in die Sterne, höre dem Ozean zu. Mein Board lehnt ungewachst und unbenutzt an der Wand. Ich höre es flüstern und kichern. Es verhöhnt mich, macht sich lustig über das unbeschwerte Surfergirl, das sich sorglos ins Leben zurückstürzen wollte. Ich ziehe mir die Decke über den Kopf.

Nicht mal geküsst hast du ihn.

Geh weg, lass mich in Ruhe.

Wie lange bist du nicht berührt und gestreichelt worden? Wann haben dich das letzte Mal starke Hände gepackt und gehalten, wann presste sich ein harter Schwanz gegen deinen Hintern, wann klebte schweißnasse Haut auf der deinen, wann hattest du das letzte Mal Sex?

Brauch ich nicht, will ich nicht. Wenn die Liebe einen Knacks hat, dann habe ich überhaupt kein Verlangen danach.

Ach, ja?

Ich komme zu mir, als ich das Kopfkissen küsse. Es ist lächerlich, was ich hier tue. Natürlich möchte ich bei Magnus sein und als ich kurz in die Feuchtigkeit zwischen meinen Beinen fasse, spüre ich, wie sehr ich das möchte. Ich habe eine Bedingung gestellt als Voraussetzung für ein Zusammenbleiben und Magnus ist darauf eingegangen. Wir haben uns beide unserer Liebe versichert. Wenn

ich mich jetzt so spröde anstelle und innerlich nicht auf einen Neubeginn einlasse, dann können wir uns ebenso gut trennen.

Ich hüpfe schnell unter die Dusche, schäume mich ein und rasiere all die Stellen meines Körpers, die Magnus glatt und weich mag. Wirklich aufregende Unterwäsche habe ich nicht mitgenommen, eher praktische, aber daran soll es nicht scheitern. Ich bin aufgeregt wie vor einem zu erwartenden ersten Kuss. Und weil das plötzlich ein so wunderbar allumfassendes Gefühl ist, versuche ich meine Ungeduld zu zügeln, ziehe mich ganz langsam an, zwinge mich noch ein wenig länger in diesem Empfinden zu verweilen, zögere die ersehnte Erfüllung bewusst hinaus.

Als ich mein Zimmer verlasse, strecke ich dem Surfboard, diesem spöttischen Gesellen, die Zunge heraus.

Auf der Treppe höre ich jemanden emporkommen, zu spät, um wieder in mein Zimmer zurückzuschleichen. Ich möchte niemandem begegnen, auf keinen Fall Joe, dem ich die ganze Geschichte nicht erklären könnte.

„Hey Anna, ich hab dich heut den ganzen Tag nicht gesehen. Geht es dir gut?"

„Hallo Joe, ja, es geht mir gut. Wir waren in Lissabon."

„Habt ihr euch ausgesöhnt? Hast du ihm verziehen?"

Er raunt das, als würden wir belauscht werden und zwinkert mir verschwörerisch zu. Ich muss lachen. Irgendwie hat es etwas Tröstliches, wenn da jemand ist, der den ganzen Kummer und all das Krude nicht so ernst nimmt. Für Sekunden spürt man dann, dass die Welt groß und voller Geschichten ist, dass man sich selber nicht so wichtig nehmen sollte.

„Jedenfalls wartet unten jemand auf dich."

Schlagartig spanne ich mich wieder an. Er ist gekommen! Er will für unsere Liebe kämpfen! Fast verfehle ich die Stufen, als ich ihm entgegeneile.

Aber unten in der Küche sitzt nicht Magnus.

„Ralf! Was machst du denn hier?“

Meine Verblüffung flutet dermaßen ungefiltert den Raum, dass Ralf plötzlich den Ausdruck eines schlechten Gewissens im Gesicht trägt. Aber dann schenke ich meinen Augen Glauben und Freude nimmt von mir Besitz. Ich eile zu ihm und drücke ihn fest an mich.

Maria kommt und schöpft ihm einen Teller Suppe, legt einen angebrochenen Laib Brot dazu, schließlich eine Flasche Wein und zwei Gläser. Ralf bedankt sich artig auf Deutsch, denn er spricht ihre Sprache nicht.

„Möchtest du auch etwas essen, Anna?“

Ich verneine und kann mir ein Lächeln nicht verkneifen. Ralfs Erscheinungsbild eines großen Jungen hat Maria wohl mitten ins Herz getroffen und ihren Mutterinstinkt üppig erblühen lassen. Fast erwarte ich zu sehen, wie sie ihm durch das wirre Haar wuschelt, bevor sie wieder durch die Tür verschwindet.

„Ich werde Rosa anrufen und ihr sagen, dass sie heute noch einen Gast bekommt.“

Ralf beginnt die Suppe zu löffeln. Er isst manierlich und das sieht schön aus. Er konzentriert sich so sehr auf das Essen, dass er mich nicht anschauen kann. Vielleicht will er mich auch nicht anschauen.

„Du bist richtig gut erzogen.“

„Wieso sagst du so etwas?“

„Ach, nur, wie du die Suppe isst. Du führst den Löffel zum Mund, nicht umgekehrt, und trotzdem verschüttest du nichts. Du schlürfst nicht, obwohl diese Suppe nach einem satten Schlürfen schreit. Und deine linke Hand liegt ordentlich neben dem Teller. Wie im Lehrbuch.“

„Du machst dich über mich lustig! Warum tust du das? Ich fahre dir drei Tage quer durch den Kontinent nach und du verspottest mich, als würden wir uns hier ständig zum Abendessen treffen."

„Hey, so ein Unsinn. Ich habe wirklich gerade gedacht, dass es schön aussieht. Und es ist eine tolle Überraschung, dass du hier bist."

„Das sollte es gar nicht sein. Ich habe mir Sorgen um dich gemacht. Du bist Donnerstagnacht gegangen und ich habe nichts mehr von dir gehört. Ich hatte überhaupt keine Ahnung, was wirklich mit dir los war. Wir haben ja über die Sache mit Magnus gar nicht gesprochen. Freitag habe ich den ganzen Tag versucht dich anzurufen, aber du bist nicht rangegangen und zu Haus warst du auch nicht. Am Samstag habe ich zufällig Eva getroffen und so erfahren, dass du hierher gefahren bist."

Da sitzt dieser nette Mann und ist so unglaublich besorgt um mich. Ich muss schlucken, denn weinen wäre jetzt nicht die richtige Reaktion. Ich würde ihn gern in den Arm nehmen, aber ich traue mich nicht.

„Du hast sogar mit der ‚lauten Eva' kommuniziert. Alles meinetwegen."

„Mann, Anna! Jetzt machst du das schon wieder."

„Oh, bitte, es tut mir Leid. Ich meine das gar nicht so. Manchmal ist nur mein Humor ein bisschen ... seltsam. Und ich bin so verwirrt, dass du hier einfach in der Küche sitzt und Marias Suppe löffelst. Aber ich freue mich riesig, dass du da bist, und ich bin total gerührt, weil du dir Sorgen gemacht hast. Dafür liebe ich dich und könnte dich knutschen ..."

Ralf hat sein Nachtmahl beendet und schiebt den Teller zurück. Bei meinen letzten Worten sehe ich seinen rechten Mundwinkel leicht zucken.

Er ist zu müde, um sich mit mir die Nacht um die Ohren zu schlagen. Also trinken wir jeder unseren Wein und ich erzähle ihm

knapp, was sich ereignet hat. Dass Magnus mir ebenfalls nachgefahren ist, entlockt ihm einen entnervten Seufzer. Den Deal versuche ich nur am Rande zu erwähnen, aber er unterbricht mich dennoch, sagt mit fester Stimme: „Das ist eine der blödesten Ideen, von denen ich je gehört habe. Na, ich stelle mich da gerne zur Verfügung."

Dann scheint ihm aber bewusst zu werden, was er gerade gesagt hat, denn er errötet.

„War nur ein Witz. Nimm mich nicht ernst, Anna. Ich bin einfach übermüdet und sollte ins Hotel fahren."

Er verabschiedet sich und ich schaue ihm nach, als er Richtung Tür läuft.

„Schöne Hose."

Irritiert schaut er zurück.

„Was hast du gesagt?"

„Deine Hose ..." Ich hatte sagen wollen, sie simuliert keinen Hängearsch wie deine Hosen sonst, aber ich schlucke das hinunter. „ ... sie sieht richtig gut aus, so ... passend."

„Danke. Hab ich mir gerade erst gekauft."

„Sexy."

Ich steige die Stufen hoch zu meinem Zimmer. Nachdenklich tausche ich meine Kleidung gegen den Pyjama und lege mich ins Bett. Warum nicht, frage ich mich. Ralf ist mein Freund, er mag mich, und ich mag ihn. Er bringt mich zum Lachen und ist unglaublich sensibel. Und er ist ein Mann. Würde er sich nicht so ungeschickt zurechtmachen, er sähe gar nicht schlecht aus. Außerdem ist er für so manche Überraschung gut. Ein Lächeln zieht mir die Mundwinkel nach oben, als ich an seinen neu entdeckten Hintern denke. Pfui, Anna, schäm dich.

Ich knipse die kleine Nachttischlampe aus. Da erst fällt mir ein, dass ich eigentlich zu Magnus hatte gehen wollen.

16

Am nächsten Morgen erwache ich ganz früh. Das Licht ist noch blau und lässt mich innerlich zappeln, ein Gefühl wie von früher: der erste Morgen in den Sommerferien, Freiheit und Abenteuer locken draußen. Na, dann los. Ich dränge meinen Körper in den Neoprenanzug, schlüpfe in Turnschuhe und wachse mein Board im Zimmer. Dann klemme ich es unter den Arm und renne den Hügel hinunter an den Strand. Die Morgenluft schlägt mir kalt ins Gesicht und das Wasser wird kälter sein. Ich fühle mich jung und gesund und unglaublich gut.

Das Wasser ist sogar noch kälter. Außerdem gibt es viele scharfkantige Felsen. Also lasse ich meine Turnschuhe an, verklette die Leash am Fußgelenk, nehme Anlauf, werfe mich schwungvoll auf das Brett, das durch das Wasser gleitet, und paddle los. Der Wind weht vom Land her auf den Ozean hinaus und faltet den heranrollenden Swell in glatte, türkisfarbene Wellen. Sie kommen in Siebener-Gruppen, wobei die vierte die größte ist. Leider brechen sie linker Hand weg und laufen auf eine scharfe Felsgruppe zu. Es wird schwierig werden, ich muss den Ritt mit einer sofortigen Drehung nach links beginnen. Aber ich bin euphorisiert und es ist auch egal, wenn ich kein einziges Mal auf dem Board stehen werde. Zwischen zwei Sets erreiche ich, schon völlig außer Puste, das Line-up, jene Zone vor der Brandung, in der man sich gemütlich auf das Brett setzen und mit den Beinen baumeln kann, um so die herannahenden Wellen zu beobachten, bis eben jene kommt, die ruft: *Reite mich, ich bin die deine!* Es sind noch andere Surfer draußen. Sie grüßen freundlich. Ich hebe die Hand und winke ihnen zu. Leider verliere ich dabei das Gleichgewicht und drehe mich, festgeklammert auf dem Board sitzend, unter die Wasseroberfläche. Wie ein Käfer hänge ich jetzt unter dem Brett, biete den anderen den erhebenden

Anblick eines die Finnen in den Himmel streckenden Surfbretts, um das sich von unten aus dem Wasser heraus zwei Füße und zwei Hände klammern. Prustend tauche ich wieder auf, lache etwas albern, winke den Jungs noch einmal zu, drehe mein Board wieder um und krabble auf die gewachste Seite zurück. Doch auch dieser ungewöhnliche Einstand kann mir mein Glücksgefühl nicht nehmen. Und als ich eine Stunde später völlig erschöpft den Hügel zum Haus erklimme, habe ich insgesamt nicht länger als fünf Sekunden auf dem Brett gestanden, bin aber ganz erfüllt davon.

Magnus ist schon da, wartet auf mich. Ich schlüpfe schnell in ein Kleid. Wir gehen in das Café am Hafen. Dort sitzen wir dann in der Sonne und ab und an lecke ich heimlich an meinem Arm, der schmeckt nach Ozean und es ist immer noch wie früher.

Wir frühstücken üppig, zumindest ich tue das. Magnus trinkt nur einen Kaffee. Ich fühle mich wohl und energiegeladen, erzähle lang und breit von meinem Morgen im Wasser, dazwischen verschlinge ich gierig gebratene Eier und süße Kuchen, bis mir bewusst wird, dass Magnus eigentlich noch gar nichts gesagt hat.

„Ist alles in Ordnung mit dir?", frage ich.

„Na ja, ..."

Plötzlich weiten sich seine Augen. Er schaut an mir vorbei und stößt ein *Das glaub ich nicht!* aus.

„Hallo, guten Morgen", wünscht Ralf und tritt an unseren Tisch.

Ich drehe mich ihm entgegen, blinzle in die Sonne.

„Morgen, Ralf. Setz dich doch."

„Was willst du denn hier?"

Magnus ist zu perplex, um sich in irgendeiner Form zusammenzunehmen. Er klingt empört, mindestens zickig.

„Ich habe mir Sorgen um Anna gemacht", antwortet Ralf ihm ohne darauf einzugehen, dass Magnus seinen Gruß nicht erwidert hat.

„Und da bist du mal eben hergekommen, um ihr die Hand zu halten, oder was? Liegt ja auch gleich um die Ecke, dieses Nest.“

Ich trete ihm unterm Tisch leicht gegen das Schienbein.

„Na, meine Sorge scheint ja zumindest übertrieben gewesen zu sein. Immerhin befindet sie sich in äußerst netter Gesellschaft. Ich gehe mal rein, mir einen Kaffee bestellen“, murmelt Ralf.

„Was ist denn mit dir los?“, frage ich Magnus, als Ralf außer Hörweite ist.

„Na, was wohl? Dieser Gestörte ging mir schon zu Hause auf die Nerven. Ständig schleicht er um dich rum. Für 'ne eigene Freundin reicht's ja leider nicht. Nicht zu fassen, dass der jetzt auch hier ist. Herrgott, du wusstest das schon, oder?“

„Kannst du dich bitte mal zusammennehmen. Ralf ist ein lieber Freund. Und weil er besorgt war, wollte er nach mir sehen.“

„Na, wonach der sehen will, brauchst du mir nicht zu erzählen.“

„Hey, jetzt hör aber auf.“

Aber ich muss mir ein Grinsen verkneifen. Magnus ist eifersüchtig! Auf Ralf, über den er sich immer wieder lustig gemacht hat, auf dessen „lächerliches“ Erscheinungsbild er immer wieder abfällig hinweisen musste. Und aus den Augenwinkeln habe ich gesehen, dass der auch heute wieder sein neues Paar Hosen trägt und darin irgendwie gar nicht „lächerlich“ aussieht.

„Du scheinst das ja alles ungeheuer witzig zu finden.“

„Magnus, bitte ...“

„Tut mir Leid. Aber diese ganze Sache hier, dazu noch dieser Deal, das macht mich völlig irre.“

Ralf kommt zurück, setzt sich an den Tisch.

Um keine unangenehme Pause entstehen zu lassen, beginne ich meine Ausführungen über den Morgen im Ozean noch einmal, die ganze Geschichte noch ein bisschen detaillierter. Sie entlockt Ralf

ein müdes Lächeln und Magnus hatte das Ganze ja sowieso schon gehört. Aber in der Zwischenzeit haben sich die Wogen geglättet und wir können ein beinahe unbeschwertes Gespräch anschließen. Nur einige kleine Spitzen fliegen über den Tisch hin und her, eventuell blitzende Augen sind hinter Sonnenbrillen versteckt. Drei späte Touristen, eine Frau, zwei Männer, seltsam fröhlich im Café am Hafen. Das Gezwungene ist nur dem aufmerksamen Beobachter sichtbar, und dass sie etwas zu laut lacht. *Jules et Jim*, Himmel, wie komme ich denn jetzt da drauf?

Ich bin meiner Entdeckung ob Magnus' Eifersucht wegen innerlich ganz aufgewühlt. Vor wenigen Tagen noch war ich es, die sich den Kopf darüber zerbrach, ob sie nicht mehr begehrenswert sei. Allem und jedem hatte ich mein *Warum?* entgegengefleht. Und jetzt sitze ich hier in der Sonne, erlebe die Eifersucht des geliebten Mannes, die Aufmerksamkeit des Freundes und fühle mich begehrt. Ich nehme Magnus' Hand. Er drückt sie sanft und ich will glauben, dass alles gut wird.

Ich schaue mich um: Die ganze Szenerie erscheint mir einer Kulisse gleich. Und die Aufführung ist noch nicht zu Ende, denn vom linken Bühnenrand nähert sich ein weiterer Unruhestifter.

Joe betritt den Platz vor dem Café, erblickt mich und kommt auf uns zu, ein strahlendes Lächeln im Gesicht. Er hat verdammt schöne Zähne, denke ich, und wegen der Erinnerung der unsäglichen Szene zuvor an diesem Tisch wünsche ich für einen Moment, er wäre hässlich. Er drückt mir einen Kuss auf die Wange, um sich dann Ralf zuzuwenden.

„Du musst Magnus sein? Wir haben uns gestern schon kurz gesehen", spricht er ihn englisch an.

„Nein, ich bin Magnus. Und mit mir kannst du ruhig Portugiesisch sprechen. Ich war lange in Brasilien."

„Hallo Magnus, ich bin Joe, Annas Freund ... von früher."

Er schaut amüsiert und sagt so leise, dass nur ich es hören kann: „Ja, doch ... mit etwas Mühe verstehe ich ihn."

Ralf, der aufgestanden war, als Joe ihn ansprach, setzt sich jetzt wieder hin, reicht Joe die Hand über den Tisch hinweg und sagt: „Ich bin Ralf, ein Freund von Anna, aus Deutschland."

Ich beobachte die drei fasziniert, vergesse darüber, dass auch ich Darsteller des Stücks bin. Erst als Joe mich etwas fragt, tauche ich wieder ein. Und dann erzählen wir den anderen, wie lange wir uns schon kennen und was wir als Kinder gemeinsam erlebt haben. Wenn mich irgendjemand fragen sollte, was ich von diesen letzten Tagen am intensivsten erinnere, dann wird das mein Plappern sein. Denn das scheine ich in einem fort zu tun: Ich plappere um mein Leben, damit das Krude keinen Eingang findet.

Irgendwann halte ich es nicht mehr aus, irgendwann brauche ich eine kurze Pause. Ich gehe zur Toilette und trödele dort ein bisschen herum. Als ich wieder herauskomme, lehnt Joe am Tresen im Café und wartet auf mich.

„Anna, was passiert hier? Diese zwei, die benehmen sich unglaublich seltsam."

„Gott, Joe, ich kann dir das nicht erklären."

„Wenn du diesen schuldbewussten Gesichtsausdruck hast, dann muss ich es sofort wissen. Ich lasse dich nicht hinaus, bevor du es mir erzählt hast."

Also gestehe ich ihm unsere Abmachung. Dabei vermeide ich es ihn anzuschauen. Trotzdem spüre ich sein Feixen.

„Das ist das Beste, was ich seit langem gehört habe. Da beschleicht mich unbändige Lust, auch einen Part zu übernehmen. Ich könnte dich ja ein bisschen anhimmeln und dir zweideutige Avancen machen."

„Joe, bitte, es ist schon bescheuert genug."

„Ist doch nur ein kleiner Spaß. Soll sich dein Magnus ruhig ein bisschen Mühe geben, oder? Wenn einer vergessen kann, was für eine wundervolle Frau du bist, dann muss er mit Schmerzen wieder daran erinnert werden."

„Joe, versprich mir, dass du keinen Mist machst. Das Ganze ist echt kompliziert. Ich habe Angst, dass wir es nicht schaffen. Und er ist mir wirklich wichtig."

„Hey, hey, ist ja schon gut. Ich verspreche dir, mich zurückzunehmen."

Aber er muss noch immer vor sich hin schmunzeln und als wir gemeinsam an den Tisch zurückkommen, legt er kurz den Arm um meine Hüften. Und plötzlich kippt ein Wasserglas um und Ralf springt mit hochrotem Kopf auf, um einen Lappen zu holen.

Den Nachmittag wollen wir am Strand verbringen. Wir holen Badehandtücher und sogar einen Volleyball. Maria beglückt uns mit einem prall gefüllten Picknickkorb. Selbst der Wind ist auf unserer Seite und flaut ab. Wir liegen in der Sonne, essen und trinken, gehen schwimmen und spielen Beachvolleyball. Ich versuche zu übersehen, dass Joe extra seine Oberarmmuskeln anspannt, dass Ralf versucht, seinen Brustkorb rauszudrücken und dass Magnus viel zu weit in das Meer hinausschwimmt, um dann trotzdem als Erster wieder aus dem Wasser zu kommen, weil ihm die Kraft fehlt. Ralf war erst gar nicht mit hineingegangen.

Am Abend gehen Magnus und ich allein in ein Restaurant am Strand. Joe hat eine Verabredung und Ralf will ins Hotel. Wir sitzen uns völlig erschöpft gegenüber und lächeln uns beinahe schüchtern an.

„Endlich", sagt Magnus.

Und obwohl der Abend nett, beinahe romantisch ist, obwohl das Essen köstlich schmeckt, obwohl wir wirklich miteinander lachen und es irgendwann wagen, uns in die Augen zu schauen, will ich

am Ende nicht mit ihm gehen. Aber ich habe Angst ihm das zu sagen, ich befürchte ihn wieder zu verletzen. Darum wäge ich ab, ob es nicht einfacher wäre, ihm etwas vorzuspielen. Vielleicht könnte ich das Ganze stark verkürzen und ihn gleich hier am Strand verführen. Dann hätte ich es hinter mir und könnte später allein in mein Bett fallen. Mir erscheint das plötzlich einfacher, als in seine enttäuschten Augen hinein erklären zu müssen, dass ich noch nicht kann, noch nicht will. Wobei das eigentlich gar nicht stimmt, denn ich will ihn ja! Mein Körper signalisiert mir das ganz deutlich. Aber mein Geist ziert sich noch. Warum muss man manchmal so kompliziert sein? Warum kann man nicht hin und wieder das Denken einstellen und nur noch fühlen? Männer können so etwas …

Doch ich muss keine Entscheidung fällen, denn er stellt sein leeres Glas ab und sagt: „Hör mal, ich weiß nicht, wie du das siehst. Aber obwohl das heute ein unglaublich schöner Tag war, oder gerade deswegen, ist es vielleicht besser, wenn ich jetzt auf mein Zimmer verschwinde."

„Ja, klar, wenn du meinst."

Das antworte ich und bin nicht erleichtert. Der will mich nicht! Warum will er mich nicht? Und auf einmal gibt es nichts, das ich mir mehr wünsche, als dass er mich in den Arm nimmt und intensiv küsst. Und ich höre mich ein bisschen exaltierter lachen, erwische mich dabei, wie ich meine Lippen zum Schmollmund aufwerfe und ihm meine Brüste entgegenstrecke. Als er mich trotz all dem vor seinem Hotel mit einem Kuss verabschiedet, schmeckt mein Speichel plötzlich bitter. Ich brauche den ganzen Weg bis zum Haus, um über mich selbst wieder lachen zu können, wenigstens ansatzweise.

17

Ich habe mich gerade geduscht und meinen Pyjama übergezogen, als es leise an meine Zimmertür klopft. Mein Herz macht einen Satz. Wie schön, denke ich, er ist doch noch gekommen. Aber als ich öffne, steht Ralf vor mir. Verwirrt bitte ich ihn herein.

„Setz dich doch. Soll ich uns unten eine Flasche Wein stibitzen?"

„Nein, nein. Ich wollte mich nur kurz von dir verabschieden."

Er steht einfach da, mitten im Zimmer, will sich nicht setzen. Ich lasse mich auf das Bett plumpsen.

„Warum willst du denn wieder abfahren? Du bist doch gerade erst gekommen!"

„Anna, ich will einfach nach Hause. Ich weiß gar nicht genau, warum ich überhaupt hier bin."

„Na, weil du Angst um mich hattest, das hast du mir doch erklärt."

„Musste ich dir deshalb gleich bis nach Portugal nachfahren? Es gibt auch Telefone, oder?"

Er macht eine kleine Pause und ich bin ganz atemlos, wage nicht einmal zu schlucken.

„Magnus war letzte Woche bei mir. Er benahm sich komisch, hat mich nach Evas Telefonnummer gefragt. Das konnte ich erst gar nicht begreifen. Wieso fragte der mich? Und dann kapierte ich, dass er keine Ahnung hatte, wo du warst. Am selben Abend habe ich Eva zufällig getroffen und als sie mir erzählte, dass du hier bist, fuhr ich sofort los, ohne nachzudenken, als gäbe es einen Preis zu gewinnen. Und den gab es ja auch irgendwie: dich, Anna. Aber das war natürlich Unsinn, und ich weiß auch gar nicht, ob ich da wirklich dran geglaubt habe, war wohl eher so ein Jungs-Abenteuer. Du liebst Magnus, das hab ich kapiert. Unabhängig davon, bist du nicht in mich verliebt. Aber jetzt bin ich hier und kann mich selber nicht

ertragen, denn seit ich von eurer seltsamen Verabredung weiß, benehme ich mich absolut lächerlich."

Er sagt das mit einer leisen, festen Stimme. Ich schaue zu ihm auf.

„Du bist schön, wie du da so stehst."

Das rutscht mir einfach so heraus, das hatte ich eigentlich nur denken, nicht sagen wollen.

Er lächelt mich an, ohne die aufsteigende Röte, mit der er sonst Komplimenten begegnet.

„Sollte nicht eher ich so etwas zu dir sagen?"

Ich zucke mit den Schultern, erhebe mich, um diesem ungewohnten Moment zwischen uns zu entfliehen.

„Ich hole doch mal eine Flasche Wein von unten."

„Fahre ich eben morgen früh ... das spielt jetzt auch keine Rolle mehr."

Als ich mit der entkorkten Flasche und zwei Gläsern zurückkomme, steht er am Fenster und schaut in die Dunkelheit hinaus. Er muss sich einige Male durch die Haare gefahren sein, denn sie stehen wilder von seinem Kopf ab als zuvor. Aber sein Gebaren hat das ihm sonst eigene Unstete verloren.

Es gibt einen kleinen Tisch, den zwei Stühle umgeben; sich dort jetzt hinzusetzen, scheint jedoch seltsam steif. Wir setzen uns auf das Doppelbett und lassen leise klirrend die Gläser aneinander stoßen. Ich fühle mich befangen und mein Schlucken dringt mir knacksend ins Ohr. Wenn wir jetzt Musik hätten, würden wir die Stille zwischen uns nicht so laut hören. Sein Geständnis hat uns seltsam distanziert, das Ausgewogene unserer Freundschaft ins Wanken gebracht. Ich habe Mühe, aufrecht zu stehen und ihm wie sonst unbefangen in die Augen zu schauen. Zudem strömt er eine ungewohnte Selbstsicherheit aus. Er ist frei, hat direkt und ehrlich alles auf den Tisch gelegt und nun nichts mehr zu verlieren. Wahr-

scheinlich empfindet er das Schweigen gar nicht als unangenehm, vielleicht genießt er einfach seinen Wein und hängt einigen Gedanken nach.

Er hebt den Kopf und lächelt mich an. Dann hält er mir sein leeres Glas entgegen, das ich wieder fülle. Langsam lässt meine Anspannung nach, obwohl ich weiterhin darauf warte, dass er zu sprechen beginnt. Immer war er es gewesen, der die Geschichte erzählte, die mich amüsierte, ein Thema fand, das uns beide begeisterte. Wenn er mir gegenübersaß und zuhörte, dann hatte ich über meinen Job gesprochen oder mich über Eva oder Magnus geärgert, mir war etwas Unglaubliches widerfahren oder ich träumte ihm mein weiteres Leben vor. Niemals war es um uns gegangen und ich weiß nicht, ob es das jetzt tun müsste oder ob wir einfach plaudern dürfen. Das soll er entscheiden.

„Es bekommt dir, wie eine Bienenkönigin von den Drohnen umschwärmt zu werden. Du leuchtest von innen."

„Spinnst du? Von welchen Drohnen werde ich denn umschwärmt?"

„Magnus gibt alles, um dir zu gefallen, dein Freund Joe flirtet mit dir, na, und wie es um mich bestellt ist, habe ich dir ja gerade gestanden." Er schaut mich interessiert an. „Willst du mir wirklich weismachen, dass du das nicht bemerkst? Und eure Vereinbarung? Die Möglichkeit eines One-Night-Stand ohne Konsequenzen, ist das nichts, was dir hin und wieder durch den Kopf schießt?"

„Nein. Eigentlich nicht."

Aber als ich das sage, bin ich mir nicht sicher, ob das stimmt.

„Wie dem auch sei, jedenfalls strahlst du etwas überaus Sinnliches aus ... vielleicht nicht unbedingt in diesem alten, verbeulten Pyjama, den du gerade trägst ..."

Und wir lachen und dann sage ich und weiß nicht warum: „Den kann ich ja ausziehen ..."

Ralf wendet sich nun doch wieder errötend ab und stellt sein Glas ein wenig zu fest auf das Nachtschränkchen.

„Ich bin ganz froh, dass du den anhast ..."

Seine Stimme hat die Festigkeit verloren. Er richtet sich auf, sitzt steif auf dem Bettrand.

„Es tut mir Leid. Es sollte nur ein Scherz sein. War blöd von mir."

„Ja, das war's ...", sagt er leise.

Doch dann entspannt er sich wieder, greift erneut nach seinem Glas und zwinkert mir zu.

„Siehst du, du denkst doch drüber nach."

Ich lasse das unkommentiert, weil Ralf keine Antwort erwartet.

Die Weinflasche ist leer und ich stehe auf und gehe eine neue holen. Als ich die Treppe hinunterlaufe, zähle ich die Stufen ab: *Magnus, Joe und Ralf.* Das sind vier Stufen, denn das *und* zählt mit, wegen des Takts. Als ich unten ankomme, endet die Treppe mit *Joe.* Obwohl ich unbewusst wie ein Kind mit dem Abzählen begonnen hatte, verunsichert mich das Ergebnis, auch wenn mir nicht klar ist, wofür das eigentlich stehen soll. Also flüstere ich bei jedem meiner Schritte weiter vor mich hin: *Magnus, Joe und Ralf, Magnus, Joe und Ralf.* Als ich mit einer vollen Weinflasche unter dem Arm wieder vor meiner Zimmertür anlange, fällt auf den letzten Schritt das *und.* Erleichtert öffne ich die Tür.

Ralf liegt ausgestreckt in ein Kissen gewühlt und schläft. Ich stelle vorsichtig die Flasche ab, gieße mir ein weiteres Glas ein und setze mich vorsichtig auf die andere Seite des Bettes. Sein Kopf ist in meine Richtung gewendet, aber ich kann sein Gesicht nicht sehen, weil es von seinen wirren Haaren verdeckt wird. Ich strecke die Hand aus, um sie ihm zur Seite zu streichen. Da hält er meine Finger plötzlich fest und flüstert: „Mach keinen Fehler, ich bin wach."

Dann drückt er sie an seine Lippen. Heftig entziehe ich ihm meine Hand wieder.

„Tut mir Leid“, murmelt er und dreht sich auf den Rücken, starrt an die Decke.

„Nein, nein, ... ich, ich wollte gar nicht, ... ich musste mich nur anders hinsetzen, ich konnte mich so nicht mehr halten und brauchte meine Hand ...Ich wollte sie dir nicht entreißen.“

Er setzt sich aufrecht neben mich, wir lehnen in die Kissen gestützt gegen das Kopfteil des Bettes.

„Schenkst du mir auch noch mal nach, bitte?“

„Wir werden uns furchtbar betrinken“, sage ich, als ich sein Glas randvoll kippe. Und in Gedanken füge ich hinzu, dann können wir morgen so tun, als sei es nicht unsere Schuld gewesen.

„Das ist eigentlich nicht unser Soundtrack, der da im Hintergrund läuft.“

Er schaut mich an. Nur für einen Moment. Dann leert er sein Glas in einem Zug und lacht leise auf: *„Freedom is just another word for nothing left to loose ...“*

„Ist das der Song, der gerade im Hintergrund läuft, *Me and Bobby McGee*?“

„Nein, das kam mir nur gerade in den Sinn.“

Ich erwidere nichts. Was sollte das auch sein? Ich denke seit geraumer Zeit dasselbe. *Freedom is just another word for nothing left to loose.* Aber ich habe etwas zu verlieren, Vereinbarung hin oder her. Mir will im Moment nicht einfallen, was das ist, aber ich weiß, dass ich etwas zu verlieren habe, und darum bin ich nicht frei und darum sollte ich hier nicht sitzen, nicht so, nicht im Bett an einen anderen Mann gelehnt. Außerdem habe ich zu viel getrunken.

Ich spüre ihn überdeutlich. Die Stelle an meiner Schulter, die fast seinen Arm berührt, schickt zuckende Impulse durch meinen Körper, meine Füße kribbeln, ich bekomme kaum Luft. Als er sich wie-

der zu mir dreht, sein Atem meinen Nacken entlangstreicht, hebe ich das Glas so heftig an den Mund, dass es mit einem klirrenden Geräusch gegen meine Zähne schlägt und der Wein Kinn und Hals hinunterläuft.

„Hey, hey ...“, er nimmt mir das Glas aus der Hand.

Küss mich, bitte, küss mich.

Ich sage das nicht. Es sind nur die Worte, die ich denke, die einzigen Worte, die ich denken kann.

Er steht auf und holt ein Handtuch aus dem Bad, wirft es mir zu und ich wische mir den Mund und meinen Hals ab.

„Es ist besser, wenn ich jetzt gehe.“

Da er schon steht, die Entfernung zwischen uns vergrößert, die beinahe schmerzhafte Nähe zerstört hat, scheint es das einzig Richtige zu sein.

Also stehe auch ich auf und nehme ihn in den Arm, drücke ihn an mich, so wie sonst auch.

„Danke, ... für alles ... dass du hier runtergekommen bist und dass du mich liebst ...“ Ich verheddere mich, in meinen Worten, in meinen Gefühlen. „... und gute Heimreise ... Ich melde mich, wenn wir zurück sind.“

Er küsst meine Stirn und hinterlässt mich seltsam hohl.

18

Es hämmert gegen die Tür, bevor sie aufgerissen wird und Magnus hereinplatzt.

„Hey, Süße, guten Morgen, raus aus den Federn. Wir machen was Schönes. Nur wir zwei."

Er läuft unruhig durch das Zimmer. Bilde ich mir das nur ein oder schaut er in alle Ecken? Und wieso nennt er mich „Süße"? Er belegt mich eigentlich nicht mit Kosenamen. Manchmal, schriftlich, aber nicht im echten Leben, nicht direkt, so sehr ich mir das auch wünschen mag. Magnus sagt „Anna". Inzwischen habe ich mich daran gewöhnt. Warum bin ich heute Morgen also „Süße"?

„Suchst du irgendwas?"

„Was? Nein, nein ... wollte mir nur mal dein Zimmer anschauen ... Du, äh, ich glaube, Ralf hat die Nacht gar nicht im Hotel verbracht. Frage mich, wo der sein könnte."

„Er hat sich gestern noch von mir verabschiedet. Er ist wieder nach Hause gefahren."

So abrupt aus dem Schlaf gerissen, schießt mir erst jetzt, da sein Name fiel, die Erinnerung an die Stunden mit Ralf durch den Körper, begleitet von einem Flattern im Bauch, das sich, von meiner Stimme getragen, durch den Raum bis in Magnus' Ohr ausbreitet.

„Na, da ist er aber nicht lang geblieben."

Er scheint es nicht wahrzunehmen.

„Die Gesellschaft hier unten behagte ihm wohl nicht."

Ich sage das ungewollt bissig, ertappe mich dabei, wie ich versuche, mein schlechtes Gewissen in mehr oder weniger gerechtfertigten Vorwürfen gegen ihn zu ertränken. Außerdem habe ich fürchterliche Kopfschmerzen und kann mich nicht konzentrieren.

„Wie meinst'n das? Ist doch nicht meine Schuld, wenn er sich falsche Hoffnungen gemacht hat."

Ich gehe ins Bad, beende so diesen unerquicklichen Morgendialog.

Ich schlucke zwei Aspirintabletten hinunter und trinke gierig aus dem Wasserhahn.

Vor dem Spiegel stehend kämme ich meine Haare, als könnte ich die Verwirrung, die Erinnerung und den Schmerz herauskämmen. Plötzlich erlöst mich mein eigenes Lachen: Magnus hat eben doch etwas in meinem Zimmer gesucht, Ralf. Das lässt für einen Moment mein Herz wieder ein paar Takte schneller schlagen. Aber wir haben nichts Verbotenes getan und darum gelingt es mir, dieser morgendlichen Situation etwas Komisches abzugewinnen. Glänzende Locken fallen mir inzwischen über die Schultern, all das Salz und der Sand sind herausgekämmt, aber ich lege die Bürste nicht beiseite. Immer wieder ziehe ich sie vom Ansatz bis zu den Haarspitzen, Bahn um Bahn, bis sich das letzte Schmunzeln in meinen Mundwinkeln wieder gerade gezogen hat. Die Situation ist labil, ich möchte nichts riskieren.

In der Küche schenke ich uns zwei Tassen Kaffee ein. Wir lassen uns am großen Holztisch nieder, als Joe hereintritt.

„Ihr seid noch da? Prima. Lust auf den perfekten Surf? Am Praia do Norte läuft eine wunderschöne Welle. Na Magnus, hast du nicht Lust, es mal zu probieren? Ein Anzug und ein Board für dich finden wir sicher hier im Haus."

„Wir wollten eigentlich ..."

„Na, klar, tolle Idee", unterbricht mich Magnus.

Ich schaue ihn erstaunt an. Wollte er nicht eben noch nur mit mir allein etwas unternehmen? Etwas Schönes? Ich liebe das Surfen, aber er hat es noch nie probiert. Und beim ersten Mal ist es meist nicht schön, eher frustrierend, denn er wird kein einziges Mal auf dem Brett stehen. Er wird unkontrolliert vor dem Weißwasser, dem Brandungsschaum, herrutschen und im Sand den Aufsprung üben.

Weiß er, worauf er sich einlässt? Inzwischen ist mir klar, dass er sich in einer Wettbewerbssituation glaubt. Und er will gewinnen, wie ein kleiner Junge will er gewinnen und die Trophäe stolz nach Hause tragen. Joe ist ein Surfgott, er bezwingt jede Welle. Er ist hier aufgewachsen, hier am Ozean.

Aber Magnus hat dieses Glimmen in den Augen. Das kenne ich. Es wird nichts nutzen etwas einzuwenden. Ich kann nur versuchen, selbst irgendwie Spaß zu haben. Perfekte Wellen am Praia do Norte? Let's go!

Im Auto fällt mir etwas ein:

„Hört mal ihr zwei. Wenn wir am Strand ankommen, werde ich in meinen Anzug steigen, mein Brett schnappen und surfen. Ich werde mich überhaupt nicht um euch kümmern, denn das Ganze war nicht meine Idee. Ich werde einfach so lange im Wasser bleiben, bis mir die Lust vergeht. Und dann werde ich mich in die Sonne legen. Es wird mich nicht die Bohne interessieren, was ihr so treibt."

„Schon klar. Ich habe Magnus angeboten, das Surfen auszuprobieren, also bleibe ich auch bei ihm."

„Keine Sorge, Baby, mach du ruhig dein Ding. Ich komme schon klar."

Baby? Hat er mich eben wirklich *Baby* genannt?

Es läuft tatsächlich ein perfekter Swell auf den Strand zu. Ich kann sehen, dass es Joe drängt, sofort hinauszupaddeln, aber er hat versprochen, Magnus zu helfen.

„Weißt du", höre ich ihn sagen, „vielleicht setzt du dich erst mal hier in den Sand und beobachtest die Wellen: wie hoch sie sind, wo sie brechen, wann und wo man gut rauspaddeln kann. Ist sozusagen die erste Lektion."

Magnus steht unschlüssig herum. Ich gehe zu ihm.

„Und du musst eine rauchen."

„Ich muss?"

„Ja, für mich. Du musst hier im Sand eine Zigarette für mich rauchen, während du auf den Ozean hinausschaust."

Er schaut mich mit seinen hellen Augen an. Er lächelt und fragt nicht nach.

„Okay, ich werde mich hier in den Sand setzen und eine Zigarette für dich rauchen."

Ich küsse ihn und fühle Liebe und Begierde durch meinen Körper strömen. Bevor ich vor Erleichterung aufschluchze, renne ich mit meinem Board ins Wasser. Joe ist sofort neben mir.

„Erste Lektion, was? Du bist gemein."

„Damit kann man nicht früh genug anfangen."

Er zwinkert mir zu und steht schon auf der ersten Welle.

Manche Dinge verlernt man nicht, manche Dinge sind einem im Blut verankert. Und während ich mich gestern dem Ozean vorsichtig in Erinnerung rief, sind wir heute schon wieder alte Bekannte. Er schickt mir einige Wellen, wie für mich entworfen, und ich begrüße jede einzelne mit Freudengebrüll. Ich vergesse die Zeit und meine Sorgen, ich vergesse die Vergangenheit und die Zukunft interessiert mich nicht mehr. Erst als ich so erschöpft bin, dass ich beim Takeoff mit dem Kinn auf das Brett schlage, weil meine zitternden Arme einfach einknicken, statt mich hinaufzudrücken, lasse ich mich vom Weißwasser einer gebrochenen Woge an den Strand zurückschieben.

„Das wird auch langsam Zeit."

Magnus ist wütend, denn er hat zwischenzeitlich nicht nur eine Zigarette geraucht, sondern ein halbes Päckchen.

„Wollt ihr mich verarschen, oder was? Ich schreie mir hier die Kehle wund, und ihr tut so, als gäbe es mich gar nicht!"

„Hey, erstens bekommt man da draußen überhaupt nicht mit, was hier am Strand geschieht, und außerdem habe ich im Auto gesagt, dass ich damit nichts zu tun haben will. Du hattest mit Joe eine Verabredung."

„Na, klar. Aber draußen in den Wellen war es dir ganz recht, dass Mister Supersurfer mich hier vergessen hat. War bestimmt ein Erlebnis, ihm dabei zuzusehen, wie er dich nach jedem seiner Kunststückchen in deinem superengen Anzug angeschmachtet hat. “

„Sag mal, spinnst du? Ich bin nur für mich allein gesurft, was mich unglaublich glücklich gemacht hat. Und du, du bist einfach nur peinlich. Ich bin mit Joe aufgewachsen, er ist quasi mein Bruder. Und ich kann nichts dafür, dass er dich hier so lange am Strand sitzen gelassen hat.“

Aber Magnus ist zu wütend um mir zuzuhören oder mir zu antworten. Er greift das Brett, das Joe für ihn herausgesucht hatte, rennt ins Wasser und paddelt los. Ein bisschen wackelig zwar, doch der Zorn hat eine stabilisierende Wirkung, denn plötzlich ist er draußen, hat es in einer kurzen Pause zwischen zwei Wellensets geschafft hinter die Brecherzone zu gelangen. Joe gibt ihm ein Zeichen zurückzupaddeln, doch Magnus ignoriert ihn stoisch.

Inzwischen rollen größere Wasserberge heran, zu groß für mich, zu groß für einen Anfänger, definitiv zu groß für jemanden, der noch niemals zuvor auf einem Surfbrett im Wasser war. Und die kleine Bucht ist gesäumt von zackigen Felsenriffs.

„So ein Idiot“, schimpfe ich vor mich hin.

Aber Joe ist ja bei ihm. Ich wende mich ab, laufe zum Wagen, schäle mich aus dem nassen Anzug, ziehe mir den dicken Pullover über und setze die Mütze auf. Dann laufe ich zurück und setze mich in den Sand. Die Wogen sind inzwischen so groß, dass ich die beiden nicht mehr sehen kann. Langsam werde ich doch nervös. Das Wasser bricht jetzt ununterbrochen herein. Magnus müsste versuchen, auf seinem Brett Richtung Strand zu paddeln und hoffen, dass ihm keine Welle in den Rücken bricht oder ihn von oben mit sich reißt. Wipe-out nennt man dieses atemraubende Herumgewirbeltwerden, wenn das Wasser auf einen eindrischt wie mit tausend Fäusten, wenn man die Luft und die Orientierung komplett verliert

und wenn das mit der Leash festgebundene Brett am Fuß zerrt, als wolle es einem das Bein ausreißen. Im Prinzip kann nicht viel passieren, aber der Spaß des Ganzen erschließt sich einem nicht beim ersten Mal. Ruhig muss man bleiben, darf keiner Panik anheim fallen, dann toben die Wasser über einen hinweg und man ist dem rettenden Strand ein Stückchen näher. Aber niemand hat das Magnus vorher erklärt, und wenn Joe es im Line-up probiert haben sollte, dann hat Magnus ihm sicher nicht zugehört.

Plötzlich sehe ich sein Board ganz oben auf einer riesigen Welle herumspringen, kurz verharren, um dann mit den Massen hinuntergerissen zu werden. Und ich weiß, am anderen Ende hängt der Mann, den ich liebe, und dem vergeht gerade Hören und Sehen. Joe kommt mit der nächsten Welle hereingesurft und ich sehe Magnus nach Luft ringend auftauchen. Joe paddelt zu ihm, brüllt ihm irgendetwas zu und Magnus rappelt sich auf sein Board und beginnt mit letzter Kraft zu paddeln, vor der nächsten Welle her, die zum Glück weit hinter ihm bricht und deren Weißwasser ihn auf den Sand schleudert, mir zu Füßen.

„Scheiße, ich bin tot."

Er bleibt einfach liegen. Ich hocke mich neben ihn und streiche über seinen Kopf.

„Und das soll Spaß machen? Davon hast du mir vorgeschwärmt?", stößt er dumpf hervor. „Bin ich ein Arschloch, wenn ich das nie wieder, nie, nie wieder machen will?"

„Nein, bist du nicht."

Und dann richtet er sich auf und küsst mich heftig, fast wild, noch immer atemlos und den Mund voller Sand.

Wasser macht Hunger. Und darum stürzen wir, kaum am Haus angekommen, dankbaren Raubkatzen gleich in die Küche und fallen über Marias Essen her: Kaninchen, Kohl, Kartoffeln in roter Soße.

Wir stellen die Töpfe in die Mitte des Tisches, essen mit großen Löffeln und den Händen. Wir sitzen uns gegenüber und Magnus wirft mir gierige Blicke zu, während ihm der Bratensaft das Kinn hinunterläuft. Ich erwidere seine Gier im selben Maße, verschlinge das Fleisch mit dem Mund und ihn mit den Augen. Jetzt ist es genug. Ich begehre diesen Mann wie nichts sonst und ich möchte nicht länger warten. Unser Hunger aufeinander katalysiert durch den Hunger nach Nahrung, lässt uns die mürben Kaninchenschenkel reißen wie Kannibalen das rohe Fleisch. Joe betrachtet dieses Schauspiel schweigend. Erst als er seinen Teller zur großen Steingut-Spüle trägt, kann er sich einen Kommentar nicht verkneifen: „Und ich dachte immer, die Mädchen stehen auf die Typen, die die Wellen abreiten. Verdammt, all die Jahre das völlig Falsche trainiert."

Er wendet sich zur Tür, wirft mir im Hinausgehen einen Kuss zu.

Magnus und ich beenden unser Mahl.

„In dein Zimmer?"

„Nein, lass uns in die Klippen gehen."

Dann rennen wir Hand in Hand den Hügel hinunter.

Irgendwo bleiben wir stehen und küssen uns, küssen uns, als wollten wir da weitermachen, wo uns die abgenagten Kaninchenknochen zum Aufhören gezwungen haben. Ich lasse mich in ihn fallen, verliere mich in seinem Geruch und in meiner Lust. Er zieht mir den Pulli über den Kopf, legt mich über einen hüfthohen Felsen. Der kalte, unebene Stein drängt gegen meinen nackten Bauch, gegen meine Brüste. Magnus schiebt meinen Rock hoch und die kühle Abendluft fährt mir zwischen die Beine. Ich strecke ihm verlangend meinen Hintern entgegen. *Lass uns die Sterne erschaffen.* Als er seinen warmen Schwanz zwischen meine Pobacken presst, stöhne ich leise auf. Er verharrt eine kleine Ewigkeit, dann dringt er heftig in mich ein.

„Oh, ja“, höre ich ihn.

Und da beginnt sich hinter meinen geschlossenen Lidern ein Gesicht zu formen. Nein, bitte nicht. Ich hebe mein Becken höher, öffne mich weiter, lasse Magnus tiefer in mich stoßen. Aber es hilft nicht. Während mein Begehren verfliegt, verschärfen sich die Konturen und ein Gedanke nimmt von mir Besitz: Das letzte Mal, als Magnus seinen Schwanz in einen warmen Körper versenkte, gehörte dieser nicht mir, sondern Carola. Mein Bauch krampft sich zusammen, ein Wimmern bricht mir aus der Kehle. Ich hoffe, es geht als Ausdruck meiner Lust durch. Ich möchte nicht, dass Magnus etwas merkt. Rhythmisch bewege ich mich weiter. Bitte, lieber Gott, mach, dass er gleich fertig ist. Ich muss einen Ton von mir geben, ich darf nicht still bleiben, das wird ihm auffallen. Ich muss ein Stöhnen spielen. Millionen Frauen machen das täglich. Aber wie klingt mein echtes, mein wahres Lustgestöhn? Ich weiß es nicht, ich habe mir selber noch nie bewusst zugehört. Vielleicht imitiere ich ein falsches, ein zu leises, ein zu lautes Geräusch? Plötzlich spüre ich den Felsen schmerzhaft gegen meine Rippen und meine Hüftknochen drücken. Spitz bohrt er sich in meinen Körper, im Takt von Magnus' Stößen. Ich versuche ihm auszuweichen, versuche Abstand zum Stein zu gewinnen, federe mein ganzes Gewicht mit den Unterarmen ab. Die Erschöpfung vom Surfen macht sich bemerkbar, ich werde das nicht lange durchhalten können. Bitte, lieber Gott, lass ihn jetzt kommen, jetzt, sofort. Und dann ist es vorbei und ich könnte heulen vor Wut, vor Enttäuschung, vor Schmerz.

Wir kuscheln uns zusammen, schauen auf den mondbeglänzten Horizont. Magnus raucht eine Zigarette.

„Es tut so gut, dich wieder zu halten. Anna, ich liebe dich.“

„Ich liebe dich auch.“

19

21, 22, 23, 24, 25 ... Ich liege neben Magnus auf dem Bett und zähle die Stille aus.

Nach dem Erwachen habe ich mich in den Surfanzug gezwängt. Der Wind weht weiterhin vom Land her über das Wasser, die Wellen rollen wie gestern klar und sauber herein.

Eigentlich hatte ich ihm nur einen schnellen Kuss auf das schlafende Gesicht geben wollen. Aber jetzt liege ich hier, zähle die Sekunden, die er nicht atmet, warte, bis das Schnarchen mit einem verstörenden Gurgeln wieder einsetzt, das anzeigt, dass er nicht tot ist.

Zu Beginn unserer Beziehung haben mich diese Momente des völligen Atemstillstands verrückt gemacht. Stundenlang lag ich wach neben ihm, allzeit bereit ihn zu schütteln, sobald ich zehn Sekunden abgezählt haben würde. Ich wagte nicht einzuschlafen, ich musste sein Leben retten. Aber Magnus versicherte mir, dass er nicht einfach im Schlaf sterben würde. Immerhin sei er seit achtundzwanzig Jahren jeden Tag wieder erwacht. Einmal nahm ich seine nächtlichen Geräusche bzw. Nichtgeräusche mit dem Diktiergerät auf. Ich war der Überzeugung, wenn er nur einmal selbst das völlige Fehlen jeglicher Aktivität seiner Lunge erfahren würde, er wäre beängstigt und ginge zum Arzt. Doch die Aufnahme war von einem derart lauten Rauschen unterlegt, dass man die Stille nicht hören konnte.

Wie unangenehm mir das wäre, würde er mich während des Schlafens beobachten. Auch wenn dem Betrachter wohl das Wort *friedlich* durch den Kopf geistern mag, der unschuldige Gesichtsausdruck des Schlafenden verharrt wegen des leicht geöffneten Mundes und einigen Speicheltropfen, die sich oft aus den Winkeln stehlen, meist grenzwertig vor der Entgleisung. Unschön. Doch ich

verscheuche diesen lieblosen Gedanken, indem ich ihm endlich den Kuss auf eben jene geöffneten Lippen drücke.

Ich freue mich auf den gemeinsamen Tag, verschiebe das Surfen auf den Nachmittag. Oder auf morgen. Wir könnten die Stunden verbummeln, in ein Café gehen, uns in den Sand legen, von der Sonne bescheinen lassen, irgendwo etwas Gutes essen. Ein leichter, schwebender Tag ohne Sorgen, ohne Grübeleien, ohne Enttäuschungen. So soll es sein.

Ich stehe auf, entledige mich des engen Neoprens und kuschle mich zu ihm unter die dünne Decke. Ich lasse meine Hand seinen Körper entlangwandern und umschließe seinen warmen, harten Schwanz, leicht erst, dann fester. Noch nicht erwacht, stöhnt er auf, drängt an mich.

Da klopft es an die Tür und Joe ruft leise:

„Anna, bist du wach? Kommst du mit raus aufs Wasser?"

Ich lasse von Magnus ab und öffne die Tür einen Spaltbreit. Meinen nackten Leib dahinter verbergend flüstere ich: „Morgen Joe. Magnus ist hier. Er liegt noch im Bett."

„Außerdem fahren wir jetzt nach Hause", kommt es von dort. Ein ungelenkes Morgenkrächzen.

„Was?"

Das rufen Joe und ich im Chor. Vor Überraschung gebe ich meine Deckung auf und stehe nun nackt vor meiner unerfüllten Jugendliebe. Die schaut mir ganz unverhohlen auf den Busen.

„Wieso habe ich eigentlich damals die englische Bohnenstange geküsst? Ich habe ja nicht mal geahnt, was mir da entgangen ist", feixt er anzüglich.

„Anna, mach sofort die Tür zu", brüllt es vom Bett.

Aber ich vergesse zu reagieren und während Joe sich mit einem *Ich geh dann mal* abwendet, frage ich: „Wieso fahren wir denn jetzt nach Hause?"

Und selbst mir erscheint die leichte Panik in meiner Stimme unangemessen.

Magnus hat sich erhoben und schließt die Tür. Dann nimmt er meine Hand und versucht mich Richtung Bett zu ziehen. Ich schüttele ihn ab, stemme die Hände auf meine Hüften.

„Wieso wir jetzt nach Hause fahren, will ich wissen?"

Er setzt sich wieder auf das Bett und lächelt mich an.

„Süß siehst du aus in deiner Empörung. Und sehr sexy ... Komm mal her ... Okay, lass uns noch einen Tag bleiben. Aber dann geht's zurück ... Komm her ..."

Und eine halbe Stunde später haben wir beschlossen, Lissabon eine zweite Chance zu geben.

Diesmal fährt er. Das hat er sogleich bestimmt und ich sage nichts, obwohl ich den Weg zum Parkplatz am Kai instinktiv finden würde, und er, mangels Gelegenheiten, einen ruppigen, unsouveränen Fahrstil an den Tag legt. Ich sage nichts, denn ich möchte Harmonie, um jeden Preis. Ich verfalle wieder ins Plaudern und versuche, ob seiner abrupten Brems- und Beschleunigungsmanöver, mich möglichst unauffällig am Türgriff festzuklammern.

Wir wollen uns nichts Bestimmtes anschauen, also lassen wir uns durch die belebte Innenstadt treiben, verlieren uns etwas in den Gassen im Bairro Alto, essen Vanilleplundern und allerlei Frittiertes. Und ich denke, Lissabon ist wunderschön. Wir würden auf einem Hügel wohnen und unten im Haus gäbe es ein kleines Café. Jeden Morgen würde ich dort einen Cappuccino trinken und eine Pasteis dazu essen. Und abends könnten wir mit der Fähre über den Tejo setzen und dann rechter Hand bis ans Ende der alten Fischerhäuschen laufen. Und da säßen wir in dem Restaurant auf der Mole, die in den Fluss hineingeht, und es gäbe kleine, frittierte Sardellen, und über uns würde der Mond versuchen, gegen die Lichter der Ponte 25 de Abril anzuleuchten. Am Wochenende würden wir an

die Strände fahren und in den Wellen surfen, nördlich im wilden Wasser, südlich im friedlichen. Und nachts lauschten wir den Fadogesängen, die unglaublich traurig um unseren Balkon schwebten, auf dem wir säßen, schweren, süßen Rotwein trinkend.

Auf dem Rossio kauft Magnus bei einem Straßenhändler zwei bunte Kinderringe. Er zwängt sich den seinen über den kleinen Finger, dann streift er mir mit großer Geste den anderen über. Ich schlinge die Arme um seinen Hals.

„Ich liebe dich, du Spinner."

„Anna, ich liebe dich."

Er sagt immer den ganzen Satz. So, als wolle er nicht in einen täglich millionenfach gebrauchten Singsang verfallen: *Ich liebe dich. Ich dich auch.* Als wären seine Worte dann echter, wahrer.

An einem Kiosk kauft er sich Zigaretten. Geistesabwesend spiele ich mit dem runden Plastik. Plötzlich entgleitet der Ring meinen Fingern und rollt über das Pflaster davon. Gebückt laufe ich ihm hinterher, doch es gelingt mir nicht ihn zu fassen. Von einem Paar zerlumpter Herrenschuhe wird er schließlich gestoppt. Ich ergreife ihn und richte mich auf. Eine schmutzige Hand hält mir bittend einen Pappbecher entgegen. Erstarrt schaue ich in das Antlitz darüber, das nichts Menschliches an sich hat: ein Schädel, so groß, dass er auf dem Brustkasten aufzuliegen scheint, anstelle eines Gesichts eine rüsselähnliche Auswölbung, deren vorderes Ende eine lippengesäumte Öffnung aufweist, Nasenlöcher gibt es keine, die Augen anstelle der Ohren. Sie schauen mich unsagbar traurig an. Jedes für sich, unabhängig voneinander. Das Wesen trägt einen Hut. Keine dreißig Zentimeter von mir entfernt bewegt sich die vordere Öffnung und ich erkenne sie als Mund. Das Wesen spricht zu mir! Vor Schreck kann ich mich nicht bewegen. Ich kann nicht einmal mehr denken, stehe nur da und starre etwas an, von dem ich hoffe, dass es sich als Halluzination entpuppen würde. Dann ist Magnus neben

mir. Er lässt einige Münzen in den Becher fallen, legt den Arm um meine Hüfte und zieht mich sanft mit sich.

„Das war ein Elefantenmensch ... Oh mein Gott, das war ein lebendiges Monster!"

Ich kann meine Beine nicht mehr spüren, zwinge mich einen Fuß vor den anderen zu setzen. Magnus brummt etwas Beruhigendes, aber das kann ich nicht hören, ich bin die Gefangene eines Bildes, das sich unauslöschlich in meine Phantasie eingebrannt hat.

„Hast du das gesehen, Magnus, es hat gelebt, es hatte einen ganz normalen Körper. Oh mein Gott, wie kann es denn essen, seine Arme reichen doch niemals an diese furchtbare Öffnung heran. Frisst es wie ein Tier ... ich ..."

„Anna, beruhige dich. Das war eine arme Kreatur mit einem verwachsenen Kopf, das war kein Monster. Solche Mutationen hat es immer mal gegeben. Früher sind sie im Wanderzirkus aufgetreten. Heute steht so einer eben auf der Straße und bettelt."

„Aber das kann er doch nicht machen, er kann doch die Leute nicht so erschrecken, und die Kinder."

„Ich glaube, Kinder finden ihn viel normaler als die Erwachsenen. Er passt in ihre Welt besser rein. Und was soll er denn sonst machen, außer betteln."

„Er könnte sich ein Tuch vor das Gesicht hängen." Das schreie ich und dann knicken mir die Beine weg. Magnus fängt mich auf, und ich breche in Schluchzen aus.

„Ich will zurück. Ich will sofort zurück."

Auf der Fahrt hält er wenn möglich meine Hand und ich kann nicht einmal denken, dass er besser mit beiden Händen das Lenkrad festhalten sollte.

„Ich will heute Nacht nicht einschlafen. Ich will überhaupt nie wieder schlafen. Ich würde immer von ihm träumen. Er käme und

würde versuchen mir etwas zu sagen oder mich beschimpfen, weil ich ihm kein Geld gegeben habe, weil ich ihn angestarrt habe."

Magnus lässt mich einfach reden. Was soll er auch dazu sagen? Dass ich hysterisch bin, weiß ich selber. Aber ich war auf diese Begegnung nicht vorbereitet. Und ich kann sein Bild einfach nicht vergessen. Er kann in Wahrheit noch so harmlos, gar liebenswert sein, ich fürchte mich vor einem weiteren Treffen mit dem Elefantenmenschen in meinen Träumen.

Maria hat für alle gekocht. Joe muss ihr erzählt haben, dass wir demnächst abreisen werden. In der warmen Küche, angefüllt mit wunderbaren Gerüchen und fröhlichen Menschen, verliert die Furcht erregende Gestalt von ihrem Schrecken. Und Pedro verhilft mir zu einem traumlosen Schlaf, indem er immer wieder mein Glas mit schwerem Rotwein füllt.

Am nächsten Morgen verabschiede ich mich schweren Herzens von meiner Gastfamilie. Ich wäre gern noch länger geblieben. Maria und Pedro wollen kein Geld von mir, aber ich muss versprechen, bald wiederzukommen. Zur Besiegelung bringen Joe und ich meine Surfausrüstung in einen Abstellraum. Er hängt den Anzug ordentlich über einen breiten Bügel.

„Dein Board wartet hier auf dich, denk dran."

Ich lasse mich von ihm in den Arm nehmen.

„Hang loose", flüstert er mir ins Ohr.

Ich muss lachen.

„Du bist ein verdammter Poser."

„Nur was Hawaii betrifft, denn da war ich wirklich noch nie."

Er gibt mir einen Kuss.

Maria umarmt mich zum Abschied. Sie schaut ein bisschen ernst drein und wünscht mir Glück, *vor allem in der Liebe*. Und dann steige ich in den Wagen und starte den Motor.

Als ich an Rosas Hotel vorbeikomme, setzt Magnus sich hinter mich.

20

Auf der Mailbox hat ein Baumarkt eine Nachricht hinterlassen. Vor einigen Jahren hatte ich für den das Firmenlogo neu gestaltet und die Anzeigen entworfen. Die sollen nun etwas moderner ausfallen, mehr dem Zeitgeist entsprechen. Sie bieten mir den Auftrag an. Heftig krampft sich etwas in mir zusammen. Aber mein Konto ist nicht nur rot, sondern blutrot. Ich habe keine Wahl.

Ich setze mich mit einem großen Kaffeebecher auf den Küchentisch und muss schmunzeln über dieses Bild, das ich wohl biete und das Werbung und Fernsehen nicht müde werden, immer wieder in die Welt hinauszuschicken: kleine, schwache Frau hält sich an einer großen Tasse starken Kaffees fest. Wahrscheinlich sterben mit der Generation unserer Eltern normal große Kaffeetassen einfach aus. Die Nachfrage wird jetzt vom Kaffeebecher oder der Kaffeeschale bestimmt, Objekte, um sie mit beiden Händen zu umschließen.

Der Kaffee ist bitter. Ich stehe auf, schütte ihn in den Ausguss, spüle die Tasse, denke dabei an Magnus. In den letzten Tagen war er mir gegenüber sehr aufmerksam, fast besitzergreifend. Es passierte sogar, dass ich mich nach Momenten seiner friedlichen Gleichgültigkeit sehnte. Als wir uns am zweiten Tag der Rückreise für einige Stunden verloren hatten, durchflutete mich ein unglaubliches Gefühl von Freiheit, von Unabhängigkeit. Das kostete ich voll aus, um es abends im verabredeten Hotel in einem intensiven Kuss wieder zu verdrängen.

Ich greife zum Telefon, wähle Evas Handynummer. Es meldet sich nur die Mailbox. Erst will ich auflegen, dann merke ich, dass sie den Ansagetext verändert hat: *Hallo Anrufer, bin auf Wolke sieben und habe keine Zeit für dich. Sei nicht verstimmt und hinterlass mir trotzdem eine Nachricht. Wenn ich gelandet bin, rufe ich zurück.* Eva ist verliebt! Und ich hatte keine Ahnung.

„Hey du, ich bin zurück. Bist du glücklich?“

Dann unterbreche ich die Verbindung. Unschlüssig spiele ich mit dem Hörer. Vielleicht sollte ich Ralf anrufen. Doch den Gedanken verwerfe ich rasch.

Für einen Moment fühle ich mich falsch, im falschen Körper, zur falschen Zeit, am falschen Ort. Als hätte ich vergessen, wieder nach Hause zu fahren. Warum eigentlich? Ist doch alles in Ordnung. Mein Freund wird mich in einigen Stunden abholen. Wir werden irgendwo etwas essen gehen und dann wird er die Nacht bei mir verbringen. Meine beste Freundin ist endlich verliebt und vielleicht glücklich. In Portugal habe ich meine Jugendliebe wieder getroffen, vielleicht erwächst daraus eine Freundschaft. Und ich habe den Ozean und das Surfen und damit einen wichtigen Teil meines Selbst wieder entdeckt. Vielleicht ist es das, vielleicht fühlt sich dieser wieder entdeckte Teil hier einfach noch nicht wohl. Vielleicht ist es aber auch das Wort, das unbeachtet, bewusst verdrängt durch meinen Kopf, durch mein Herz geistert, ein ganz kurzes Wort, vier Buchstaben nur, ein Name.

Ich weiß nichts mit mir anzufangen. Gerne hätte ich einen Großteil des Tages weggeschlafen, aber ich bin ein Morgenmensch und seit einigen Stunden wach. Darum sind meine Sachen ausgepackt, die Waschmaschine und der Trockner laufen, einkaufen war ich auch schon.

Ich spiele mit dem noch immer geschlossenen Umschlag herum, den ich heute Morgen aus dem Postkasten geholt habe: Magnus' Brief. Ich erinnere mich, dass er mich in Portugal danach gefragt hatte, aber dann war er nie wieder erwähnt worden. Ich habe ein ungutes Gefühl, so als versuche mich etwas daran zu hindern, ihn zu öffnen. Doch dann siegt meine Neugier und ich reiße ihn auf. „Anna, ...“ beginnt er, einfach nur Anna. Es folgen Zeilen, die ich schnell überfliege, die so klingen, als hätte jemand selbstverliebt

große Gefühle geübt. Und dann schlägt mir eine Faust in den Bauch: „... da ist was gelaufen mit Carola, ..., wollte wohl einfach noch nicht nach Hause gehen ..." Tränen schießen mir in die Augen und Joes Worte kommen mir wieder in den Sinn: „Manche Dinge haben keinen Grund. Sie passieren einfach." Ich hatte das nicht glauben wollen. Und jetzt weiß ich, dass ich das auch nicht hatte wissen wollen. Ich zerknülle das Papier und werfe es in den Mülleimer.

Ich koche mir noch einen Kaffee, setze mich damit auf das Sofa und schaue unschlüssig in der Wohnung herum. Das Kleid und die lila Pumps, die ich zur Vernissage trug, fallen mir ins Auge. Ich hatte beides in die Ecke neben das Bett geschleudert. Da liegen die Sachen noch immer. Ich will sie nicht mehr. Ich hole eine Tüte, stopfe das Kleid und die Schuhe hinein. Ich werde sie nachher in die Mülltonne werfen.

Da erst sehe ich, dass sich der Alligator zur Hälfte von der Wand gelöst hat. Von der Spannung des Leders auf Dauer wohl ermüdet, ist der obere Nagel herausgeschnellt. Ich hole einen Hammer und einen neuen Nagel. Als ich den mit Wucht durch die Haut in die Wand versenken will, löst sich plötzlich ein größeres Stück Putz und zerspringt auf dem Boden in unzählige Teile. Schoss mir eben noch der Gedanke durch den Kopf, die Echse ganz zu entfernen, bohrt sich mir nun Angst ins Herz, eine feine Ahnung erst, die schnell zur Panik auswächst: Ich muss dieses Urvieh wieder befestigen, egal wie, es ist das Zeichen unserer Liebe. Doch die Wand scheint zu porös, verwandelt sich bei Berührung sofort in herunterrieselnden Sand. Spachtelmasse, ich brauche Spachtelmasse. So etwas habe ich nicht im Haus. Darum fahre ich zum Baumarkt.

Als ich an der Bushaltestelle vorbeikomme, sehe ich Heide Bornemann dort sitzen. Ich winke ihr zu, doch sie reagiert nicht.

Klar, sie kennt mich ja nicht. Das Graffito ist schon überstrichen worden. Bei manchen Dingen sind sie sehr schnell, meist bei den falschen. Ganz blass kann ich die rosa Lettern noch erahnen.

In den Gängen suche ich nach schnell härtender Spachtelmasse. Die gibt es nur im Drei-Kilo-Eimer. Egal, kann man vielleicht noch mal für etwas anderes gebrauchen. An der Kasse haben sie mehrstöckige Rollwagen mit Herbstblumen aufgebaut, für Balkonkästen. Ich sollte auch einen Balkonkasten mit einer Pflanzung, die sich *Herbstzauber* nennt, besitzen. Ich habe zwar keinen Balkon, aber breite Fensterbretter. Ich schiebe den Einkaufswagen noch einmal in die Abteilung mit den Terrakottatöpfen und wuchte einen toskanischen Kasten aus gebranntem Ton hinein. Blumenerde gibt es ebenfalls nur noch im 50-Liter-Sack, aber jetzt habe ich die Idee im Kopf und den Überschuss kann ich in den erbärmlichen Betonkübel neben der Bushaltestelle kippen. Die Unkräuter werden sich freuen. Ich nehme die ganze Pflanzenpalette *Herbstzauber*, obwohl ich schon ahne, dass die gar nicht alle in den Kasten passen werden. Auf dem Parkplatz öffne ich die Heckklappe und beginne einzuladen.

„Warten Sie mal, ich helfe Ihnen."

Ein Mann tritt heran und legt mit Leichtigkeit die Einzelteile meines *zauberhaften* Pflanzenschmucks in den Wagen. Fasziniert betrachte ich seine großen, quadratischen Hände. Wenn er etwas anhebt, quellen Adern daraus hervor. Unter den Nägeln zeichnet sich ein schwarzer Rand ab. Magnus' Hände sind lang und feingliedrig. Seine Nägel sind oval gefeilt und glänzen. Ich vermute, er poliert sie mit einer dieser Silikonfeilen, *Miracle Shine*. Gesehen habe ich das aber noch nie.

„So, das war's."

Der Mann tritt zurück und lächelt mich an. Er hat stahlblaue Augen und schöne Zähne.

Ach, wenn Sie schon dabei sind, könnten Sie mich vielleicht mal eben in den Arm nehmen? Ich würde so gern meinen müden Kopf gegen Ihre breite Brust lehnen. Nur mal kurz? Ich darf das auch, wissen Sie? Habe da so eine Abmachung mit meinem Freund.

„Ich danke Ihnen.“

„Nichts für ungut.“

Er steigt in sein Auto und winkt mir zu. Er trägt eine blaue Latzhose unter einem karierten Holzfällerhemd. Auf der Rückbank steht ein Kindersitz.

Ich nehme nur den Eimer Spachtelmasse mit hoch in die Wohnung. Die restlichen Sachen lasse ich im Auto. Die kann Magnus heute Abend raufbringen.

Ich hatte gedacht, einen Spachtel in meiner Werkzeugkiste zu haben, habe ich aber nicht. Darum fahre ich mit einem Esslöffel in die weiße Masse und drücke sie mit den bloßen Händen fest in das Loch in der Wand. Dann hole ich ein Lineal vom Schreibtisch und ziehe die Stelle glatt. Auf dem Eimer steht Fünf-Minuten-Spachtel. Ich warte dreißig Minuten, dann schlage ich den Nagel hinein. Stolz betrachte ich mein Werk.

Ich gehe in die Küche und belege mir ein paar Brotscheiben, die ich gleich dort an der Arbeitsplatte stehend verzehre. Ich esse nicht gern allein, setze mich darum auch nicht an den Tisch.

Als ich eine Viertelstunde später einen prüfenden Blick zur Wand werfe, hängt die Haut wieder zur Hälfte herunter, der Nagel ist ein weiteres Mal irgendwohin in den Raum geschnellt. Jetzt reicht es mir. Zum Teufel mit irgendwelchen Liebessymbolen und Andenken an Vergangenes. So etwas brauche ich nicht. Ich reiße das Leder ganz herunter, rolle es zusammen und stecke es ebenfalls in die Tüte zu Kleid und Pumps. Dann laufe ich die Treppen hinunter zur Mülltonne und atme erleichtert auf, als deren Deckel zufällt. Plötzlich überkommt mich jedoch ein schlechtes Gewissen. Das Kleid

hat bestimmt eine Menge Geld gekostet, die Schuhe waren definitiv teuer. Vielleicht könnte jemand anders die Sachen gebrauchen? Ich weiß auch schon wer.

Ich betrete die Kneipe an der Ecke. Die üblichen Trinker sitzen am Tresen, es stinkt nach abgestandenem Bier, Zigarettenrauch und Erbsensuppe. In einer Nische sitzen zwei Frauen. Sie sind stark geschminkt und tragen hochtoupiertes Haar. Sie nehmen hier jeden Tag vor ihrer Schicht ein warmes Essen zu sich. Ich trete an ihren Tisch heran. Ganz wohl ist mir nicht in meiner Haut. Vielleicht ist mein Vorhaben unverschämt, vielleicht werden sie beleidigt reagieren?

„Entschuldigung, ich möchte Sie nicht stören, aber ich dachte, vielleicht könnten Sie das hier gebrauchen."

Ich strecke der Älteren die Tüte entgegen. Verwundert nimmt sie sie entgegen und schaut hinein.

„Was soll das werden?"

„Ich mag die Sachen nicht mehr und würde sie wegschmeißen. Und da dachte ich ..."

Sie scheint amüsiert, holt die Schuhe heraus und stellt sie auf den Tisch.

„Tolle Schuhe", sagt die andere, „also, wenn du sie nicht willst, ich würd' sie nehmen."

„Ich muss Sie warnen, die haben mir kein Glück gebracht."

„Glück ist nicht das, was ich damit finden will."

Sie lachen beide.

„Aber das hier kannste wieder mitnehmen."

Die Ältere reicht mir die entrollte Alligatorenhaut zurück. Ich klemme sie unter den Arm und laufe nach Hause.

„Wow, ist das ein echtes Krokodil?"

Ein kleiner Junge bleibt staunend vor mir stehen.

„Klar. Willstes haben?"

„In echt?“

„In echt.“

Er schnappt sich das Leder und flitzt davon.

„Danke“, brüllt er schnell zurück. Das war ihm wohl gerade noch eingefallen.

Plötzlich fühle ich mich frei.

In einer knappen Stunde ist es acht, dann kommt Magnus und wir werden uns einen richtig schönen Abend machen. Ich nehme noch schnell ein Bad. Versinke in duftigem Mangoschaum, rasiere mir die Beine und gröle laut und schräg die Songs der laufenden CD mit. Ich stecke mir die Haare hoch und schminke mich leicht. So wie er es mag. Ich ziehe einen Rock an, den er mal zu seinem Lieblingsrock erklärt hat, auch wenn er ein bisschen kneift. Ich werde den Bauch einziehen müssen. Dann schenke ich mir ein Glas Wein ein und setze mich auf das Sofa.

Als die CD durchgelaufen ist, zeigt die Uhr Viertel nach acht. Gleich wird er kommen.

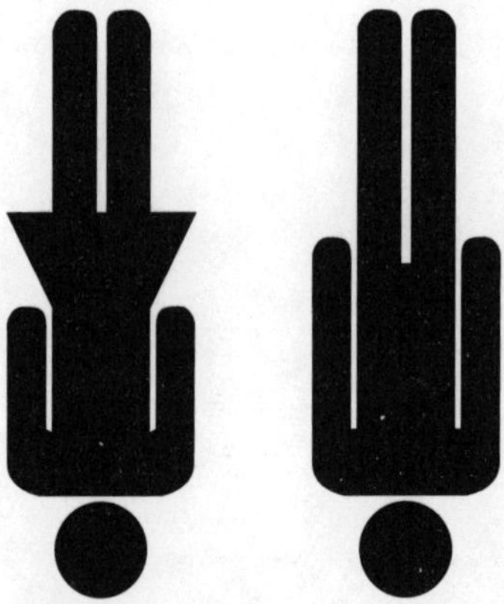

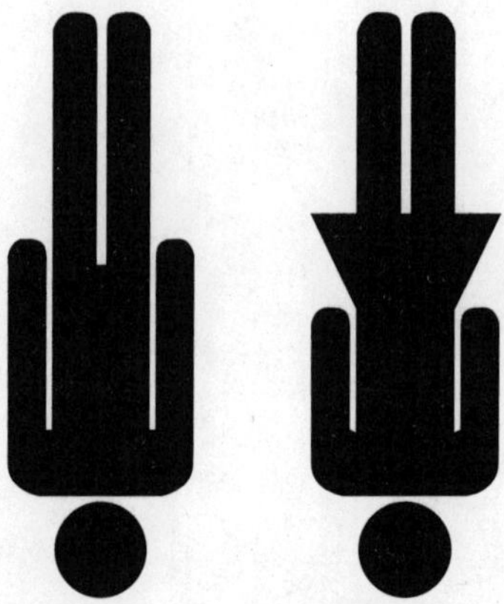